FOLIO JUNIOR

Maurice Leblanc

Arsène Lupin, l'Aiguille creuse

Notes et carnet de lecture
par Bernard Chesnel

GALLIMARD JEUNESSE

Collection dirigée par Jean-Philippe Arrou-Vignod

Pour en savoir plus :

www.cercle-enseignement.fr

1
Le coup de feu

Raymonde prêta l'oreille. De nouveau et par deux fois le bruit se fit entendre, assez net pour qu'on pût le détacher de tous les bruits confus qui formaient le grand silence nocturne, mais si faible qu'elle n'aurait su dire s'il était proche ou lointain, s'il se produisait entre les murs du vaste château, ou dehors, parmi les retraites[1] ténébreuses du parc.

Doucement elle se leva. Sa fenêtre était entrouverte, elle en écarta les battants. La clarté de la lune reposait sur un calme paysage de pelouses et de bosquets où les ruines éparses de l'ancienne abbaye se découpaient en silhouettes tragiques, colonnes tronquées, ogives incomplètes, ébauches de portiques et lambeaux d'arcs-boutants[2]. Un peu d'air flottait à la surface des choses, glissant à travers les rameaux nus et immobiles des arbres, mais agitant les petites feuilles naissantes des massifs.

1. Retraite : lieu où l'on peut se cacher.
2. Ogive, portique, arc-boutant : éléments d'architecture, notamment religieuse.

Et soudain, le même bruit… C'était vers sa gauche et au-dessous de l'étage qu'elle habitait, par conséquent dans les salons qui occupaient l'aile occidentale du château.

Bien que vaillante et forte, la jeune fille sentit l'angoisse de la peur. Elle passa ses vêtements de nuit et prit les allumettes.

– Raymonde… Raymonde…

Une voix faible comme un souffle l'appelait de la chambre voisine dont la porte n'avait pas été fermée. Elle s'y rendait à tâtons, lorsque Suzanne, sa cousine, sortit de cette chambre et s'effondra dans ses bras.

– Raymonde… c'est toi ?… tu as entendu ?…

– Oui… tu ne dors donc pas ?

– Je suppose que c'est le chien qui m'a réveillée… il y a longtemps… Mais il n'aboie plus. Quelle heure peut-il être ?

– Quatre heures environ.

– Écoute… On marche dans le salon.

– Il n'y a pas de danger, ton père est là, Suzanne.

– Mais il y a du danger pour lui. Il couche à côté du petit salon.

– M. Daval est là aussi…

– À l'autre bout du château… Comment veux-tu qu'il entende ?

Elles hésitaient, ne sachant à quoi se résoudre. Appeler ? Crier au secours ? Elles n'osaient, tellement le bruit même de leur voix leur semblait redoutable. Mais Suzanne qui s'était approchée de la fenêtre étouffa un cri.

– Regarde… un homme près du bassin.

Un homme en effet s'éloignait d'un pas rapide. Il portait sous le bras un objet d'assez grandes dimensions dont elles ne purent discerner la nature, et qui, en ballottant contre sa jambe, contrariait sa marche. Elles le virent qui passait près de l'ancienne chapelle et qui se dirigeait vers une petite porte dont le mur était percé. Cette porte devait être ouverte, car l'homme disparut subitement, et elles n'entendirent point le grincement habituel des gonds.

– Il venait du salon, murmura Suzanne.

– Non, l'escalier et le vestibule l'auraient conduit bien plus à gauche… À moins que…

Une même idée les secoua. Elles se penchèrent. Au-dessous d'elles, une échelle était dressée contre la façade et s'appuyait au premier étage. Une lueur éclairait le balcon de pierre. Et un autre homme qui portait aussi quelque chose enjamba ce balcon, se laissa glisser le long de l'échelle et s'enfuit par le même chemin.

Suzanne, épouvantée, sans forces, tomba à genoux, balbutiant :

– Appelons !… appelons au secours !…

– Qui viendrait ? ton père… Et s'il y a d'autres hommes et qu'on se jette sur lui ?

– On pourrait avertir les domestiques… ta sonnette communique avec leur étage.

– Oui… oui… peut-être, c'est une idée… Pourvu qu'ils arrivent à temps !

Raymonde chercha près de son lit la sonnerie électrique et la pressa du doigt. Un timbre en haut vibra, et elles eurent l'impression que, d'en bas, on avait dû en percevoir le son distinct.

Elles attendirent. Le silence devenait effrayant, et la brise elle-même n'agitait plus les feuilles des arbustes.

– J'ai peur… j'ai peur…, répétait Suzanne.

Et, tout à coup, dans la nuit profonde, au-dessous d'elles, le bruit d'une lutte, un fracas de meubles bousculés, des exclamations, puis, horrible, sinistre, un gémissement rauque, le râle d'un être qu'on égorge…

Raymonde bondit vers la porte. Suzanne s'accrocha désespérément à son bras.

– Non… ne me laisse pas… j'ai peur.

Raymonde la repoussa et s'élança dans le corridor, bientôt suivie de Suzanne qui chancelait d'un mur à l'autre en poussant des cris. Elle parvint à l'escalier, dégringola de marche en marche, se précipita sur la grande porte du salon et s'arrêta net, clouée au seuil, tandis que Suzanne s'affaissait à ses côtés. En face d'elles, à trois pas, il y avait un homme qui tenait à la main une lanterne. D'un geste, il la dirigea sur les deux jeunes filles, les aveuglant de lumière, regarda longuement leurs visages, puis sans se presser, avec les mouvements les plus calmes du monde, il prit sa casquette, ramassa un chiffon de papier et deux brins de paille, effaça des traces sur le tapis, s'approcha du balcon, se retourna vers les jeunes filles, les salua profondément, et disparut.

La première, Suzanne courut au petit boudoir[1] qui

1. Boudoir : petit salon intime généralement réservé à la maîtresse de maison.

séparait le grand salon de la chambre de son père. Mais dès l'entrée, un spectacle affreux la terrifia. À la lueur oblique de la lune on apercevait à terre deux corps inanimés, couchés l'un près de l'autre.

– Père !... père !... c'est toi ?... qu'est-ce que tu as ? s'écria-t-elle affolée, penchée sur l'un d'eux.

Au bout d'un instant, le comte de Gesvres remua. D'une voix brisée, il dit :

– Ne crains rien... je ne suis pas blessé... Et Daval ? est-ce qu'il vit ? le couteau ?... le couteau ?...

À ce moment, deux domestiques arrivaient avec des bougies. Raymonde se jeta devant l'autre corps et reconnut Jean Daval, le secrétaire et l'homme de confiance du comte. Sa figure avait déjà la pâleur de la mort.

Alors elle se leva, revint au salon, prit, au milieu d'une panoplie[1] accrochée au mur, un fusil qu'elle savait chargé, et passa sur le balcon. Il n'y avait, certes, pas plus de cinquante à soixante secondes que l'individu avait mis le pied sur la première barre de l'échelle. Il ne pouvait donc être bien loin d'ici, d'autant plus qu'il avait eu la précaution de déplacer l'échelle pour qu'on ne pût s'en servir. Elle l'aperçut bientôt, en effet, qui longeait les débris de l'ancien cloître[2]. Elle épaula, visa tranquillement et fit feu. L'homme tomba.

– Ça y est ! ça y est ! proféra l'un des domestiques, on le tient celui-là. J'y vais.

1. Panoplie : ensemble d'armes accrochées à un mur.
2. Cloître : galerie couverte encadrant le jardin ou la cour intérieure d'un monastère.

– Non, Victor, il se relève… descendez l'escalier, et filez sur la petite porte. Il ne peut se sauver que par là.

Victor se hâta, mais avant même qu'il ne fût dans le parc, l'homme était retombé. Raymonde appela l'autre domestique.

– Albert, vous le voyez là-bas ? près de la grande arcade ?…

– Oui, il rampe dans l'herbe… il est fichu…

– Surveillez-le d'ici.

– Pas moyen qu'il s'échappe. À droite des ruines, c'est la pelouse découverte…

– Et Victor garde la porte à gauche, dit-elle en reprenant son fusil.

– N'y allez pas, mademoiselle !

– Si, si, dit-elle, l'accent résolu, les gestes saccadés, laissez-moi… il me reste une cartouche… S'il bouge…

Elle sortit. Un instant après, Albert la vit qui se dirigeait vers les ruines. Il lui cria de la fenêtre :

– Il s'est traîné derrière l'arcade. Je ne le vois plus… attention, mademoiselle…

Raymonde fit le tour de l'ancien cloître pour couper toute retraite à l'homme, et bientôt Albert la perdit de vue. Au bout de quelques minutes, ne la revoyant pas, il s'inquiéta, et, tout en surveillant les ruines, au lieu de descendre par l'escalier, il s'efforça d'atteindre l'échelle. Quand il y eut réussi, il descendit rapidement et courut droit à l'arcade près de laquelle l'homme lui était apparu pour la dernière fois. Trente pas plus loin, il trouva Raymonde qui cherchait Victor.

– Eh bien ? fit-il.

– Impossible de mettre la main dessus, dit Victor.

– La petite porte ?

– J'en viens... voici la clef.

– Pourtant... il faut bien...

– Oh ! son affaire est sûre... D'ici dix minutes, il est à nous, le bandit.

Le fermier et son fils, réveillés par le coup de fusil, arrivaient de la ferme dont les bâtiments s'élevaient assez loin sur la droite, mais dans l'enceinte des murs ; ils n'avaient rencontré personne.

– Parbleu[1], non, fit Albert, le gredin n'a pas pu quitter les ruines... On le dénichera au fond de quelque trou.

Ils organisèrent une battue méthodique, fouillant chaque buisson, écartant les lourdes traînes de lierre enroulées autour du fût des colonnes. On s'assura que la chapelle était bien fermée et qu'aucun des vitraux n'était brisé. On contourna le cloître, on visita tous les coins et recoins. Les recherches furent vaines.

Une seule découverte : à l'endroit même où l'homme s'était abattu, blessé par Raymonde, on ramassa une casquette de chauffeur, en cuir fauve. Sauf cela, rien.

À six heures du matin, la gendarmerie d'Ouville-la-Rivière[2] était prévenue et se rendait sur les lieux, après avoir envoyé par exprès au parquet[3] de Dieppe

1. Parbleu : bien sûr.
2. Ouville-la-Rivière : en Normandie, dans le pays de Caux.
3. Le parquet regroupe l'ensemble des magistrats des cours de justice chargés de défendre les intérêts de la société (ministère public).

une petite note relatant les circonstances du crime, la capture imminente du principal coupable, *« la découverte de son couvre-chef et du poignard avec lequel il avait perpétré son forfait »*. À dix heures, deux autos descendaient la pente légère qui aboutit au château. L'une, vénérable calèche[1], contenait le substitut du procureur et le juge d'instruction accompagné de son greffier. Dans l'autre, modeste cabriolet, avaient pris place deux jeunes reporters, représentant le *Journal de Rouen* et une grande feuille parisienne.

Le vieux château apparut. Jadis demeure abbatiale[2] des prieurs[3] d'Ambrumésy, mutilé par la Révolution, restauré par le comte de Gesvres auquel il appartient depuis vingt ans, il comprend un corps de logis que surmonte un pinacle[4] où veille une horloge, et deux ailes dont chacune est enveloppée d'un perron à balustrade de pierre. Par-dessus les murs du parc et au-delà du plateau que soutiennent les hautes falaises normandes, on aperçoit, entre les villages de Sainte-Marguerite et de Varengeville, la ligne bleue de la mer.

Là vivait le comte de Gesvres avec sa fille Suzanne, jolie et frêle créature aux cheveux blonds, et sa nièce Raymonde de Saint-Véran, qu'il avait recueillie deux ans auparavant lorsque la mort simultanée de son père et de sa mère laissa Raymonde orpheline. L'existence était calme et régulière au château. Quelques voisins

1. Calèche : voiture découverte à quatre roues équipée d'un moteur.
2. Abbatiale : qui appartient à une abbaye.
3. Prieur : membre supérieur d'une communauté religieuse.
4. Pinacle : partie la plus élevée d'un édifice.

y venaient de temps à autre. L'été, le comte menait les deux jeunes filles presque chaque jour à Dieppe. Lui, c'était un homme de taille élevée, de belle figure grave, aux cheveux grisonnants. Très riche, il gérait lui-même sa fortune et surveillait ses propriétés avec l'aide de son secrétaire Jean Daval.

Dès l'entrée, le juge d'instruction recueillit les premières constatations du brigadier de gendarmerie Quevillon. La capture du coupable, toujours imminente d'ailleurs, n'était pas encore effectuée, mais on tenait toutes les issues du parc. Une évasion était impossible.

La petite troupe traversa ensuite la salle capitulaire et le réfectoire situés au rez-de-chaussée, et gagna le premier étage. Aussitôt, l'ordre parfait du salon fut remarqué. Pas un meuble, pas un bibelot qui ne parussent occuper leur place habituelle, et pas un vide parmi ces meubles et ces bibelots. À droite et à gauche étaient suspendues de magnifiques tapisseries flamandes à personnages. Au fond, sur les panneaux, quatre belles toiles, dans leurs cadres du temps, représentaient des scènes mythologiques. C'étaient les célèbres tableaux de Rubens[1] légués au comte de Gesvres, ainsi que les tapisseries de Flandre, par son oncle maternel, le marquis de Bobadilla, grand d'Espagne. M. Filleul, le juge d'instruction, observa :

– Si le vol fut le mobile du crime, ce salon en tout cas n'en a pas été l'objet.

1. Rubens : Petrus Paulus Rubens, peintre flamand du XVIIe siècle.

– Qui sait ? fit le substitut, qui parlait peu, mais toujours dans un sens contraire aux opinions du juge.

– Voyons, cher monsieur, le premier soin d'un voleur eût été de déménager ces tapisseries et ces tableaux dont la renommée est universelle.

– Peut-être n'en a-t-on pas eu le loisir.

– C'est ce que nous allons savoir.

À ce moment, le comte de Gesvres entra, suivi du médecin. Le comte, qui ne semblait pas se ressentir de l'agression dont il avait été victime, souhaita la bienvenue aux deux magistrats. Puis il ouvrit la porte du boudoir.

La pièce, où personne n'avait pénétré depuis le crime, sauf le docteur, offrait, à l'encontre du salon, le plus grand désordre. Deux chaises étaient renversées, une des tables démolie, et plusieurs autres objets, une pendule de voyage, un classeur, une boîte de papier à lettres, gisaient à terre. Et il y avait du sang à certaines des feuilles blanches éparpillées.

Le médecin écarta le drap qui cachait le cadavre. Jean Daval, habillé de ses vêtements ordinaires de velours et chaussé de bottines ferrées, était étendu sur le dos, un de ses bras replié sous lui. On avait ouvert sa chemise, et l'on apercevait une large blessure qui trouait sa poitrine.

– La mort a dû être instantanée…, déclara le docteur, un coup de couteau a suffi.

– C'est sans doute, dit le juge, le couteau que j'ai vu sur la cheminée du salon, près d'une casquette de cuir ?

– Oui, certifia le comte de Gesvres, le couteau fut

ramassé ici même. Il provient de la panoplie du salon d'où ma nièce, Mlle de Saint-Véran, arracha le fusil. Quant à la casquette de chauffeur, c'est évidemment celle du meurtrier.

M. Filleul étudia encore certains détails de la pièce, adressa quelques questions au docteur, puis pria M. de Gesvres de lui faire le récit de ce qu'il avait vu et de ce qu'il savait. Voici en quels termes le comte s'exprima :

– C'est Jean Daval qui m'a réveillé. Je dormais mal d'ailleurs, avec des éclairs de lucidité où j'avais l'impression d'entendre des pas, quand tout à coup, en ouvrant les yeux, je l'aperçus au pied de mon lit, sa bougie à la main, et tout habillé comme il l'est actuellement, car il travaillait souvent très tard dans la nuit. Il semblait fort agité, et il me dit à voix basse : « Il y a des gens dans le salon. » En effet, je perçus du bruit. Je me levai et j'entrebâillai doucement la porte de ce boudoir. Au même instant, cette autre porte qui donne sur le grand salon était poussée, et un homme apparaissait qui bondit sur moi et m'étourdit d'un coup de poing à la tempe. Je vous raconte cela sans aucun détail, monsieur le juge d'instruction, pour cette raison que je ne me souviens que des faits principaux et que ces faits se sont passés avec une extraordinaire rapidité.

– Et après ?

– Après, je ne sais plus... Quand je suis revenu à moi, Daval était étendu, mortellement frappé.

– À première vue, vous ne soupçonnez personne ?

– Personne.

– Vous n'avez aucun ennemi ?
– Je ne m'en connais pas.
– M. Daval n'en avait pas non plus ?
– Daval ! un ennemi ? C'était la meilleure créature qui fût. Depuis vingt ans que Jean Daval était mon secrétaire, et, je puis le dire, mon confident, je n'ai jamais vu autour de lui que des sympathies et des amitiés.
– Pourtant, il y a eu escalade, il y a eu meurtre, il faut bien un motif à tout cela.
– Le motif ? mais c'est le vol, purement et simplement.
– On vous a donc volé quelque chose ?
– Rien.
– Alors ?
– Alors, si l'on n'a rien volé et s'il ne manque rien, on a du moins emporté quelque chose.
– Quoi ?
– Je l'ignore. Mais ma fille et ma nièce vous diront, en toute certitude, qu'elles ont vu successivement deux hommes traverser le parc, et que ces deux hommes portaient d'assez volumineux fardeaux.
– Ces demoiselles…
– Ces demoiselles ont rêvé ? je serais tenté de le croire, car, depuis ce matin, je m'épuise en recherches et en suppositions. Mais il est aisé de les interroger.

On fit venir les deux cousines dans le grand salon. Suzanne, toute pâle et tremblante encore, pouvait à peine parler. Raymonde, plus énergique et plus virile, plus belle aussi avec l'éclat doré de ses yeux bruns, raconta les événements de la nuit et la part qu'elle y avait prise.

– De sorte, mademoiselle, que votre déposition est catégorique ?

– Absolument. Les deux hommes qui traversaient le parc emportaient des objets.

– Et le troisième ?

– Il est parti d'ici les mains vides.

– Sauriez-vous nous donner son signalement ?

– Il n'a cessé de nous éblouir avec sa lanterne. Tout au plus dirai-je qu'il est grand et lourd d'aspect…

– Est-ce ainsi qu'il vous est apparu, mademoiselle ? demanda le juge à Suzanne de Gesvres.

– Oui… ou plutôt non…, fit Suzanne en réfléchissant, moi, je l'ai vu de taille moyenne et mince.

M. Filleul sourit, habitué aux divergences d'opinion et de vision chez les témoins d'un même fait.

– Nous voici donc en présence, d'une part, d'un individu, celui du salon qui est à la fois grand et petit, gros et mince, et, de l'autre, de deux individus, ceux du parc, que l'on accuse d'avoir enlevé de ce salon des objets… qui s'y trouvent encore.

M. Filleul était un juge de l'école ironiste[1], comme il le disait lui-même. C'était aussi un juge qui ne détestait point la galerie[2] ni les occasions de montrer au public son savoir-faire, ainsi que l'attestait le nombre croissant des personnes qui se pressaient dans le salon.

1. Ironiste : qui aime employer l'ironie, la moquerie.
2. La galerie : le public.

Aux journalistes s'étaient joints le fermier et son fils, le jardinier et sa femme, puis le personnel du château, puis les deux chauffeurs qui avaient amené les voitures de Dieppe. Il reprit :

– Il s'agirait aussi de se mettre d'accord sur la façon dont a disparu ce troisième personnage. Vous avez tiré avec ce fusil, mademoiselle, et de cette fenêtre ?

– Oui, l'homme atteignait la pierre tombale presque enfouie sous les ronces, à gauche du cloître.

– Mais il s'est relevé ?

– À moitié seulement. Victor est aussitôt descendu pour garder la petite porte, et je l'ai suivi, laissant ici en observation notre domestique Albert.

Albert à son tour fit sa déposition, et le juge conclut :

– Par conséquent, d'après vous, le blessé n'a pu s'enfuir par la gauche, puisque votre camarade surveillait la porte, ni par la droite, puisque vous l'auriez vu traverser la pelouse. Donc, logiquement, il est, à l'heure actuelle, dans l'espace relativement restreint que nous avons sous les yeux.

– C'est ma conviction.

– Est-ce la vôtre, mademoiselle ?

– Oui.

– Et la mienne aussi, fit Victor.

Le substitut du procureur s'écria, d'un ton narquois[1] :

– Le champ des investigations[2] est étroit, il n'y a

1. Narquois : moqueur.
2. Investigation : recherche minutieuse.

qu'à continuer les recherches commencées depuis quatre heures.

– Peut-être serons-nous plus heureux.

M. Filleul prit sur la cheminée la casquette en cuir, l'examina, et, appelant le brigadier de gendarmerie, lui dit à part :

– Brigadier, envoyez immédiatement un de vos hommes à Dieppe, chez le chapelier Maigret, et que M. Maigret nous dise, si possible, à qui fut vendue cette casquette.

« Le champ des investigations », selon le mot du substitut, se limitait à l'espace compris entre le château, la pelouse de droite, et l'angle formé par le mur de gauche et par le mur opposé au château ; c'est-à-dire un quadrilatère d'environ cent mètres de côté, où surgissaient çà et là les ruines d'Ambrumésy, le monastère si célèbre au Moyen Âge.

Tout de suite, dans l'herbe foulée, on nota le passage du fugitif. À deux endroits, des traces de sang noirci, presque desséché, furent observées. Après le tournant de l'arcade, qui marquait l'extrémité du cloître, il n'y avait plus rien, la nature du sol, tapissé d'aiguilles de pin, ne se prêtant plus à l'empreinte d'un corps. Mais alors, comment le blessé aurait-il pu échapper aux regards de la jeune fille, de Victor et d'Albert ? Quelques fourrés, que les domestiques et les gendarmes avaient battus, quelques pierres tombales sous lesquelles on avait exploré, et c'était tout.

Le juge d'instruction se fit ouvrir par le jardinier, qui en avait la clef, la Chapelle-Dieu, véritable bijou de sculpture que le temps et les révolutions avaient respecté, et qui fut toujours considérée, avec les fines ciselures[1] de son porche et le menu peuple de ses statuettes, comme une des merveilles du style gothique normand. La chapelle, très simple à l'intérieur, sans autre ornement que son autel de marbre, n'offrait aucun refuge. D'ailleurs, il eût fallu s'y introduire. Par quel moyen ?

L'inspection aboutissait à la petite porte qui servait d'entrée aux visiteurs des ruines. Elle donnait sur un chemin creux resserré entre l'enceinte et un bois-taillis[2] où se voyaient des carrières abandonnées. M. Filleul se pencha : la poussière du chemin présentait des marques de pneumatiques, à bandages antidérapants. De fait, Raymonde et Victor avaient cru entendre, après le coup de fusil, le halètement d'une auto. Le juge d'instruction insinua :

– Le blessé aura rejoint ses complices.

– Impossible ! s'écria Victor. J'étais là, alors que mademoiselle et Albert l'apercevaient encore.

– Enfin, quoi, il faut pourtant bien qu'il soit quelque part ! Dehors ou dedans, nous n'avons pas le choix !

– Il est ici, dirent les domestiques avec obstination.

Le juge haussa les épaules et s'en retourna vers le château, assez morose. Décidément l'affaire s'annonçait mal. Un vol où rien n'était volé, un prisonnier invisible, il n'y avait pas de quoi se réjouir.

1. Ciselure : ornementation sculptée en creux et en relief.
2. Bois-taillis : petit bois avec des espèces jeunes que l'on coupe régulièrement.

Il était tard. M. de Gesvres pria les magistrats à déjeuner ainsi que les deux journalistes. On mangea silencieusement, puis M. Filleul retourna dans le salon où il interrogea les domestiques. Mais le trot d'un cheval résonna du côté de la cour, et, un instant après, le gendarme que l'on avait envoyé à Dieppe, entra :

– Eh bien, vous avez vu le chapelier ? s'écria le juge, impatient d'obtenir enfin un renseignement.

– La casquette a été vendue à un chauffeur.

– Un chauffeur !

– Oui, un chauffeur qui s'est arrêté avec sa voiture devant le magasin et qui a demandé si on pouvait lui fournir, pour l'un de ses clients, une casquette de chauffeur en cuir jaune. Il restait celle-là. Il a payé sans même s'occuper de la pointure, et il est parti. Il était très pressé.

– Quelle sorte de voiture ?

– Un coupé[1] à quatre places.

– Et quel jour était-ce ?

– Quel jour ? Mais ce matin.

– Ce matin ? Qu'est-ce que vous me chantez là ?

– La casquette a été achetée ce matin.

– Mais c'est impossible, puisqu'elle a été trouvée cette nuit dans le parc. Pour cela il fallait qu'elle y fût, et par conséquent qu'elle eût été achetée auparavant.

– Ce matin. Le chapelier me l'a dit.

1. Coupé : voiture fermée à deux portes.

Il y eut un moment d'effarement. Le juge d'instruction, stupéfait, tâchait de comprendre. Soudain, il sursauta, frappé d'un coup de lumière.

– Qu'on amène le chauffeur qui nous a conduits ce matin !

Le brigadier de gendarmerie et son subordonné coururent en hâte vers les écuries. Au bout de quelques minutes, le brigadier revenait seul.

– Le chauffeur ?

– Il s'est fait servir à la cuisine, il a déjeuné, et puis…

– Et puis ?

– Il a filé.

– Avec sa voiture ?

– Non. Sous prétexte d'aller voir un de ses parents à Ouville, il a emprunté la bicyclette du palefrenier[1]. Voici son chapeau et son paletot[2].

– Mais il n'est pas parti tête nue ?

– Il a tiré de sa poche une casquette et il l'a mise.

– Une casquette ?

– Oui, en cuir jaune, paraît-il.

– En cuir jaune ? Mais non, puisque la voilà.

– En effet, monsieur le juge d'instruction, mais la sienne est pareille.

Le substitut eut un léger ricanement.

– Très drôle ! très amusant ! il y a deux casquettes… L'une, qui était la véritable, et qui constituait notre seule pièce à conviction, est partie sur la tête du

1. Palefrenier : personne chargée de s'occuper des chevaux.
2. Paletot : veste large et confortable portée sur un autre vêtement.

pseudo-chauffeur ! L'autre, la fausse, vous l'avez entre les mains. Ah ! le brave homme nous a proprement roulés.

– Qu'on le rattrape ! Qu'on le ramène ! cria M. Filleul. Brigadier Quevillon, deux de vos hommes à cheval, et au galop !

– Il est loin, dit le substitut.

– Si loin qu'il soit, il faudra bien qu'on mette la main sur lui.

– Je l'espère, mais je crois, monsieur le juge d'instruction, que nos efforts doivent surtout se concentrer ici. Veuillez lire ce papier que je viens de trouver dans les poches du manteau !

– Quel manteau ?

– Celui du chauffeur.

Et le substitut du procureur tendit à M. Filleul un papier plié en quatre où se lisaient ces quelques mots tracés au crayon, d'une écriture un peu vulgaire :

Malheur à la demoiselle si elle a tué le patron.

L'incident causa une certaine émotion.

– À bon entendeur, salut[1], nous sommes avertis, murmura le substitut.

– Monsieur le comte, reprit le juge d'instruction, je vous supplie de ne pas vous inquiéter. Vous non plus, mesdemoiselles. Cette menace n'a aucune importance, puisque la justice est sur les lieux. Toutes les

1. Que celui qui comprend en tire profit.

précautions seront prises. Je réponds de votre sécurité. Quant à vous, messieurs, ajouta-t-il en se tournant vers les deux reporters, je compte sur votre discrétion. C'est grâce à ma complaisance que vous avez assisté à cette enquête, et ce serait mal me récompenser…

Il s'interrompit, comme si une idée le frappait, regarda les deux jeunes gens tour à tour, et s'approcha de l'un d'eux :

– À quel journal êtes-vous attaché ?

– Au *Journal de Rouen.*

– Vous avez une carte d'identité ?

– La voici.

Le document était en règle. Il n'y avait rien à dire. M. Filleul interpella l'autre reporter.

– Et vous, monsieur ?

– Moi ?

– Oui, vous, je vous demande à quelle rédaction vous appartenez.

– Mon Dieu, monsieur le juge d'instruction, j'écris dans plusieurs journaux…

– Votre carte d'identité ?

– Je n'en ai pas.

– Ah ! et comment se fait-il ?…

– Pour qu'un journal vous délivre une carte, il faut y écrire de façon suivie.

– Eh bien ?

– Eh bien, je ne suis que collaborateur occasionnel. J'envoie de droite et de gauche des articles qui sont publiés… ou refusés, selon les circonstances.

– En ce cas, votre nom ? vos papiers ?

– Mon nom ne vous apprendrait rien. Quant à mes papiers, je n'en ai pas.

– Vous n'avez pas un papier quelconque faisant foi de votre profession !

– Je n'ai pas de profession.

– Mais enfin, monsieur, s'écria le juge avec une certaine brusquerie, vous ne prétendez cependant pas garder l'incognito après vous être introduit ici par ruse, et avoir surpris les secrets de la justice.

– Je vous prierai de remarquer, monsieur le juge d'instruction, que vous ne m'avez rien demandé quand je suis venu, et que, par conséquent, je n'avais rien à dire. En outre, il ne m'a pas semblé que l'enquête fût secrète, puisque tout le monde y assistait… même un des coupables.

Il parlait doucement, d'un ton de politesse infinie. C'était un tout jeune homme, très grand et très mince, vêtu d'un pantalon trop court et d'une jaquette[1] trop étroite. Il avait une figure rose de jeune fille, un front large planté de cheveux en brosse et une barbe blonde mal taillée. Ses yeux brillaient d'intelligence. Il ne semblait nullement embarrassé et souriait d'un sourire sympathique où il n'y avait pas trace d'ironie.

M. Filleul l'observait avec une défiance agressive. Les deux gendarmes s'avancèrent. Le jeune homme s'écria gaiement :

– Monsieur le juge d'instruction, il est clair que

1. Jaquette : longue veste d'homme à pans ouverts.

vous me soupçonnez d'être un des complices. Mais, s'il en était ainsi, ne me serais-je point esquivé[1] au bon moment, selon l'exemple de mon camarade ?

– Vous pouviez espérer…

– Tout espoir eût été absurde. Réfléchissez, monsieur le juge d'instruction, et vous conviendrez qu'en bonne logique…

M. Filleul le regarda droit dans les yeux, et sèchement :

– Assez de plaisanteries ! Votre nom ?

– Isidore Beautrelet.

– Votre profession ?

– Élève de rhétorique[2] au lycée Janson-de-Sailly[3].

M. Filleul le regarda dans les yeux, et sèchement :

– Que me chantez-vous là ? Élève de rhétorique…

– Au lycée Janson, rue de la Pompe, numéro…

– Ah ça, mais, s'exclama M. Filleul, vous vous moquez de moi ! Il ne faudrait pas que ce petit jeu se prolongeât !

– Je vous avoue, monsieur le juge d'instruction, que votre surprise m'étonne. Qu'est-ce qui s'oppose à ce que je sois élève au lycée Janson ? Ma barbe peut-être ? Rassurez-vous, ma barbe est fausse.

Isidore Beautrelet arracha les quelques boucles qui ornaient son menton, et son visage imberbe parut plus juvénile encore et plus rose, un vrai visage de lycéen.

1. Esquivé : échappé.
2. Rhétorique : classe de l'enseignement secondaire correspondant aujourd'hui à la 1re où l'on enseignait la rhétorique, l'art du discours.
3. Janson-de-Sailly : lycée parisien du XVIe arrondissement ouvert en 1884.

Et, tandis qu'un rire d'enfant découvrait ses dents blanches :

– Êtes-vous convaincu, maintenant ? Et vous faut-il encore des preuves ? Tenez, lisez, sur ces lettres de mon père, l'adresse : M. *Isidore Beautrelet, interne au lycée Janson-de-Sailly*.

Convaincu ou non, M. Filleul n'avait point l'air de trouver l'histoire à son goût. Il demanda d'un ton bourru :

– Que faites-vous ici ?

– Mais… je m'instruis.

– Il y a des lycées pour cela… le vôtre.

– Vous oubliez, monsieur le juge d'instruction, qu'aujourd'hui, 23 avril, nous sommes en pleines vacances de Pâques.

– Eh bien ?

– Eh bien, j'ai toute liberté d'employer ces vacances à ma guise.

– Votre père ?…

– Mon père habite loin, au fond de la Savoie, et c'est lui-même qui m'a conseillé un petit voyage sur les côtes de la Manche.

– Avec une fausse barbe ?

– Oh ! ça non. L'idée est de moi. Au lycée, nous parlons beaucoup d'aventures mystérieuses, nous lisons des romans policiers où l'on se déguise. Nous imaginons des tas de choses compliquées et terribles. Alors j'ai voulu m'amuser et j'ai mis une fausse barbe. En outre, j'avais l'avantage qu'on me prenait au sérieux et je me faisais passer pour un reporter parisien. C'est ainsi qu'hier soir, après plus d'une semaine insignifiante, j'ai eu le plaisir de connaître mon confrère de Rouen, et que, ce matin, ayant appris l'affaire d'Ambrumésy, il m'a proposé fort aimablement de l'accompagner et de louer une voiture de compte à demi[1].

Isidore Beautrelet disait tout cela avec une simplicité franche, un peu naïve, et dont il n'était point possible de ne pas sentir le charme. M. Filleul lui-même, tout en se tenant sur une réserve défiante, se plaisait à l'écouter.

Il lui demanda d'un ton moins bourru :

– Et vous êtes content de votre expédition ?

– Ravi ! Je n'avais jamais assisté à une affaire de ce genre, et celle-ci ne manque pas d'intérêt.

– Ni de ces complications mystérieuses que vous prisez si fort.

– Et qui sont si passionnantes, monsieur le juge d'instruction ! Je ne connais pas d'émotion plus grande que de voir tous les faits qui sortent de l'ombre, qui se groupent les uns contre les autres, et qui forment peu à peu la vérité probable.

– La vérité probable, comme vous y allez, jeune homme ! Est-ce à dire que vous avez, déjà prête, votre petite solution de l'énigme ?

– Oh ! non, repartit Beautrelet en riant. Seulement… il me semble qu'il y a certains points où il n'est pas impossible de se faire une opinion, et d'autres, même, tellement précis, qu'il suffit… de conclure.

1. De compte à demi : en partageant les frais.

– Eh ! mais, cela devient très curieux et je vais enfin savoir quelque chose. Car, je vous le confesse à ma grande honte, je ne sais rien.

– C'est que vous n'avez pas eu le temps de réfléchir, monsieur le juge d'instruction. L'essentiel est de réfléchir. Il est si rare que les faits ne portent pas en eux-mêmes leur explication. N'est-ce pas votre avis ? En tout cas je n'en ai pas constaté d'autres que ceux qui sont consignés au procès-verbal[1].

– À merveille ! De sorte que si je vous demandais quels furent les objets volés dans ce salon ?

– Je vous répondrais que je les connais.

– Bravo ! Monsieur en sait plus long là-dessus que le propriétaire lui-même ! M. de Gesvres a son compte : M. Beautrelet n'a pas le sien. Il lui manque une bibliothèque et une statue grandeur nature que personne n'avait jamais remarquées. Et si je vous demandais le nom du meurtrier ?

– Je vous répondrais également que je le connais.

Il y eut un sursaut chez tous les assistants. Le substitut et le journaliste se rapprochèrent. M. de Gesvres et les deux jeunes filles écoutaient attentivement, impressionnés par l'assurance tranquille de Beautrelet.

– Vous connaissez le nom du meurtrier ?

– Oui.

– Et l'endroit où il se trouve, peut-être ?

– Oui.

1. Procès-verbal : compte rendu écrit dans lequel sont consignées les constatations d'un magistrat, d'un officier de police, lors d'une enquête notamment.

M. Filleul se frotta les mains.

– Quelle chance ! Cette capture sera l'honneur de ma carrière. Et vous pouvez, dès maintenant, me faire ces révélations foudroyantes ?

– Dès maintenant, oui… Ou bien, si vous n'y voyez pas d'inconvénient, dans une heure ou deux, lorsque j'aurai assisté jusqu'au bout à l'enquête que vous poursuivez.

– Mais non, tout de suite, jeune homme…

À ce moment, Raymonde de Saint-Véran, qui, depuis le début de cette scène, n'avait pas quitté du regard Isidore Beautrelet, s'avança vers M. Filleul.

– Monsieur le juge d'instruction…

– Que désirez-vous, mademoiselle ?

Deux ou trois secondes, elle hésita, les yeux fixés sur Beautrelet, puis, s'adressant à M. Filleul :

– Je vous prierai de demander à monsieur la raison pour laquelle il se promenait hier dans le chemin creux qui aboutit à la petite porte.

Ce fut un coup de théâtre. Isidore Beautrelet parut interloqué.

– Moi, mademoiselle ! moi ! vous m'avez vu hier ?

Raymonde resta pensive, les yeux toujours attachés à Beautrelet, comme si elle cherchait à bien établir en elle sa conviction, et elle prononça d'un ton posé :

– J'ai rencontré dans le chemin creux, à quatre heures de l'après-midi, alors que je traversais le bois, un jeune homme de la taille de monsieur, habillé comme lui, et qui portait la barbe taillée comme la sienne… et j'eus l'impression qu'il cherchait à se dissimuler.

– Et c'était moi ?

– Il me serait impossible de l'affirmer d'une façon absolue, car mon souvenir est un peu vague. Cependant… cependant il me semble bien… sinon la ressemblance serait étrange…

M. Filleul était perplexe. Déjà dupé par l'un des complices, allait-il se laisser jouer par ce soi-disant collégien ?

– Qu'avez-vous à répondre, monsieur ?

– Que mademoiselle se trompe et qu'il m'est facile de le démontrer. Hier, à cette heure, j'étais à Veules.

– Il faudra le prouver, il le faudra. En tout cas la situation n'est plus la même. Brigadier, l'un de vos hommes tiendra compagnie à monsieur.

Le visage d'Isidore Beautrelet marqua une vive contrariété.

– Ce sera long ?

– Le temps de réunir les informations nécessaires.

– Monsieur le juge d'instruction, je vous supplie de les réunir avec le plus de célérité[1] et de discrétion possible…

– Pourquoi ?

– Mon père est vieux. Nous nous aimons beaucoup… et je ne voudrais pas qu'il eût de la peine par moi.

Le ton larmoyant de la voix déplut à M. Filleul. Cela sentait la scène de mélodrame[2]. Néanmoins, il promit :

1. Célérité : rapidité, promptitude.
2. Mélodrame : drame populaire caractérisé par des situations invraisemblables et l'exagération des émotions.

– Ce soir… demain au plus tard, je saurai à quoi m'en tenir.

L'après-midi s'avançait. Le juge retourna dans les ruines du cloître, en ayant soin d'en interdire l'entrée à tous les curieux, et patiemment, avec méthode, divisant le terrain en parcelles successivement étudiées, il dirigea lui-même les investigations. Mais, à la fin du jour, il n'était guère plus avancé, et il déclara devant une armée de reporters qui avaient envahi le château :

– Messieurs, tout nous laisse supposer que le blessé est là, à portée de notre main, tout, sauf la réalité des faits. Donc, à notre humble avis, il a dû s'échapper, et c'est dehors que nous le trouverons.

Par précaution cependant, il organisa, d'accord avec le brigadier, la surveillance du parc, et, après un nouvel examen des deux salons et une visite complète du château, après s'être entouré de tous les renseignements nécessaires, il reprit la route de Dieppe en compagnie du substitut.

La nuit vint. Le boudoir devant rester clos, on avait transporté le cadavre de Jean Daval dans une autre pièce. Deux femmes du pays le veillaient, secondées par Suzanne et Raymonde. En bas, sous l'œil attentif du garde champêtre[1], que l'on avait attaché à sa personne, le jeune Isidore Beautrelet sommeillait sur le banc de l'ancien oratoire[2]. Dehors, les gendarmes,

1. Garde champêtre : agent communal chargé de la surveillance et de la protection du domaine rural.
2. Oratoire : pièce réservée à la prière.

le fermier et une douzaine de paysans s'étaient postés parmi les ruines et le long des murs.

Jusqu'à onze heures, tout fut tranquille, mais à onze heures dix, un coup de feu retentit de l'autre côté du château.

– Attention, hurla le brigadier. Que deux hommes restent ici !... Fossier et Lecanu... Les autres au pas de course.

Tous, ils s'élancèrent et doublèrent le château par la gauche. Dans l'ombre, une silhouette s'esquiva. Puis, tout de suite, un second coup de feu les attira plus loin, presque aux limites de la ferme. Et soudain, comme ils arrivaient en troupe à la haie qui borde le verger, une flamme jaillit à droite de la maison réservée au fermier, et d'autres flammes aussitôt s'élevèrent en colonne épaisse. C'était une grange qui brûlait, bourrée de paille jusqu'à son faîte.

– Les coquins ! cria le brigadier. Quevillon, c'est eux qui ont mis le feu. Sautons dessus, mes enfants. Ils ne peuvent pas être loin.

Mais la brise courbant les flammes vers le corps de logis, avant tout il fallut parer au danger. Ils s'y employèrent tous avec d'autant plus d'ardeur que M. de Gesvres, accouru sur le lieu du sinistre, les encouragea par la promesse d'une récompense. Quand on se fut rendu maître de l'incendie, il était deux heures du matin. Toute poursuite eût été vaine.

– Nous verrons cela au grand jour, dit le brigadier, pour sûr ils ont laissé des traces... on les retrouvera.

– Et je ne serai pas fâché, ajouta M. de Gesvres, de

savoir la raison de cette attaque. Mettre le feu à des bottes de paille me paraît bien inutile.

– Venez avec moi, monsieur le comte… la raison, je vais peut-être vous la dire.

Ensemble ils arrivaient aux ruines du cloître. Le brigadier appela :

– Lecanu ?… Fossier ?…

D'autres gendarmes cherchaient déjà leurs camarades laissés en faction. On finit par les découvrir à l'entrée de la petite porte. Ils étaient étendus à terre, ficelés, bâillonnés, un bandeau sur les yeux.

– Monsieur le comte, murmura le brigadier tandis qu'on les délivrait, nous avons été joués comme des enfants.

– En quoi ?

– Les coups de feu… l'attaque… l'incendie… tout cela, des blagues pour nous attirer là-bas… Une diversion… Pendant ce temps, on ligotait nos deux hommes et l'affaire était faite.

– Quelle affaire ?

– L'enlèvement du blessé, parbleu !

– Allons donc, vous croyez ?

– Si je crois ! C'est la vérité certaine. Voilà bien dix minutes que l'idée m'en est venue. Mais je ne suis qu'un imbécile de ne pas y avoir pensé plus tôt. On les aurait tous pincés.

Quevillon frappa du pied dans un subit accès de rage.

– Mais où, sacrédié[1] ? Par où sont-ils passés ? Par où

1. Sacrédié : ancien juron marquant l'étonnement et l'impatience.

l'ont-ils enlevé ? Et lui, le gredin, où se cachait-il ? Car enfin, quoi ! on a battu le terrain toute la journée, et un individu ne se cache pas dans une touffe d'herbe, surtout quand il est blessé. C'est de la magie, ces histoires-là !…

Le brigadier Quevillon n'était pas au bout de ses étonnements. À l'aube, quand on pénétra dans l'oratoire qui servait de cellule au jeune Beautrelet, on constata que le jeune Beautrelet avait disparu. Sur une chaise, courbé, dormait le garde champêtre. À côté de lui, il y avait une carafe et deux verres. Au fond de l'un de ces verres, on apercevait un peu de poudre blanche.

Après examen, il fut prouvé, d'abord, que Beautrelet avait administré un narcotique[1] au garde champêtre, qu'il n'avait pu s'échapper que par une fenêtre, située à deux mètres cinquante de hauteur, et enfin, détail charmant, qu'il n'avait pu atteindre cette fenêtre qu'en utilisant comme marchepied le dos de son gardien.

1. Narcotique : substance qui provoque le sommeil, somnifère.

2

Isidore Beautrelet, élève de rhétorique

Extrait du *Grand Journal* :

NOUVELLES DE LA NUIT

Enlèvement du docteur Delattre : un coup d'une audace folle.

Au moment de mettre sous presse, on nous apporte une nouvelle dont nous n'osons pas garantir l'authenticité, tellement elle nous paraît invraisemblable. Nous la donnons donc sous toutes réserves.

*Hier soir, le docteur Delattre, le célèbre chirurgien, assistait avec sa femme et sa fille à la représentation d'*Hernani[1]*, à la* Comédie-Française[2]*. Au début du troisième acte, c'est-à-dire vers dix heures, la porte de sa loge s'ouvrit ; un monsieur, que deux autres accompagnaient,*

1. *Hernani* : pièce de théâtre de Victor Hugo représentée pour la première fois à Paris à la Comédie-Française en 1830.
2. Comédie-Française : théâtre parisien du Ier arrondissement.

se pencha vers le docteur, et lui dit assez haut pour que Mme Delattre entendît :

– Docteur, j'ai une mission des plus pénibles à remplir, et je vous serais très reconnaissant de me faciliter ma tâche.

– Qui êtes-vous, monsieur ?

– M. Thézard, commissaire de police, et j'ai ordre de vous conduire auprès de M. Dudouis, à la Préfecture.

– Mais, enfin…

– Pas un mot, docteur, je vous en supplie, pas un geste… Il y a là une erreur lamentable, et c'est pourquoi nous devons agir en silence et n'attirer l'attention de personne. Avant la fin de la représentation vous serez de retour, je n'en doute pas.

Le docteur se leva et suivit le commissaire. À la fin de la représentation, il n'était pas revenu.

Très inquiète, Mme Delattre se rendit au commissariat de police. Elle y trouva le véritable M. Thézard, et reconnut, à son grand effroi, que l'individu qui avait emmené son mari n'était qu'un imposteur.

Les premières recherches ont révélé que le docteur était monté dans une automobile et que cette automobile s'était éloignée dans la direction de la Concorde.

Notre seconde édition tiendra nos lecteurs au courant de cette incroyable aventure.

Si incroyable qu'elle fût, l'aventure était véridique. Le dénouement d'ailleurs ne devait pas tarder et *Le Grand Journal*, en même temps qu'il la confirmait dans son édition de midi, annonçait en quelques mots le coup de théâtre qui la terminait.

et le commencement des suppositions.

Ce matin, à neuf heures, le docteur Delattre a été ramené devant la porte du numéro 78 de la rue Duret, par une automobile qui, aussitôt, s'est éloignée rapidement. Le numéro 78 de la rue Duret n'est autre que la clinique même du docteur Delattre, clinique où chaque matin il arrive à cette même heure.

Quand nous nous sommes présentés, le docteur, qui était en conférence avec le chef de la Sûreté[1]*, a bien voulu cependant nous recevoir.*

– Tout ce que je puis vous dire, a-t-il répondu, c'est que l'on m'a traité avec les plus grands égards. Mes trois compagnons sont les gens les plus charmants que je connaisse, d'une politesse exquise, spirituels et bons causeurs, ce qui n'était pas à dédaigner, étant donné la longueur du voyage.

– Combien de temps dura-t-il ?

– Environ quatre heures.

– Et le but de ce voyage ?

– J'ai été conduit auprès d'un malade dont l'état nécessitait une intervention chirurgicale immédiate.

– Et cette opération a réussi ?

– Oui, mais les suites sont à craindre. Ici, je répondrais du malade. Là-bas… dans les conditions où il se trouve…

– De mauvaises conditions ?

1. Sûreté : direction de la Sûreté générale, organisme de police.

– Exécrables… Une chambre d'auberge… et l'impossibilité, pour ainsi dire absolue, de recevoir des soins.

– Alors, qui peut le sauver ?

– Un miracle… et puis sa constitution d'une force exceptionnelle.

– Et vous ne pouvez en dire davantage sur cet étrange client ?

– Je ne le puis. D'abord, j'ai juré, et ensuite j'ai reçu la somme de dix mille francs[1] *au profit de ma clinique populaire. Si je ne garde pas le silence, cette somme me sera reprise.*

– Allons donc ! Vous croyez ?

– Ma foi, oui, je le crois. Tous ces gens-là m'ont l'air extrêmement sérieux.

Telles sont les déclarations que nous a faites le docteur.

Et nous savons d'autre part que le chef de la Sûreté n'est pas encore parvenu à tirer de lui des renseignements plus précis sur l'opération qu'il a pratiquée, sur le malade qu'il a soigné, et sur les régions que l'automobile a parcourues. Il semble donc difficile de connaître la vérité.

Cette vérité que le rédacteur de l'interview s'avouait impuissant à découvrir, les esprits un peu clairvoyants la devinèrent par un simple rapprochement des faits qui s'étaient passés la veille au château d'Ambrumésy, et que tous les journaux rapportaient ce même jour dans leurs moindres détails. Il y avait évidemment là,

1. Il s'agit alors du franc germinal, unité monétaire créée en 1803 qui restera en vigueur jusqu'en 1928.

entre cette disparition d'un cambrioleur blessé et cet enlèvement d'un chirurgien célèbre, une coïncidence dont il fallait tenir compte.

L'enquête, d'ailleurs, démontra la justesse de l'hypothèse. En suivant la piste du pseudo-chauffeur qui s'était enfui sur une bicyclette, on établit qu'il avait gagné la forêt d'Arques, située à une quinzaine de kilomètres ; que, de là, après avoir jeté sa bicyclette dans un fossé, il s'était rendu au village de Saint-Nicolas, et qu'il avait envoyé une dépêche ainsi conçue :

A.L.N., BUREAU 45, PARIS

Situation désespérée. Opération urgente.
Expédiez célébrité par nationale quatorze.

La preuve était irréfutable. Prévenus, les complices de Paris s'empressaient de prendre leurs dispositions. À dix heures du soir ils expédiaient la célébrité par la route nationale numéro 14 qui côtoie la forêt d'Arques et aboutit à Dieppe. Pendant ce temps, à la faveur de l'incendie allumé par elle-même, la bande des cambrioleurs enlevait son chef et le transportait dans une auberge où l'opération avait lieu dès l'arrivée du docteur, vers deux heures du matin.

Là-dessus aucun doute. À Pontoise, à Gournay, à Forges, l'inspecteur principal Ganimard, envoyé spécialement de Paris, avec l'inspecteur Folenfant, constata le passage d'une automobile au cours de la nuit précédente… De même sur la route de Dieppe à Ambrumésy ; et si l'on perdait soudain la trace de la voiture à une demi-lieue[1] environ du château, du moins on nota de nombreux vestiges de pas entre la petite porte du parc et les ruines du cloître. En outre, Ganimard fit remarquer que la serrure de la petite porte avait été forcée.

Donc tout s'expliquait. Restait à déterminer l'auberge dont le docteur avait parlé. Besogne aisée pour un Ganimard, fureteur[2], patient, et vieux routier de police. Le nombre des auberges est limité, et celle-ci, étant donné l'état du blessé, ne pouvait être que dans le voisinage d'Ambrumésy. Ganimard et le brigadier se mirent en campagne. À cinq cents mètres, à mille mètres, à cinq mille mètres à la ronde, ils visitèrent et fouillèrent tout ce qui pouvait passer pour une auberge. Mais, contre toute attente, le moribond s'obstina à demeurer invisible.

Ganimard s'acharna. Il rentra coucher le soir du samedi au château, avec l'intention de faire son enquête personnelle le dimanche. Or, le dimanche matin, il apprit qu'une ronde de gendarmes avait aperçu cette nuit même une silhouette qui se glissait dans le chemin creux, à l'extérieur des murs. Était-ce un complice qui revenait aux informations ? Devait-on supposer que le chef de la bande n'avait pas quitté le cloître ou les environs du cloître ?

1. Demi-lieue : deux kilomètres. La lieue est une ancienne mesure de distance correspondant à environ quatre kilomètres.
2. Fureteur : qui aime chercher, fouiner partout.

Le soir, Ganimard dirigea ouvertement l'escouade de gendarmes du côté de la ferme, et se plaça, lui, ainsi que Folenfant, en dehors des murs, près de la porte.

Un peu avant minuit, un individu déboucha du bois, fila entre eux, franchit le seuil de la porte et pénétra dans le parc. Durant trois heures, ils le virent errer à travers les ruines, se baissant, escaladant les vieux piliers, restant parfois de longues minutes immobile. Puis il se rapprocha de la porte, et de nouveau passa entre les deux inspecteurs.

Ganimard lui mit la main au collet, tandis que Folenfant le prenait à bras-le-corps. Il ne résista pas, et, le plus docilement du monde, se laissa lier les poignets et conduire au château. Mais quand ils voulurent l'interroger, il répondit simplement qu'il ne leur devait aucun compte et qu'il attendrait la venue du juge d'instruction.

Alors ils l'attachèrent solidement au pied d'un lit, dans une des deux chambres contiguës qu'ils occupaient.

Le lundi matin, à neuf heures, dès l'arrivée de M. Filleul, Ganimard annonça la capture qu'il avait opérée. On fit descendre le prisonnier. C'était Isidore Beautrelet.

– Monsieur Isidore Beautrelet ! s'écria M. Filleul d'un air ravi et en tendant les mains au nouveau venu. Quelle bonne surprise ! Notre excellent détective amateur, ici ! à notre disposition !... Mais c'est une aubaine ! Monsieur l'inspecteur, permettez que je vous présente M. Beautrelet, élève de rhétorique au lycée Janson-de-Sailly.

Ganimard paraissait quelque peu interloqué. Isidore le salua très bas, comme un confrère que l'on estime à sa valeur, et se tournant vers M. Filleul :

– Il paraît, monsieur le juge d'instruction, que vous avez reçu de bons renseignements sur moi ?

– Parfaits ! D'abord vous étiez en effet à Veules-les-Roses au moment où Mlle de Saint-Véran a cru vous voir dans le chemin creux. Nous établirons, je n'en doute pas, l'identité de votre sosie. Ensuite, vous êtes bel et bien Isidore Beautrelet, élève de rhétorique, et même excellent élève, laborieux et de conduite exemplaire. Votre père habitant la province, vous sortez une fois par mois chez son correspondant, M. Bernod, lequel ne tarit pas d'éloges à votre endroit.

– De sorte que…

– De sorte que vous êtes libre.

– Absolument libre ?

– Absolument. Ah ! toutefois j'y mets une petite, une toute petite condition. Vous comprenez que je ne puis relâcher un monsieur qui administre des narcotiques, qui s'évade par les fenêtres, et que l'on prend ensuite en flagrant délit de vagabondage dans les propriétés privées, que je ne le puis sans une compensation.

– J'attends.

– Eh bien, nous allons reprendre notre entretien interrompu, et vous allez me dire où vous en êtes de vos recherches… En deux jours de liberté vous avez dû les mener très loin ?

Et comme Ganimard s'apprêtait à sortir, avec une

affectation de dédain[1] pour ce genre d'exercice, le juge s'écria :

– Mais pas du tout, monsieur l'inspecteur, votre place est ici… Je vous assure que M. Isidore Beautrelet vaut la peine qu'on l'écoute. M. Isidore Beautrelet, d'après mes renseignements, s'est taillé au lycée Janson-de-Sailly une réputation d'observateur auprès de qui rien ne peut passer inaperçu, et ses condisciples, m'a-t-on dit, le considèrent comme votre émule, comme le rival d'Herlock Sholmès.

– En vérité ! fit Ganimard, ironique.

– Parfaitement. L'un d'eux m'a écrit : *Si Beautrelet déclare qu'il sait, il faut le croire, et, ce qu'il dira, ne doutez pas que ce soit l'expression exacte de la vérité.* Monsieur Isidore Beautrelet, voici le moment ou jamais de justifier la confiance de vos camarades. Je vous en conjure, donnez-nous l'expression exacte de la vérité.

Isidore écoutait en souriant, et il répondit :

– Monsieur le juge d'instruction, vous êtes cruel. Vous vous moquez de pauvres collégiens qui se divertissent comme ils peuvent. Vous avez bien raison, d'ailleurs, et je ne vous fournirai pas d'autres motifs de me railler[2].

– C'est que vous ne savez rien, monsieur Isidore Beautrelet.

– J'avoue, en effet, très humblement, que je ne sais

1. Affectation de dédain : en montrant ostensiblement son mépris.
2. Railler : se moquer, ridiculiser.

rien. Car je n'appelle pas « savoir quelque chose » la découverte de deux ou trois points plus précis qui n'ont pu, du reste, j'en suis sûr, vous échapper.

– Par exemple ?

– Par exemple, l'objet du vol.

– Ah ! décidément, l'objet du vol vous est connu ?

– Comme à vous, je n'en doute pas. C'est même la première chose que j'ai étudiée, la tâche me paraissant plus facile.

– Plus facile vraiment ?

– Mon Dieu, oui. Il s'agit tout au plus de faire un raisonnement.

– Pas davantage ?

– Pas davantage.

– Et ce raisonnement ?

– Le voici, dépouillé de tout commentaire. D'une part *il y a eu vol*, puisque ces deux demoiselles sont d'accord et qu'elles ont réellement vu deux hommes qui s'enfuyaient avec des objets.

– Il y a eu vol.

– D'autre part, *rien n'a disparu*, puisque M. de Gesvres l'affirme et qu'il est mieux que personne en mesure de le savoir.

– Rien n'a disparu.

– De ces deux constatations il résulte inévitablement cette conséquence : du moment qu'il y a eu vol et que rien n'a disparu, c'est que l'objet emporté a été remplacé par un objet identique. Il se peut, je m'empresse de le dire, que ce raisonnement ne soit pas ratifié par les faits. Mais je prétends que c'est le premier qui doive s'offrir à nous, et qu'on n'a le droit de l'écarter qu'après un examen sérieux.

– En effet… en effet…, murmura le juge d'instruction, visiblement intéressé.

– Or, continua Isidore, qu'y avait-il dans ce salon qui pût attirer la convoitise des cambrioleurs ? Deux choses. La tapisserie d'abord. Ce ne peut être cela. Une tapisserie ancienne ne s'imite pas, et la supercherie vous eût sauté aux yeux. Restaient les quatre Rubens.

– Que dites-vous ?

– Je dis que les quatre Rubens accrochés à ce mur sont faux.

– Impossible !

– Ils sont faux, *a priori*, fatalement, et sans appel.

– Je vous répète que c'est impossible.

– Il y a bientôt un an, monsieur le juge d'instruction, un jeune homme, qui se faisait appeler Charpenais, est venu au château d'Ambrumésy et a demandé la permission de copier les tableaux de Rubens. Cette permission lui fut accordée par M. de Gesvres. Chaque jour, durant cinq mois, du matin jusqu'au soir, Charpenais travailla dans ce salon. Ce sont les copies qu'il a faites, cadres et toiles, qui ont pris la place des quatre grands tableaux originaux légués à M. de Gesvres par son oncle, le marquis de Bobadilla.

– La preuve ?

– Je n'ai pas de preuve à donner. Un tableau est faux parce qu'il est faux, et j'estime qu'il n'est pas même besoin d'examiner ceux-là.

MM. Filleul et Ganimard se regardaient sans

dissimuler leur étonnement. L'inspecteur ne songeait plus à se retirer. À la fin, le juge d'instruction murmura :

– Il faudrait avoir l'avis de M. de Gesvres.

Et Ganimard approuva :

– Il faudrait avoir son avis.

Et ils donnèrent l'ordre qu'on priât le comte de venir au salon.

C'était une véritable victoire que remportait le jeune rhétoricien. Contraindre deux hommes de métier, deux professionnels comme MM. Filleul et Ganimard, à faire état de ses hypothèses, il y avait là un hommage dont tout autre se fût enorgueilli. Mais Beautrelet paraissait insensible à ces petites satisfactions d'amour-propre et, toujours souriant, sans la moindre ironie, il attendait. M. de Gesvres entra.

– Monsieur le comte, lui dit le juge d'instruction, la suite de notre enquête nous met en face d'une éventualité tout à fait imprévue, et que nous vous soumettons sous toutes réserves. Il se pourrait… je dis : il se pourrait… que les cambrioleurs, en s'introduisant ici, aient eu pour but de dérober vos quatre Rubens ou du moins de les remplacer par quatre copies… copies qu'eût exécutées, il y a un an, un peintre du nom de Charpenais. Voulez-vous examiner ces tableaux et nous dire si vous les reconnaissez pour authentiques ?

Le comte parut réprimer un mouvement de contrariété, observa Beautrelet, puis M. Filleul, et répondit sans prendre la peine de s'approcher des tableaux :

– J'espérais, monsieur le juge d'instruction, que la vérité resterait ignorée. Puisqu'il en est autrement, je n'hésite pas à le déclarer : ces quatre tableaux sont faux.

– Vous le saviez donc ?

– Dès la première heure.

– Que ne le disiez-vous ?

– Le possesseur d'un objet n'est jamais pressé de dire que cet objet n'est pas… ou n'est plus authentique.

– Cependant, c'était le seul moyen de les retrouver.

– Il y en avait un meilleur.

– Lequel ?

– Celui de ne pas ébruiter le secret, de ne pas effaroucher mes voleurs, et de leur proposer le rachat des tableaux dont ils doivent être quelque peu embarrassés.

– Comment communiquer avec eux ?

Le comte ne répondant pas, ce fut Isidore qui riposta :

– Par une note insérée dans les journaux. Cette petite note, publiée par *Le Journal* et *Le Matin*[1], est ainsi conçue :

Suis disposé à racheter les tableaux.

Le comte approuva d'un signe de tête. Une fois encore le jeune homme en remontrait à ses aînés.

M. Filleul fut beau joueur.

– Décidément, cher monsieur, je commence à croire que vos camarades n'ont pas tout à fait tort. Sapristi, quel coup d'œil ! quelle intuition ! Si cela

1. *Le Matin* : grand quotidien français (1883-1944).

continue, M. Ganimard et moi nous n'aurons plus rien à faire.

– Oh ! tout cela n'était guère compliqué.

– Le reste l'est davantage, voulez-vous dire ? Je me rappelle en effet que, lors de notre première rencontre, vous aviez l'air d'en savoir plus long. Voyons, autant que je m'en souvienne, vous affirmiez que le nom du meurtrier vous était connu ?

– En effet.

– Qui donc a tué Jean Daval ? Cet homme est-il vivant ? Où se cache-t-il ?

– Il y a un malentendu entre nous, monsieur le juge, ou plutôt un malentendu entre vous et la réalité des faits, et cela depuis le début. Le meurtrier et le fugitif sont deux individus distincts.

– Que dites-vous ? s'exclama M. Filleul. L'homme que M. de Gesvres a vu dans le boudoir et contre lequel il a lutté, l'homme que ces demoiselles ont vu dans le salon et sur lequel Mlle de Saint-Véran a tiré, l'homme qui est tombé dans le parc et que nous cherchons, cet homme-là n'est pas celui qui a tué Jean Daval ?

– Non.

– Avez-vous découvert les traces d'un troisième complice qui aurait disparu avant l'arrivée de ces demoiselles ?

– Non.

– Alors je ne comprends plus... Qui donc est le meurtrier de Jean Daval ?

– Jean Daval a été tué par...

Beautrelet s'interrompit, demeura pensif un instant et reprit :

– Mais auparavant il faut que je vous montre le chemin que j'ai suivi pour arriver à la certitude, et les raisons mêmes du meurtre... sans quoi mon accusation vous semblerait monstrueuse... Et elle ne l'est pas... non, elle ne l'est pas... Il y a un détail qui n'a pas été remarqué et qui cependant a la plus grande importance, c'est que Jean Daval, au moment où il fut frappé, était vêtu de tous ses vêtements, chaussé de ses bottines de marche, bref, habillé comme on l'est en plein jour. Or, le crime a été commis à quatre heures du matin.

– J'ai relevé cette bizarrerie, fit le juge. M. de Gesvres m'a répondu que Daval passait une partie de ses nuits à travailler.

– Les domestiques disent au contraire qu'il se couchait régulièrement de très bonne heure. Mais admettons qu'il fût debout : pourquoi a-t-il défait son lit, de manière à faire croire qu'il était couché ? Et s'il était couché, pourquoi, en entendant du bruit, a-t-il pris la peine de s'habiller des pieds à la tête, au lieu de se vêtir sommairement ? J'ai visité sa chambre le premier jour, tandis que vous déjeuniez : ses pantoufles étaient au pied de son lit. Qui l'empêcha de les mettre plutôt que de chausser ses lourdes bottines ferrées ?

– Jusqu'ici, je ne vois pas...

– Jusqu'ici, en effet, vous ne pouvez voir que des anomalies. Elles m'ont paru cependant beaucoup plus suspectes quand j'appris que le peintre Charpenais

– le copiste des Rubens – avait été présenté au comte par Jean Daval lui-même.

– Eh bien ?

– Eh bien, de là à conclure que Jean Daval et Charpenais étaient complices, il n'y a qu'un pas. Ce pas, je l'avais franchi lors de notre conversation.

– Un peu vite, il me semble.

– En effet, il fallait une preuve matérielle. Or, j'avais découvert dans la chambre de Daval, sur une des feuilles du sous-main où il écrivait, cette adresse, qui s'y trouve encore d'ailleurs, décalquée à l'envers par le buvard : *Monsieur A.L.N., bureau 45, Paris.* Le lendemain, on découvrit que le télégramme envoyé de Saint-Nicolas par le pseudo-chauffeur portait cette même adresse : *A.L.N., bureau 45.* La preuve matérielle existait, Jean Daval correspondait avec la bande qui avait organisé l'enlèvement des tableaux.

M. Filleul ne souleva aucune objection.

– Soit. La complicité est établie. Et vous en concluez ?

– Ceci d'abord : c'est que ce n'est point le fugitif qui a tué Jean Daval, puisque Jean Daval était son complice.

– Alors ?

– Monsieur le juge d'instruction, rappelez-vous la première phrase que prononça M. de Gesvres lorsqu'il se réveilla de son évanouissement. La phrase, rapportée par Mlle de Gesvres, est au procès-verbal : « Je ne suis pas blessé. Et Daval ?… est-ce qu'il vit ?… Le couteau ?… » Et je vous prie de la rapprocher de cette partie de son récit, également consignée au procès-verbal, où M. de Gesvres raconte l'agression : « L'homme bondit sur moi et m'étendit d'un coup de poing à la nuque. » Comment M. de Gesvres, qui était évanoui, pouvait-il savoir en se réveillant que Daval avait été frappé par un couteau ?

Beautrelet n'attendit point de réponse à sa question. On eût dit qu'il se hâtait pour la faire lui-même et couper court à tout commentaire. Il repartit aussitôt :

– Donc, c'est Jean Daval qui conduit les trois cambrioleurs jusqu'à ce salon. Tandis qu'il s'y trouve avec celui qu'ils appellent leur chef, un bruit se fait entendre dans le boudoir. Daval ouvre la porte. Reconnaissant M. de Gesvres, il se précipite vers lui, armé du couteau. M. de Gesvres réussit à lui arracher ce couteau, l'en frappe, et tombe lui-même frappé d'un coup de poing par cet individu que les deux jeunes filles devaient apercevoir quelques minutes après.

De nouveau, M. Filleul et l'inspecteur se regardèrent. Ganimard hocha la tête d'un air déconcerté. Le juge reprit :

– Monsieur le comte, dois-je croire que cette version est exacte ?…

M. de Gesvres ne répondit pas.

– Voyons, monsieur le comte, votre silence nous permettrait de supposer…

Très nettement, M. de Gesvres prononça :

– Cette version est exacte en tous points.

Le juge sursauta.

– Alors je ne comprends pas que vous ayez induit la

justice en erreur. Pourquoi dissimuler un acte que vous aviez le droit de commettre, étant en légitime défense ?

– Depuis vingt ans, dit M. de Gesvres, Daval travaillait à mes côtés. J'avais confiance en lui. Il m'a rendu des services inestimables. S'il m'a trahi, à la suite de je ne sais quelles tentations, je ne voulais pas du moins, en souvenir du passé, que sa trahison fût connue.

– Vous ne vouliez pas, soit, mais vous deviez…

– Je ne suis pas de votre avis, monsieur le juge d'instruction. Du moment qu'aucun innocent n'était accusé de ce crime, mon droit absolu était de ne pas accuser celui qui fut à la fois le coupable et la victime. Il est mort. J'estime que la mort est un châtiment suffisant.

– Mais maintenant, monsieur le comte, maintenant que la vérité est connue, vous pouvez parler.

– Oui. Voici deux brouillons de lettres écrites par lui à ses complices. Je les ai pris dans son portefeuille, quelques minutes après sa mort.

– Et le mobile du vol ?

– Allez à Dieppe, au 18 de la rue de la Barre. Là demeure une certaine Mme Verdier. C'est pour cette femme qu'il a connue il y a deux ans, pour subvenir à ses besoins d'argent, que Daval a volé.

Ainsi tout s'éclairait. Le drame sortait de l'ombre et peu à peu apparaissait sous son véritable jour.

– Continuons, dit M. Filleul, après que le comte se fut retiré.

– Ma foi, dit Beautrelet gaiement, je suis à peu près au bout de mon rouleau.

– Mais le fugitif, le blessé ?

– Là-dessus, monsieur le juge d'instruction, vous en savez autant que moi... Vous avez suivi son passage dans l'herbe du cloître... vous savez...

– Oui, je sais... mais, depuis, ils l'ont enlevé, et ce que je voudrais, ce sont des indications sur cette auberge...

Isidore Beautrelet éclata de rire.

– L'auberge ! L'auberge n'existe pas ! c'est un truc pour dépister la justice, un truc ingénieux puisqu'il a réussi.

– Cependant, le docteur Delattre affirme...

– Eh ! justement, s'écria Beautrelet, d'un ton de conviction. C'est parce que le docteur Delattre affirme qu'il ne faut pas le croire. Comment ! le docteur Delattre n'a voulu donner sur toute son aventure que les détails les plus vagues ! Il n'a voulu rien dire qui pût compromettre la sûreté de son client... Et voilà tout à coup qu'il attire l'attention sur une auberge ! Mais soyez certain que, s'il a prononcé ce mot d'auberge, c'est qu'il lui fut imposé. Soyez certain que toute l'histoire qu'il nous a servie lui fut dictée sous peine de représailles terribles. Le docteur a une femme et une fille. Et il les aime trop pour désobéir à des gens dont il a éprouvé la formidable puissance. Et c'est pourquoi il a fourni à vos efforts la plus précise des indications.

– Si précise qu'on ne peut trouver l'auberge.

– Si précise que vous ne cessez pas de la chercher, contre toute vraisemblance, et que vos yeux se sont détournés du seul endroit où l'homme puisse être, de cet endroit mystérieux qu'il n'a pas quitté, qu'il n'a pas pu quitter depuis l'instant où, blessé par Mlle de Saint-Véran, il est parvenu à s'y glisser, comme une bête dans sa tanière.

– Mais où, sacrebleu ?…

– Dans les ruines de la vieille abbaye.

– Mais il n'y a plus de ruines ! Quelques pans de mur ! Quelques colonnes !

– C'est là qu'il s'est terré, monsieur le juge d'instruction, cria Beautrelet avec force, c'est là qu'il faut borner vos recherches ! c'est là, et pas ailleurs, que vous trouverez Arsène Lupin.

– Arsène Lupin ! s'exclama M. Filleul en sautant sur ses jambes.

Il y eut un silence un peu solennel, où se prolongèrent les syllabes du nom fameux. Arsène Lupin, le grand aventurier, le roi des cambrioleurs, était-ce possible que ce fût lui l'adversaire vaincu, et cependant invisible, après lequel on s'acharnait en vain depuis plusieurs jours ? Mais Arsène Lupin pris au piège, arrêté, pour un juge d'instruction, c'était l'avancement immédiat, la fortune, la gloire !

Ganimard n'avait pas bronché. Isidore lui dit :

– Vous êtes de mon avis, n'est-ce pas, monsieur l'inspecteur ?

– Parbleu !

– Vous non plus, n'est-ce pas, vous n'avez jamais douté que ce fût lui l'organisateur de cette affaire ?

– Pas une seconde ! La signature y est. Un coup de Lupin, ça diffère d'un autre coup comme un visage d'un autre visage. Il n'y a qu'à ouvrir les yeux.

– Vous croyez… vous croyez…, répétait M. Filleul.

– Si je crois ! s'écria le jeune homme. Tenez, rien que ce petit fait : sous quelles initiales ces gens-là correspondent-ils entre eux ? A. L. N., c'est-à-dire la première lettre du nom d'Arsène, la première et la dernière du nom de Lupin.

– Ah ! fit Ganimard, rien ne vous échappe. Vous êtes un rude type, et le vieux Ganimard met bas les armes.

Beautrelet rougit de plaisir et serra la main que lui tendait l'inspecteur. Les trois hommes s'étaient rapprochés du balcon, et leur regard s'étendait sur le champ des ruines. M. Filleul murmura :

– Alors, il serait là.

– *Il est là*, dit Beautrelet, d'une voix sourde. Il est là depuis la minute même où il est tombé. Logiquement et pratiquement, il ne pouvait s'échapper sans être aperçu de Mlle de Saint-Véran et des deux domestiques.

– Quelle preuve en avez-vous ?

– La preuve, ses complices nous l'ont donnée. Le matin même, l'un d'eux se déguisait en chauffeur, vous conduisait ici…

– Pour reprendre la casquette, pièce d'identité.

– Soit, mais aussi, mais surtout, pour visiter les lieux, se rendre compte, et voir par lui-même ce qu'était devenu le patron.

– Et il s'est rendu compte ?

– Je le suppose, puisqu'il connaissait la cachette, lui. Et je suppose que l'état désespéré de son chef lui fut révélé, puisque, sous le coup de l'inquiétude, il a commis l'imprudence d'écrire ce mot de menace : *Malheur à la jeune fille si elle a tué le patron.*

– Mais ses amis ont pu l'enlever par la suite ?

– Quand ? Vos hommes n'ont pas quitté les ruines. Et puis où l'aurait-on transporté ? Tout au plus à quelques centaines de mètres de distance, car on ne fait pas voyager un moribond… et alors vous l'auriez trouvé. Non, vous dis-je, il est là. Jamais ses amis ne l'auraient arraché à la plus sûre des retraites. C'est là qu'ils ont amené le docteur, tandis que les gendarmes couraient au feu comme des enfants.

– Mais comment vit-il ? Pour vivre, il faut des aliments, de l'eau !

– Je ne puis rien dire… je ne sais rien… mais il est là, je vous le jure. Il est là parce qu'il ne peut pas ne pas y être. J'en suis sûr comme si je le voyais, comme si je le touchais. Il est là.

Le doigt tendu vers les ruines, il dessinait dans l'air un petit cercle qui diminuait peu à peu jusqu'à n'être plus qu'un point. Et ce point, les deux compagnons le cherchaient éperdument, tous deux penchés sur l'espace, tous deux émus de la même foi que Beautrelet et frissonnants de l'ardente conviction qu'il leur avait imposée. Oui, Arsène Lupin était là. En théorie comme en fait, il y était, ni l'un ni l'autre n'en pouvaient plus douter.

Et il y avait quelque chose d'impressionnant et de tragique à savoir que, dans quelque refuge ténébreux, gisait à même le sol, sans secours, fiévreux, épuisé, le célèbre aventurier.

– Et s'il meurt ? prononça M. Filleul à voix basse.

– S'il meurt, dit Beautrelet, et que ses complices en aient la certitude, veillez au salut de Mlle de Saint-Véran, monsieur le juge, car la vengeance sera terrible.

Quelques minutes plus tard, et malgré les instances de M. Filleul, qui se fût volontiers accommodé de ce prestigieux auxiliaire, Beautrelet, dont les vacances expiraient ce même jour, reprenait la route de Dieppe. Il débarquait à Paris vers cinq heures et, à huit heures, franchissait en même temps que ses camarades la porte du lycée Janson.

Ganimard, après une exploration aussi minutieuse qu'inutile des ruines d'Ambrumésy, rentra par le rapide[1] du soir. En arrivant chez lui, il trouva ce pneumatique[2] :

Monsieur l'inspecteur principal,

Ayant eu un peu de loisir à la fin de la journée, j'ai pu réunir quelques renseignements complémentaires qui ne manqueront pas de vous intéresser.

Depuis un an Arsène Lupin vit à Paris sous le nom d'Étienne de Vaudreix. C'est un nom que vous avez pu lire souvent dans les chroniques mondaines ou les échos sportifs. Grand voyageur, il fait de longues absences, pendant lesquelles il va, dit-il, chasser le tigre au Bengale ou le renard bleu en Sibérie. Il passe pour s'occuper d'affaires sans qu'on puisse préciser de quelles affaires il s'agit.

1. Rapide : train qui ne s'arrête qu'aux gares principales.
2. Pneumatique : courrier rapide transmis par un réseau de tubes à air comprimé d'un bureau de poste à un autre.

Son domicile actuel : 36, rue Marbeuf. (Je vous prie de remarquer que la rue Marbeuf est à proximité du bureau de poste numéro 45.) Depuis le jeudi 23 avril, veille de l'agression d'Ambrumésy, on n'a aucune nouvelle d'Étienne de Vaudreix.

Recevez, monsieur l'inspecteur principal, avec toute ma gratitude pour la bienveillance que vous m'avez témoignée, l'assurance de mes meilleurs sentiments.

Isidore Beautrelet

P.-S. : *Surtout ne croyez pas qu'il m'ait fallu grand mal pour obtenir ces informations. Le matin même du crime, lorsque M. Filleul poursuivait son instruction devant quelques privilégiés, j'avais eu l'heureuse inspiration d'examiner la casquette du fugitif avant que le pseudo-chauffeur ne fût venu la changer. Le nom du chapelier m'a suffi, vous pensez bien, pour trouver la filière qui m'a fait connaître le nom de l'acheteur et son domicile.*

Le lendemain matin, Ganimard se présentait au 36 de la rue Marbeuf. Renseignements pris auprès de la concierge, il se fit ouvrir le rez-de-chaussée de droite, où il ne découvrit rien que des cendres dans la cheminée. Quatre jours auparavant, deux amis étaient venus brûler tous les papiers compromettants. Mais au moment de sortir, Ganimard croisa le facteur qui apportait une lettre pour M. de Vaudreix. L'après-midi, le parquet, saisi de l'affaire, réclamait la lettre. Elle était timbrée d'Amérique et contenait ces lignes, écrites en anglais :

Monsieur,

Je vous confirme la réponse que j'ai faite à votre agent. Dès que vous aurez en votre possession les quatre tableaux de M. de Gesvres, expédiez-les par le mode convenu. Vous y joindrez le reste, si vous pouvez réussir, ce dont je doute fort.

Une affaire imprévue m'obligeant à partir, j'arriverai en même temps que cette lettre. Vous me trouverez au Grand-Hôtel.

Harlington

Le jour même, Ganimard, muni d'un mandat d'arrêt, conduisait au dépôt[1] le sieur Harlington, citoyen américain, inculpé de recel[2] et de complicité de vol.

Ainsi donc, en l'espace de vingt-quatre heures, grâce aux indications vraiment inattendues d'un gamin de dix-sept ans, tous les nœuds de l'intrigue se dénouaient. En vingt-quatre heures, ce qui était inexplicable devenait simple et lumineux. En vingt-quatre heures, le plan des complices pour sauver leur chef était déjoué, la capture d'Arsène Lupin blessé, mourant, ne faisait plus de doute, sa bande était désorganisée, on connaissait son installation à Paris, le masque dont il se couvrait, et l'on perçait à jour, pour la première fois, avant qu'il eût pu en assurer la complète exécution, un de ses coups les plus habiles et le plus longuement étudié.

1. Dépôt : salle du palais de justice où sont détenues provisoirement les personnes qui vont être jugées.
2. Recel : délit consistant à détenir le produit d'un vol.

Ce fut dans le public comme une immense clameur d'étonnement, d'admiration et de curiosité. Déjà le journaliste rouennais, en un article très réussi, avait raconté le premier interrogatoire du jeune rhétoricien, mettant en lumière sa bonne grâce, son charme naïf et son assurance tranquille. Les indiscrétions auxquelles Ganimard et M. Filleul s'abandonnèrent malgré eux, entraînés par un élan plus fort que leur orgueil professionnel, éclairèrent le public sur le rôle de Beautrelet au cours des derniers événements. Lui seul avait tout fait. À lui seul revenait tout le mérite de la victoire.

On se passionna. Du jour au lendemain, Isidore Beautrelet fut un héros, et la foule, subitement engouée[1], exigea sur son nouveau favori les plus amples détails. Les reporters étaient là. Ils se ruèrent à l'assaut du lycée Janson-de-Sailly, guettèrent les externes au sortir des classes et recueillirent tout ce qui concernait, de près ou de loin, le nommé Beautrelet ; et l'on apprit ainsi la réputation dont jouissait parmi ses camarades celui qu'ils appelaient le rival d'Herlock Sholmès. Par raisonnement, par logique et sans plus de renseignements que ceux qu'il lisait dans les journaux, il avait, à diverses reprises, annoncé la solution d'affaires compliquées que la justice ne devait débrouiller que longtemps après lui. C'était devenu un divertissement au lycée Janson que de poser à Beautrelet des questions ardues, des problèmes indéchiffrables, et l'on

1. Engouée : enthousiaste, passionnée.

s'émerveillait de voir avec quelle sûreté d'analyse, au moyen de quelles ingénieuses déductions, il se dirigeait au milieu des ténèbres les plus épaisses. Dix jours avant l'arrestation de l'épicier Jorisse, il indiquait le parti que l'on pouvait tirer du fameux parapluie. De même, il affirmait dès le début, à propos du drame de Saint-Cloud, que le concierge était l'unique meurtrier possible.

Mais le plus curieux fut l'opuscule[1] que l'on trouva en circulation parmi les élèves du lycée, opuscule signé de lui, imprimé à la machine à écrire et tiré à dix exemplaires. Comme titre : *Arsène Lupin, sa méthode, en quoi il est classique et en quoi original* – suivi d'un parallèle entre l'humour anglais et l'ironie française.

C'était une étude approfondie de chacune des aventures de Lupin, où les procédés de l'illustre cambrioleur nous apparaissaient avec un relief extraordinaire, où l'on nous montrait le mécanisme même de ses façons d'agir, sa tactique toute spéciale, ses lettres aux journaux, ses menaces, l'annonce de ses vols, bref, l'ensemble des trucs qu'il employait pour « cuisiner[2] » la victime choisie et la mettre dans un état d'esprit tel, qu'elle s'offrait presque au coup machiné contre elle et que tout s'effectuait pour ainsi dire de son propre consentement.

Et c'était si juste comme critique, si pénétrant, si vivant, et d'une ironie à la fois si ingénue et si cruelle,

1. Opuscule : petit livre.
2. Cuisiner : préparer avec soin (familier).

qu'aussitôt les rieurs passèrent de son côté, que la sympathie des foules se détourna sans transition de Lupin vers Isidore Beautrelet, et que, dans la lutte qui s'engageait entre eux, d'avance on proclama la victoire du jeune rhétoricien.

En tout cas, cette victoire, M. Filleul aussi bien que le parquet de Paris semblaient jaloux de lui en réserver la possibilité. D'une part, en effet, on ne parvenait pas à établir l'identité du sieur Harlington, ni à fournir une preuve décisive de son affiliation à la bande de Lupin. Compère[1] ou non, il se taisait obstinément. Bien plus, après examen de son écriture, on n'osait plus affirmer que ce fût lui l'auteur de la lettre interceptée. Un sieur Harlington, pourvu d'un sac de voyage et d'un carnet amplement pourvu de bank-notes[2], était descendu au Grand-Hôtel, voilà tout ce qu'il était possible d'affirmer.

D'autre part, à Dieppe, M. Filleul couchait sur les positions que Beautrelet lui avait conquises. Il ne faisait pas un pas en avant. Autour de l'individu que Mlle de Saint-Véran avait pris pour Beautrelet, la veille du crime, même mystère. Mêmes ténèbres aussi sur tout ce qui concernait l'enlèvement des quatre Rubens. Qu'étaient devenus ces tableaux ? Et l'automobile qui les avait emportés dans la nuit, quel chemin avait-elle suivi ?

À Luneray, à Yerville, à Yvetot, on avait recueilli des

1. Compère : complice.
2. Bank-note : billet de banque.

preuves de son passage, ainsi qu'à Caudebec-en-Caux, où elle avait dû traverser la Seine au petit jour dans le bac à vapeur. Mais quand on poussa l'enquête à fond, il fut avéré que ladite automobile était découverte et qu'il eût été impossible d'y entasser quatre grands tableaux sans que les employés du bac les eussent aperçus. C'était tout probablement la même auto, mais alors la question se posait encore : qu'étaient devenus les quatre Rubens ?

Autant de problèmes que M. Filleul laissait sans réponse. Chaque jour ses subordonnés fouillaient le quadrilatère des ruines. Presque chaque jour il venait diriger les explorations. Mais de là à découvrir l'asile où Lupin agonisait – si tant est que l'opinion de Beautrelet fût juste –, de là à découvrir cet asile, il y avait un abîme que l'excellent magistrat n'avait point l'air disposé à franchir.

Aussi était-il naturel que l'on se retournât vers Isidore Beautrelet, puisque lui seul avait réussi à dissiper des ténèbres qui, en dehors de lui, se reformaient plus intenses et plus impénétrables. Pourquoi ne s'acharnait-il pas après cette affaire ? Au point où il l'avait menée, il lui suffisait d'un effort pour aboutir.

La question lui fut posée par un rédacteur du *Grand Journal*, qui s'introduisit dans le lycée Janson sous le faux nom de Bernod, correspondant de Beautrelet. À quoi Isidore répondit fort sagement :

– Cher monsieur, il n'y a pas que Lupin en ce monde, il n'y a pas que des histoires de cambrioleurs et de détectives, il y a aussi cette réalité qui s'appelle le baccalauréat. Or, je me présente en juillet. Nous sommes en mai. Et je ne veux pas échouer. Que dirait mon brave homme de père ?

– Mais que dirait-il si vous livriez à la justice Arsène Lupin ?

– Bah ! il y a un temps pour tout. Aux prochaines vacances…

– Celles de la Pentecôte ?

– Oui. Je partirai le samedi 6 juin par le premier train.

– Et le soir de ce samedi, Arsène Lupin sera pris.

– Me donnez-vous jusqu'au dimanche ? demanda Beautrelet en riant.

– Pourquoi ce retard ? riposta le journaliste du ton le plus sérieux.

Cette confiance inexplicable, née d'hier et déjà si forte, tout le monde la ressentait à l'endroit du jeune homme, bien qu'en réalité, les événements ne la justifiassent que jusqu'à un certain point. N'importe ! on croyait. De sa part rien ne semblait difficile. On attendait de lui ce qu'on aurait pu attendre tout au plus de quelque phénomène de clairvoyance et d'intuition, d'expérience et d'habileté. Le 6 juin ! cette date s'étalait dans tous les journaux. Le 6 juin, Isidore Beautrelet prendrait le rapide de Dieppe, et le soir Arsène Lupin serait arrêté.

– À moins que d'ici là il ne s'évade…, objectaient les derniers partisans de l'aventurier.

– Impossible ! toutes les issues sont gardées.

– À moins alors qu'il n'ait succombé à ses blessures,

reprenaient les partisans, lesquels eussent mieux aimé la mort que la capture de leur héros.

Et la réplique était immédiate :

– Allons donc, si Lupin était mort, ses complices le sauraient, et Lupin serait vengé, Beautrelet l'a dit.

Et le 6 juin arriva. Une demi-douzaine de journalistes guettaient Isidore à la gare Saint-Lazare. Deux d'entre eux voulaient l'accompagner dans son voyage. Il les supplia de n'en rien faire.

Il s'en alla donc seul. Son compartiment était vide. Assez fatigué par une série de nuits consacrées au travail, il ne tarda pas à s'endormir d'un lourd sommeil. En rêve, il eut l'impression qu'on s'arrêtait à différentes stations et que des personnes montaient et descendaient. À son réveil, en vue de Rouen, il était encore seul. Mais sur le dossier de la banquette opposée, une large feuille de papier, fixée par une épingle à l'étoffe grise, s'offrait à ses regards. Elle portait ces mots :

Chacun ses affaires. Occupez-vous des vôtres.
Sinon tant pis pour vous.

« Parfait ! se dit-il en se frottant les mains. Ça va mal dans le camp adverse. Cette menace est aussi stupide que celle du pseudo-chauffeur. Quel style ! on voit bien que ce n'est pas Lupin qui tient la plume. »

On s'engouffrait sous le tunnel qui précède la vieille cité normande. En gare, Isidore fit deux ou trois tours sur le quai pour se dégourdir les jambes. Il se disposait à regagner son compartiment, quand un cri lui échappa. En passant près de la bibliothèque, il avait lu distraitement, à la première page d'une édition spéciale du *Journal de Rouen*, ces quelques lignes dont il percevait soudain l'effrayante signification :

Dernière heure. – On nous téléphone de Dieppe que, cette nuit, des malfaiteurs ont pénétré dans le château d'Ambrumésy, ont ligoté et bâillonné Mlle de Gesvres, et ont enlevé Mlle de Saint-Véran. Des traces de sang ont été relevées à cinq cents mètres du château, et tout auprès on a retrouvé une écharpe également maculée de sang. Il y a lieu de craindre que la malheureuse jeune fille n'ait été assassinée.

Jusqu'à Dieppe, Isidore Beautrelet resta immobile. Courbé en deux, les coudes sur les genoux et ses mains plaquées contre sa figure, il réfléchissait. À Dieppe, il loua une auto. Au seuil d'Ambrumésy, il rencontra le juge d'instruction qui lui confirma l'horrible nouvelle.

– Vous ne savez rien de plus ? demanda Beautrelet.

– Rien. J'arrive à l'instant.

Au même moment le brigadier de gendarmerie s'approchait de M. Filleul et lui remettait un morceau de papier, froissé, déchiqueté, jauni, qu'il venait de ramasser non loin de l'endroit où l'on avait découvert l'écharpe. M. Filleul l'examina, puis le tendit à Isidore Beautrelet en disant :

– Voilà qui ne nous aidera pas beaucoup dans nos recherches.

Isidore tourna et retourna le morceau de papier. Couvert de chiffres, de points et de signes, il offrait exactement le dessin que nous donnons ci-dessous :

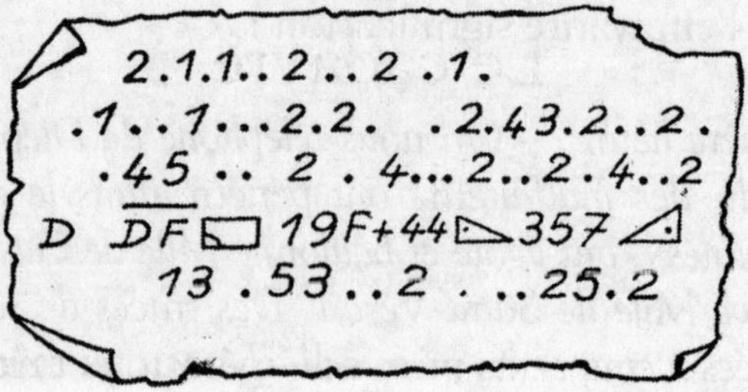

3

Le cadavre

Vers six heures du soir, ses opérations terminées, M. Filleul attendait, en compagnie de son greffier, M. Brédoux, la voiture qui devait le ramener à Dieppe. Il paraissait agité, nerveux. Par deux fois il demanda :

– Vous n'avez pas aperçu le jeune Beautrelet ?

– Ma foi non, monsieur le juge.

– Où diable peut-il être ? On ne l'a pas vu de la journée.

Soudain, il eut une idée, confia son portefeuille[1] à Brédoux, fit en courant le tour du château et se dirigea vers les ruines.

Près de la grande arcade, à plat ventre sur le sol tapissé des longues aiguilles de pin, un de ses bras replié sous sa tête, Isidore semblait assoupi.

– Eh quoi ! Que devenez-vous, jeune homme ? Vous dormez ?

– Je ne dors pas. Je réfléchis.

– Il s'agit bien de réfléchir ! Il faut voir d'abord.

1. Portefeuille : serviette, porte-documents.

Il faut étudier les faits, chercher les indices, établir les points de repère. C'est après que, par la réflexion, on coordonne tout cela et que l'on découvre la vérité.

– Oui, je sais... c'est la méthode usuelle... la bonne sans doute. Moi, j'en ai une autre... je réfléchis d'abord, je tâche avant tout de trouver l'idée générale de l'affaire, si je peux m'exprimer ainsi. Puis j'imagine une hypothèse raisonnable, logique, en accord avec cette idée générale. Et c'est après, seulement, que j'examine si les faits veulent bien s'adapter à mon hypothèse.

– Drôle de méthode et rudement compliquée !

– Méthode sûre, monsieur Filleul, tandis que la vôtre ne l'est pas.

– Allons donc, les faits sont les faits.

– Avec des adversaires quelconques, oui. Mais pour peu que l'ennemi ait quelque ruse, les faits sont ceux qu'il a choisis. Ces fameux indices sur lesquels vous bâtissez votre enquête, il fut libre, lui, de les disposer à son gré. Et vous voyez alors, quand il s'agit d'un homme comme Lupin, où cela peut vous conduire, vers quelles erreurs et quelles inepties[1] ! Sholmès lui-même est tombé dans le piège.

– Arsène Lupin est mort.

– Soit. Mais sa bande reste, et les élèves d'un tel maître sont des maîtres eux-mêmes.

M. Filleul prit Isidore par le bras, et l'entraînant :

– Des mots, jeune homme. Voici qui est plus important. Écoutez bien. Ganimard, retenu à Paris à l'heure

1. Ineptie : idée, parole, action dépourvue d'intelligence.

actuelle, n'arrive que dans quelques jours. D'autre part, le comte de Gesvres a télégraphié à Herlock Sholmès, lequel a promis son concours pour la semaine prochaine. Jeune homme, ne pensez-vous pas qu'il y aurait quelque gloire à dire à ces deux célébrités, le jour de leur arrivée : « Mille regrets, chers messieurs, mais nous n'avons pu attendre davantage. La besogne est finie » ?

Il était impossible de confesser son impuissance avec plus d'ingéniosité que ne le faisait ce bon M. Filleul. Beautrelet réprima un sourire et, affectant d'être dupe, répondit :

– Je vous avouerai, monsieur le juge d'instruction, que, si je n'ai pas assisté tantôt à votre enquête, c'était dans l'espoir que vous consentiriez à m'en communiquer les résultats. Voyons, que savez-vous ?

– Eh bien, voici. Hier soir, à onze heures, les trois gendarmes que le brigadier Quevillon avait laissés de faction au château, recevaient dudit brigadier un petit mot les appelant en toute hâte à Ouville où se trouve leur brigade. Ils montèrent aussitôt à cheval, et quand ils arrivèrent…

– Ils constatèrent qu'ils avaient été joués, que l'ordre était faux et qu'ils n'avaient plus qu'à retourner à Ambrumésy.

– C'est ce qu'ils firent, sous la conduite du brigadier. Mais leur absence avait duré une heure et demie, et pendant ce temps, le crime avait été commis.

– Dans quelles conditions ?

– Dans les conditions les plus simples. Une échelle empruntée aux bâtiments de la ferme fut apposée contre le second étage du château. Un carreau fut découpé, une fenêtre ouverte. Deux hommes, munis d'une lanterne sourde[1], pénétrèrent dans la chambre de Mlle de Gesvres et la bâillonnèrent avant qu'elle n'ait eu le temps d'appeler. Puis, l'ayant attachée avec des cordes, ils ouvrirent très doucement la porte de la chambre où dormait Mlle de Saint-Véran. Mlle de Gesvres entendit un gémissement étouffé, puis le bruit d'une personne qui se débat. Une minute plus tard, elle aperçut les deux hommes qui portaient sa cousine également liée et bâillonnée. Ils passèrent devant elle et s'en allèrent par la fenêtre. Épuisée, terrifiée, Mlle de Gesvres s'évanouit.

– Mais les chiens ? M. de Gesvres n'avait-il pas acheté deux molosses ?

– On les a retrouvés morts, empoisonnés.

– Mais par qui ? Personne ne pouvait les approcher.

– Mystère ! Toujours est-il que les deux hommes ont traversé sans encombre les ruines et sont sortis par la fameuse petite porte. Ils ont franchi le bois-taillis, en contournant les anciennes carrières… Ce n'est qu'à cinq cents mètres du château, au pied de l'arbre appelé le Gros-Chêne, qu'ils se sont arrêtés… et qu'ils ont mis leur projet à exécution.

– Pourquoi, s'ils étaient venus avec l'intention de tuer Mlle de Saint-Véran, ne l'ont-ils pas frappée dans sa chambre ?

1. Lanterne sourde : lanterne en métal avec un volet permettant de cacher la source lumineuse.

– Je ne sais. Peut-être l'incident qui les a déterminés ne s'est-il produit qu'à leur sortie du château. Peut-être la jeune fille avait-elle réussi à se débarrasser de ses liens. Ainsi, pour moi, l'écharpe ramassée avait servi à lui attacher les poignets. En tout cas, c'est au pied du Gros-Chêne qu'ils ont frappé. Les preuves que j'ai recueillies sont irréfutables…

– Mais le corps ?

– Le corps n'a pas été retrouvé, ce qui d'ailleurs ne saurait nous surprendre outre mesure. La piste suivie m'a conduit, en effet, jusqu'à l'église de Varengeville, à l'ancien cimetière suspendu au sommet de la falaise. Là, c'est le précipice… un gouffre de plus de cent mètres. Et, en bas, les rochers, la mer. Dans un jour ou deux, une marée plus forte ramènera le corps sur la grève.

– Évidemment, tout cela est fort simple.

– Oui, tout cela est fort simple et ne m'embarrasse pas. Lupin est mort, ses complices l'ont appris et pour se venger, ainsi qu'ils l'avaient écrit, ils ont assassiné Mlle de Saint-Véran, ce sont là des faits qui n'avaient même pas besoin d'être contrôlés. Mais Lupin ?

– Lupin ?

– Oui, qu'est-il devenu ? Tout probablement, ses complices ont enlevé son cadavre en même temps qu'ils emportaient la jeune fille, mais quelle preuve avons-nous de cet enlèvement ? Aucune. Pas plus que de son séjour dans les ruines, pas plus que de sa mort ou de sa vie. Et c'est là tout le mystère, mon cher Beautrelet. Le meurtre de Mlle Raymonde n'est pas un dénouement.

Au contraire, c'est une complication. Que s'est-il passé depuis deux mois au château d'Ambrumésy ? Si nous ne déchiffrons pas cette énigme, d'autres vont venir qui nous brûleront la politesse.

– Quel jour vont-ils venir, ces autres ?

– Mercredi… mardi, peut-être…

Beautrelet sembla faire un calcul, puis déclara :

– Monsieur le juge d'instruction, nous sommes aujourd'hui samedi. Je dois rentrer au lycée lundi soir. Eh bien, lundi matin, si vous voulez être ici à dix heures, je tâcherai de vous le révéler, le mot de l'énigme.

– Vraiment, monsieur Beautrelet… vous croyez ? Vous êtes sûr ?

– Je l'espère, du moins.

– Et maintenant, où allez-vous ?

– Je vais voir si les faits veulent bien s'accommoder à l'idée générale que je commence à discerner.

– Et s'ils ne s'accommodent pas ?

– Eh bien, monsieur le juge d'instruction, ce sont eux qui auront tort, dit Beautrelet en riant, et j'en chercherai d'autres plus dociles. À lundi, n'est-ce pas ?

– À lundi.

Quelques minutes après, M. Filleul roulait vers Dieppe, tandis qu'Isidore, muni d'une bicyclette que lui avait prêtée le comte de Gesvres, filait sur la route de Yerville et de Caudebec-en-Caux.

Il y avait un point sur lequel le jeune homme tenait à se faire avant tout une opinion nette, parce que ce point lui semblait justement le point faible de l'ennemi.

On n'escamote pas des objets de la dimension des quatre Rubens. Il fallait qu'ils fussent quelque part. S'il était impossible pour le moment de les retrouver, ne pouvait-on connaître le chemin par où ils avaient disparu ?

L'hypothèse de Beautrelet était celle-ci : l'automobile avait bien emporté les quatre tableaux, mais avant d'arriver à Caudebec elle les avait déchargés sur une autre automobile qui avait traversé la Seine en amont ou en aval de Caudebec. En aval, le premier bac était celui de Quillebeuf, passage fréquenté, par conséquent dangereux. En amont, il y avait le bac de La Mailleraye, gros bourg isolé, en dehors de toute communication.

Vers minuit, Isidore avait franchi les dix-huit lieues qui le séparaient de La Mailleraye, et frappait à la porte d'une auberge située au bord de l'eau. Il y couchait, et dès le matin, interrogeait les matelots du bac. On consulta le livre des passagers. Aucune automobile n'avait passé le jeudi 23 avril.

– Alors, une voiture à chevaux ? insinua Beautrelet, une charrette ? un fourgon ?

– Non plus.

Toute la matinée, Isidore s'enquit. Il allait partir pour Quillebeuf, quand le garçon de l'auberge où il avait couché lui dit :

– Ce matin-là, j'arrivais de mes treize jours, et j'ai bien vu une charrette, mais elle n'a pas passé.

– Comment ?

– Non. On l'a déchargée sur une sorte de bateau

plat, de péniche, comme ils disent, qui était amarrée au quai.

– Et cette charrette, d'où venait-elle ?

– Oh ! je l'ai bien reconnue. C'était à maître Vatinel, le charretier.

– Qui demeure ?

– Au hameau de Louvetot.

Beautrelet regarda sa carte d'état-major[1]. Le hameau de Louvetot était situé au carrefour de la route d'Yvetot à Caudebec et d'une petite route tortueuse qui s'en venait à travers bois jusqu'à La Mailleraye !

Ce n'est qu'à six heures du soir qu'Isidore réussit à découvrir dans un cabaret maître Vatinel, un de ces vieux Normands finauds qui se tiennent toujours sur leurs gardes, qui se méfient de l'étranger, mais qui ne savent pas résister à l'attrait d'une pièce d'or et à l'influence de quelques petits verres.

– Bien oui, monsieur, ce matin-là, les gens à l'automobile m'avaient donné rendez-vous à cinq heures au carrefour. Ils m'ont remis quatre grandes machines, hautes comme ça. Il y en a un qui m'a accompagné. Et nous avons porté la chose jusqu'à la péniche.

– Vous parlez d'eux comme si vous les connaissiez déjà.

– Je vous crois que je les connaissais ! C'était la sixième fois que je travaillais pour eux.

Isidore tressaillit.

1. Carte d'état-major : carte générale de la France réalisée au XIXe siècle par les services de l'état-major des armées.

– Vous dites : la sixième fois ?… Et depuis quand ?

– Mais tous les jours d'avant celui-là, parbleu ! Mais alors, c'étaient d'autres machines… des gros morceaux de pierre… ou bien des plus petites assez longues qu'ils avaient enveloppées et qu'ils portaient comme le saint sacrement. Ah ! fallait pas y toucher à celles-là… Mais qu'est-ce que vous avez ? Vous êtes tout blanc.

– Ce n'est rien… la chaleur…

Beautrelet sortit en titubant. La joie, l'imprévu de la découverte l'étourdissaient.

Il s'en retourna tout tranquillement, coucha le soir au village de Varengeville, passa, le lendemain matin, une heure à la mairie avec l'instituteur, et revint au château. Une lettre l'y attendait « aux bons soins de M. le comte de Gesvres ».

Elle contenait ces lignes :

Deuxième avertissement. Tais-toi. Sinon…

– Allons, murmura-t-il, il va falloir prendre quelques précautions pour ma sûreté personnelle. Sinon, comme ils disent…

Il était neuf heures ; il se promena parmi les ruines, puis s'allongea près de l'arcade et ferma les yeux.

– Eh bien, jeune homme, êtes-vous content de votre campagne ?

C'était M. Filleul qui arrivait à l'heure fixée.

– Enchanté, monsieur le juge d'instruction.

– Ce qui veut dire ?

– Ce qui veut dire que je suis prêt à tenir ma promesse, malgré cette lettre qui ne m'y engage guère.

Il montra la lettre à M. Filleul.

– Bah ! des histoires, s'écria celui-ci, et j'espère que cela ne vous empêchera pas…

– De vous dire ce que je sais ? Non, monsieur le juge d'instruction. J'ai promis : je tiendrai. Avant dix minutes, nous saurons… une partie de la vérité.

– Une partie ?

– Oui, à mon sens, la cachette de Lupin, cela ne constitue pas tout le problème. Mais pour la suite, nous verrons.

– Monsieur Beautrelet, rien ne m'étonne de votre part. Mais comment avez-vous pu découvrir ?…

– Oh ! tout naturellement. Il y a dans la lettre du sieur Harlington à M. Étienne de Vaudreix, ou plutôt à Lupin…

– La lettre interceptée ?

– Oui. Il y a une phrase qui m'a toujours intrigué. C'est celle-ci : À l'envoi des tableaux, « vous joindrez *le reste*, si vous pouvez réussir, ce dont je doute fort ».

– En effet, je me souviens.

– Quel était ce reste ? Un objet d'art, une curiosité ? Le château n'offrait rien de précieux que les Rubens et les tapisseries. Des bijoux ? Il y en a fort peu et de valeur médiocre. Alors quoi ? Et, d'autre part, pouvait-on admettre que des gens comme Lupin, d'une habileté aussi prodigieuse, n'eussent pas réussi à joindre à l'envoi *ce reste*, qu'ils avaient évidemment proposé ? Entreprise difficile, c'est probable, exceptionnelle, soit, mais possible, donc certaine, puisque Lupin le voulait.

– Cependant, il a échoué : rien n'a disparu.

– Il n'a pas échoué : quelque chose a disparu.

– Oui, les Rubens… mais…

– Les Rubens, et autre chose… quelque chose que l'on a remplacé par une chose identique, comme on a fait pour les Rubens, quelque chose de beaucoup plus extraordinaire, de plus rare et de plus précieux que les Rubens.

– Enfin, quoi ? vous me faites languir.

Tout en marchant à travers les ruines, les deux hommes s'étaient dirigés vers la petite porte et longeaient la Chapelle-Dieu.

Beautrelet s'arrêta.

– Vous voulez le savoir, monsieur le juge d'instruction ?

– Si je le veux !

Beautrelet avait une canne à la main, un bâton solide et noueux. Brusquement, d'un revers de cette canne, il fit sauter en éclats l'une des statuettes qui ornaient le portail de la chapelle.

– Mais vous êtes fou ! clama M. Filleul, hors de lui, et en se précipitant vers les morceaux de la statuette. Vous êtes fou ! ce vieux saint était admirable…

– Admirable ! proféra Isidore en exécutant un moulinet qui jeta bas la Vierge Marie.

M. Filleul l'empoigna à bras-le-corps.

– Jeune homme, je ne vous laisserai pas commettre…

Un Roi mage encore voltigea, puis une crèche avec l'Enfant Jésus…

– Un mouvement de plus et je tire.

Le comte de Gesvres était survenu et armait son revolver.

Beautrelet éclata de rire.

– Tirez donc là-dessus, monsieur le comte… tirez là-dessus, comme à la foire… Tenez… ce bonhomme qui porte sa tête à pleines mains.

Le saint Jean-Baptiste sauta.

– Ah ! fit le comte en braquant son revolver, une telle profanation[1] !… de pareils chefs-d'œuvre !

– Du toc, monsieur le comte !

– Quoi ? Que dites-vous ? hurla M. Filleul, tout en désarmant le comte.

– Du toc, du carton-pâte !

– Ah ! ça… est-ce possible ?

– Du soufflé ! du vide ! du néant !

Le comte se baissa et ramassa un débris de statuette.

– Regardez bien, monsieur le comte… du plâtre ! du plâtre patiné, moisi, verdi comme de la pierre ancienne… mais du plâtre, des moulages de plâtre… voilà tout ce qui reste du pur chef-d'œuvre… voilà ce qu'ils ont fait en quelques jours !… voilà ce que le sieur Charpenais, le copiste des Rubens, a préparé, il y a un an.

À son tour, il saisit le bras de M. Filleul.

– Qu'en pensez-vous, monsieur le juge d'instruction ?

1. Profanation : atteinte au caractère sacré d'une personne, d'un lieu ou d'un objet.

Est-ce beau ? est-ce énorme ? gigantesque ? la chapelle enlevée ! Toute une chapelle gothique recueillie pierre par pierre ! Tout un peuple de statuettes, captivé ! et remplacé par des bonshommes en stuc[1] ! un des plus magnifiques spécimens d'une époque d'art incomparable, confisqué ! La Chapelle-Dieu, enfin, volée ! N'est-ce pas formidable ! Ah ! monsieur le juge d'instruction, quel génie que cet homme !

– Vous vous emballez, monsieur Beautrelet.

– On ne s'emballe jamais trop, monsieur, quand il s'agit de pareils individus. Tout ce qui dépasse la moyenne vaut qu'on l'admire. Et celui-là plane au-dessus de tout. Il y a dans ce vol une richesse de conception, une force, une puissance, une adresse et une désinvolture[2] qui me donnent le frisson.

– Dommage qu'il soit mort, ricana M. Filleul, sans quoi il eût fini par voler les tours de Notre-Dame.

Isidore haussa les épaules.

– Ne riez pas, monsieur. Même mort, celui-là vous bouleverse.

– Je ne dis pas… monsieur Beautrelet, et j'avoue que ce n'est pas sans une certaine émotion que je m'apprête à le contempler… si toutefois ses camarades n'ont pas fait disparaître son cadavre.

– Et en admettant surtout, remarqua le comte de Gesvres, que ce fut bien lui que blessa ma pauvre nièce.

– Ce fut bien lui, monsieur le comte, affirma

1. Stuc : faux marbre élaboré à partir de plâtre, de poussière de marbre ou de craie et de colle.
2. Désinvolture : aisance, décontraction.

Beautrelet, ce fut bien lui qui tomba dans les ruines sous la balle que tira Mlle de Saint-Véran ; ce fut lui qu'elle vit se relever, et qui retomba encore, et qui se traîna vers la grande arcade pour se relever une dernière fois – cela par un miracle dont je vous donnerai l'explication tout à l'heure – et parvenir jusqu'à ce refuge de pierre… qui devait être son tombeau.

Et de sa canne, il frappa le seuil de la chapelle.

– Hein ? Quoi ? s'écria M. Filleul stupéfait, son tombeau ?… Vous croyez que cette impénétrable cachette…

– Elle se trouve ici… là…, répéta-t-il.

– Mais nous l'avons fouillée.

– Mal.

– Il n'y a pas de cachette ici, protesta M. de Gesvres. Je connais la chapelle.

– Si, monsieur le comte, il y en a une. Allez à la mairie de Varengeville, où l'on a recueilli tous les papiers qui se trouvaient dans l'ancienne paroisse d'Ambrumésy, et vous apprendrez, par ces papiers datés du XVIIIe siècle, qu'il existait sous la chapelle une crypte[1]. Cette crypte remonte, sans doute, à la chapelle romane, sur l'emplacement de laquelle celle-ci fut construite.

– Mais comment Lupin aurait-il connu ce détail ? demanda M. Filleul.

– D'une façon fort simple, par les travaux qu'il dut exécuter pour enlever la chapelle.

1. Crypte : caveau sous le chœur d'une église servant généralement de sépulture.

– Voyons, voyons, monsieur Beautrelet, vous exagérez… Il n'a pas enlevé toute la chapelle. Tenez, aucune de ces pierres d'assise n'a été touchée.

– Évidemment, il n'a moulé et il n'a pris que ce qui avait une valeur artistique, les pierres travaillées, les sculptures, les statuettes, tout le trésor des petites colonnes et des ogives ciselées. Il ne s'est pas occupé de la base même de l'édifice. Les fondations restent.

– Par conséquent, monsieur Beautrelet, Lupin n'a pu pénétrer jusqu'à la crypte.

À ce moment, M. de Gesvres, qui avait appelé l'un de ses domestiques, revenait avec la clef de la chapelle. Il ouvrit la porte. Les trois hommes entrèrent.

Après un instant d'examen, Beautrelet reprit :

– … Les dalles du sol, comme de raison, ont été respectées. Mais il est facile de se rendre compte que le maître-autel[1] n'est plus qu'un moulage. Or, généralement, l'escalier qui descend aux cryptes s'ouvre devant le maître-autel et passe sous lui.

– Vous en concluez ?

– J'en conclus que c'est en travaillant là que Lupin a trouvé la crypte.

À l'aide d'une pioche que le comte envoya chercher, Beautrelet attaqua l'autel. Les morceaux de plâtre sautaient de droite et de gauche.

– Fichtre, murmura M. Filleul, j'ai hâte de savoir…

– Moi aussi, dit Beautrelet, dont le visage était pâle d'angoisse.

1. Maître-autel : autel principal d'une église.

Il précipita ses coups. Et soudain, sa pioche, qui, jusqu'ici, n'avait point rencontré de résistance, se heurta à une matière plus dure, et rebondit. On entendit comme un bruit d'éboulement, et ce qui restait de l'autel s'abîma dans le vide à la suite du bloc de pierre que la pioche avait frappé. Beautrelet se pencha. Il fit flamber une allumette et la promena sur le vide.

– L'escalier commence plus en avant que je ne pensais, sous les dalles de l'entrée, presque. J'aperçois les dernières marches.

– Est-ce profond ?

– Trois ou quatre mètres... Les marches sont très hautes... et il en manque.

– Il n'est pas vraisemblable, dit M. Filleul, que pendant la courte absence des trois gendarmes, alors qu'on enlevait Mlle de Saint-Véran, il n'est pas vraisemblable que les complices aient eu le temps d'extraire le cadavre de cette cave... Et puis, pourquoi l'eussent-ils fait, d'ailleurs ? Non, pour moi, il est là.

Un domestique leur apporta une échelle que Beautrelet introduisit dans l'excavation[1] et qu'il planta, en tâtonnant, parmi les décombres tombés. Puis il en maintint vigoureusement les deux montants.

– Voulez-vous descendre, monsieur Filleul ?

Le juge d'instruction, muni d'une bougie, s'aventura. Le comte de Gesvres le suivit. À son tour Beautrelet posa le pied sur le premier échelon.

Il y en avait dix-huit qu'il compta machinalement,

1. Excavation : cavité creusée dans le sol.

tandis que ses yeux examinaient la crypte où la lueur de la bougie luttait contre les lourdes ténèbres. Mais, en bas, une odeur violente, immonde, le heurta, une de ces odeurs de pourriture dont le souvenir, par la suite, vous obsède. Oh ! cette odeur, il en eut le cœur qui chavira…

Et tout à coup, une main tremblante lui agrippa l'épaule.

– Eh bien, quoi ? Qu'y a-t-il ?

– Beautrelet, balbutia M. Filleul.

Il ne pouvait parler, étreint par l'épouvante.

– Voyons, monsieur le juge d'instruction, remettez-vous…

– Beautrelet… il est là…

– Hein ?

– Oui… il y avait quelque chose sous la grosse pierre qui s'est détachée de l'autel… j'ai poussé la pierre… et j'ai touché… Oh ! je n'oublierai jamais…

– Où est-il ?

– De ce côté… Sentez-vous cette odeur ?… et puis, tenez… regardez…

Il avait saisi la bougie et la projetait vers une forme étendue sur le sol.

– Oh ! s'exclama Beautrelet avec horreur.

Les trois hommes se courbèrent vivement. À moitié nu, le cadavre s'allongeait maigre, effrayant. La chair verdâtre, aux tons de cire molle, apparaissait par endroits, entre les vêtements déchiquetés. Mais le plus affreux, ce qui avait arraché au jeune homme un cri de terreur, c'était la tête, la tête que venait d'écraser le bloc de pierre, la tête informe, masse hideuse où plus rien ne pouvait se distinguer… et quand leurs yeux se furent accoutumés à l'obscurité, ils virent que toute cette chair grouillait[1] abominablement…

En quatre enjambées, Beautrelet remonta l'échelle et s'enfuit au grand jour, à l'air libre. M. Filleul le retrouva de nouveau couché à plat ventre, les mains collées au visage. Il lui dit :

– Tous mes compliments, Beautrelet. Outre la découverte de la cachette, il est deux points où j'ai pu contrôler l'exactitude de vos assertions[2]. Tout d'abord, l'homme sur qui Mlle de Saint-Véran a tiré était bien Arsène Lupin, comme vous l'avez dit dès le début. De même, c'était bien sous le nom d'Étienne de Vaudreix qu'il vivait à Paris. Le linge est marqué aux initiales E. V. Il me semble, n'est-ce pas ? que la preuve suffit…

Isidore ne bougeait pas.

– M. le comte est parti chercher le docteur Jouet qui fera les constatations d'usage. Pour moi, la mort date de huit jours au moins. L'état de décomposition du cadavre… Mais vous n'avez pas l'air d'écouter ?

– Si, si.

– Ce que je dis est appuyé sur des raisons péremptoires[3]. Ainsi, par exemple…

M. Filleul continua sa démonstration, sans obtenir d'ailleurs des marques plus manifestes d'attention. Mais le retour de M. de Gesvres interrompit son monologue.

1. Grouillait : était remplie de vers.
2. Assertion : affirmation.
3. Péremptoires : indiscutables.

Le comte revenait avec deux lettres. L'une lui annonçait l'arrivée d'Herlock Sholmès pour le lendemain.

– À merveille, s'écria M. Filleul, tout allègre. L'inspecteur Ganimard arrive également. Ce sera délicieux.

– Cette autre lettre est pour vous, monsieur le juge d'instruction, dit le comte.

– De mieux en mieux, reprit M. Filleul, après avoir lu. Ces messieurs, décidément, n'auront pas grand-chose à faire. Beautrelet, on me prévient de Dieppe que des pêcheurs de bouquet[1] ont trouvé ce matin, sur les rochers, le cadavre d'une jeune femme.

Beautrelet sursauta.

– Que dites-vous ? le cadavre…

– D'une jeune femme… un cadavre affreusement mutilé, précise-t-on, et dont il ne serait pas possible d'établir l'identité, s'il ne restait au bras droit une petite gourmette[2] d'or, très fine, qui s'est incrustée dans la peau tuméfiée[3]. Or, Mlle de Saint-Véran portait au bras droit une gourmette d'or. Il s'agit donc évidemment de votre malheureuse nièce, monsieur le comte, que la mer aura entraînée jusque-là. Qu'en pensez-vous, Beautrelet ?

– Rien… rien… ou plutôt si… tout s'enchaîne, comme vous voyez, il ne manque plus rien à mon argumentation. Tous les faits, un à un, même les plus contradictoires, même les plus déconcertants viennent à l'appui de l'hypothèse que j'ai imaginée dès le premier moment.

1. Bouquet : grosse crevette.
2. Gourmette : bracelet à mailles de métal aplaties.
3. Tuméfiée : gonflée, enflée.

– Je ne comprends pas bien.

– Vous ne tarderez pas à comprendre. Rappelez-vous que je vous ai promis la vérité entière.

– Mais il me semble…

– Un peu de patience. Jusqu'ici vous n'avez pas eu à vous plaindre de moi. Il fait beau temps. Promenez-vous, déjeunez au château, fumez votre pipe. Moi, je serai de retour vers quatre ou cinq heures. Quant à mon lycée, ma foi, tant pis, je prendrai le train de minuit.

Ils étaient arrivés aux communs, derrière le château. Beautrelet sauta à bicyclette et s'éloigna.

À Dieppe, il s'arrêta aux bureaux du journal *La Vigie*[1] où il se fit montrer les numéros de la dernière quinzaine. Puis il partit pour le bourg d'Envermeu, situé à dix kilomètres. À Envermeu, il s'entretint avec le maire, avec le curé, avec le garde champêtre. Trois heures sonnèrent à l'église du bourg. Son enquête était finie.

Il revint en chantant d'allégresse. Ses jambes pesaient tour à tour d'un rythme égal et fort sur les deux pédales, sa poitrine s'ouvrait largement à l'air vif qui soufflait de la mer. Et parfois il s'oubliait à jeter au ciel des clameurs de triomphe en songeant au but qu'il poursuivait et à ses efforts heureux.

Ambrumésy apparut. Il se laissa aller à toute vitesse sur la pente qui précède le château. Les arbres qui bordent le chemin, en quadruple rangée séculaire, semblaient accourir à sa rencontre et s'évanouir aussitôt

1. *La Vigie de Dieppe* : journal bi-hebdomadaire de Dieppe et de sa région créé en 1836.

derrière lui. Et, tout à coup, il poussa un cri. Dans une vision soudaine, il avait vu une corde se tendre d'un arbre à l'autre, en travers de la route.

La machine heurtée s'arrêta net. Il fut projeté en avant, avec une violence inouïe, et il eut l'impression qu'un hasard seul, un miraculeux hasard, lui faisait éviter un tas de cailloux, où logiquement sa tête aurait dû se briser.

Il resta quelques secondes étourdi. Puis, tout contusionné, les genoux écorchés, il examina les lieux. Un petit bois s'étendait à droite, par où, sans aucun doute, l'agresseur s'était enfui. Beautrelet détacha la corde. À l'arbre de gauche autour duquel elle était attachée, un petit papier était fixé par une ficelle. Il le déplia et lut :

Troisième et dernier avertissement.

Il rentra au château, posa quelques questions aux domestiques, et rejoignit le juge d'instruction dans une pièce du rez-de-chaussée, tout au bout de l'aile droite, où M. Filleul avait l'habitude de se tenir au cours de ses opérations. M. Filleul écrivait, son greffier assis en face de lui. Sur un signe, le greffier sortit, et le juge s'écria :

– Mais qu'avez-vous donc, monsieur Beautrelet ? Vos mains sont en sang.

– Ce n'est rien, ce n'est rien, dit le jeune homme, une simple chute provoquée par cette corde qu'on a tendue devant ma bicyclette. Je vous prierai seulement de remarquer que ladite corde provient du château.

Il n'y a pas plus de vingt minutes qu'elle servait à sécher du linge auprès de la buanderie[1].

– Est-ce possible ?

– Monsieur, c'est ici même que je suis surveillé, par quelqu'un qui se trouve au cœur de la place, qui me voit, qui m'entend, et qui, minute par minute, assiste à mes actes et connaît mes intentions.

– Vous croyez ?

– J'en suis sûr. C'est à vous de le découvrir et vous n'y aurez pas de peine. Mais, pour moi, je veux finir et vous donner les explications promises. J'ai marché plus vite que nos adversaires ne s'y attendaient, et je suis persuadé que, de leur côté, ils vont agir avec vigueur. Le cercle se resserre autour de moi. Le péril approche, j'en ai le pressentiment.

– Voyons, voyons, Beautrelet…

– Bah ! on verra bien. Pour l'instant, dépêchons-nous. Et d'abord, une question sur un point que je veux écarter tout de suite. Vous n'avez parlé à personne de ce document que le brigadier Quevillon a ramassé et qu'il vous a remis en ma présence ?

– Ma foi non, à personne. Mais est-ce que vous y attachez une valeur quelconque ?…

– Une grande valeur. C'est une idée que j'ai, une idée du reste, je l'avoue, qui ne repose sur aucune preuve… car, jusqu'ici, je n'ai guère réussi à déchiffrer ce document. Aussi, je vous en parle… pour n'y plus revenir.

1. Buanderie : pièce où on lavait le linge.

Beautrelet appuya sa main sur celle de M. Filleul, et à voix basse :

– Taisez-vous… on nous écoute… dehors…

Le sable craqua. Beautrelet courut vers la fenêtre et se pencha.

– Il n'y a plus personne… mais la plate-bande est foulée… on relèvera facilement les empreintes.

Il ferma la fenêtre et vint se rasseoir.

– Vous voyez, monsieur le juge d'instruction, l'ennemi ne prend même plus de précautions… il n'en a plus le temps… lui aussi sent que l'heure presse. Hâtons-nous donc, et parlons puisqu'ils ne veulent pas que je parle.

Il posa sur la table le document et le maintint déplié.

– Avant tout, une remarque. Il n'y a sur ce papier, en dehors des points, que des chiffres. Et, dans les trois premières lignes et la cinquième – les seules dont nous ayons à nous occuper, car la quatrième semble d'une nature tout à fait différente –, il n'y a pas un de ces chiffres qui soit plus élevé que le chiffre 5. Nous avons donc bien des chances pour que chacun de ces chiffres représente une des cinq voyelles, et dans l'ordre alphabétique. Inscrivons le résultat.

Il inscrivit sur une feuille à part :

e.a.a..e..e.a.
.a..a…e.e. .e.oi.e..e.
.ou..e.o…e..e.o..e
ai.ui..e   ..eu.e

Puis il reprit :

– Comme vous voyez, cela ne donne pas grand-chose. La clef est à la fois très facile – puisqu'on s'est contenté de remplacer les voyelles par des chiffres et les consonnes par des points –, et très difficile, sinon impossible, puisqu'on ne s'est pas donné plus de mal pour compliquer le problème.

– Il est de fait qu'il est suffisamment obscur.

– Essayons de l'éclaircir. La seconde ligne est divisée en deux parties, et la deuxième partie se présente de telle façon qu'il est tout à fait probable qu'elle forme un mot. Si nous tâchons maintenant de remplacer les points intermédiaires par des consonnes, nous concluons, après tâtonnement, que les seules consonnes qui peuvent logiquement servir d'appui aux voyelles ne peuvent logiquement produire qu'un mot, un seul mot : *demoiselles*.

– Il s'agirait alors de Mlle de Gesvres et de Mlle de Saint-Véran ?

– En toute certitude.

– Et vous ne voyez rien d'autre ?

– Si. Je note encore une solution de continuité au milieu de la dernière ligne, et si j'effectue le même travail sur le début de la ligne, je vois aussitôt qu'entre les deux diphtongues *ai* et *ui*, la seule consonne qui puisse remplacer le point est un g, et que, quand j'ai formé le début de ce mot *aigui*, il est naturel et indispensable que j'arrive avec les deux points suivants et l'*e* final au mot *aiguille*.

– En effet… le mot *aiguille* s'impose.

– Enfin, pour le dernier mot, j'ai trois voyelles et trois consonnes. Je tâtonne encore, j'essaie toutes les lettres les unes après les autres, et, en partant de ce principe que les deux premières lettres sont des consonnes, je constate que quatre mots peuvent s'adapter : les mots *fleuve*, *preuve*, *pleure* et *creuse*. J'élimine les mots *fleuve*, *preuve* et *pleure* comme n'ayant aucune relation possible avec une aiguille, et je garde le mot *creuse*.

– Ce qui fait *aiguille creuse*. J'admets que votre solution soit juste, mais en quoi nous avance-t-elle ?

– En rien, fit Beautrelet, d'un ton pensif. En rien, pour le moment… plus tard, nous verrons… J'ai idée, moi, que bien des choses sont incluses dans l'accouplement énigmatique de ces deux mots : *aiguille creuse*. Ce qui m'occupe, c'est plutôt la matière du document, le papier dont on s'est servi… Fabrique-t-on encore cette sorte de parchemin un peu granité[1] ? Et puis cette couleur d'ivoire… Et ces plis… l'usure de ces quatre plis… et enfin, tenez, ces marques de cire rouge, par-derrière…

À ce moment, Beautrelet fut interrompu. C'était le greffier Brédoux qui ouvrait la porte et qui annonçait l'arrivée subite du procureur général.

M. Filleul se leva.

– M. le procureur général est en bas ?

– Non, monsieur le juge d'instruction. M. le procureur général n'a pas quitté sa voiture. Il ne fait que

1. Granité : qui présente des grains comme le granit.

passer et il vous prie de bien vouloir le rejoindre devant la grille. Il n'a qu'un mot à vous dire.

– Bizarre, murmura M. Filleul. Enfin… nous allons voir. Beautrelet, excusez-moi, je vais et je reviens.

Il s'en alla. On entendit ses pas qui s'éloignaient. Alors le greffier ferma la porte, tourna la clef et la mit dans sa poche.

– Eh bien, quoi ! s'exclama Beautrelet tout surpris, que faites-vous ? Pourquoi nous enfermer ?

– Ne serons-nous pas mieux pour causer ? riposta Brédoux.

Beautrelet bondit vers une autre porte qui donnait dans la pièce voisine. Il avait compris. Le complice, c'était Brédoux, le greffier même du juge d'instruction !

Brédoux ricana :

– Ne vous écorchez pas les doigts, mon jeune ami, j'ai aussi la clef de cette porte.

– Reste la fenêtre, cria Beautrelet.

– Trop tard, dit Brédoux qui se campa devant la croisée, le revolver au poing.

Toute retraite était coupée. Il n'y avait plus rien à faire, plus rien qu'à se défendre contre l'ennemi qui se démasquait avec une audace brutale. Isidore, qu'étreignait un sentiment d'angoisse inconnu, croisa les bras.

– Bien, marmotta le greffier, et maintenant soyons brefs.

Il tira sa montre.

– Ce brave M. Filleul va cheminer jusqu'à la grille. À la grille personne, bien entendu, pas plus de procureur que sur ma main. Alors il s'en reviendra. Cela nous donne environ quatre minutes. Il m'en faut une pour m'échapper par cette fenêtre, filer par la petite porte des ruines et sauter sur la motocyclette qui m'attend. Reste donc trois minutes. Cela suffit.

C'était un drôle d'être, contrefait[1], qui tenait en équilibre sur des jambes très longues et très frêles un buste énorme, rond comme un corps d'araignée et muni de bras immenses. Un visage osseux, un petit front bas indiquaient l'obstination un peu bornée du personnage.

Beautrelet chancela, les jambes molles. Il dut s'asseoir.

– Parlez. Que voulez-vous ?

– Le papier. Voici trois jours que je le cherche.

– Je ne l'ai pas.

– Tu mens. Quand je suis entré, je t'ai vu le remettre dans ton portefeuille.

– Après ?

– Après ? Tu t'engageras à rester bien sage. Tu nous embêtes. Laisse-nous tranquilles, et occupe-toi de tes affaires. Nous sommes à bout de patience.

Il s'était avancé, le revolver toujours braqué sur le jeune homme, et il parlait sourdement, en martelant ses syllabes, avec un accent d'une incroyable énergie. L'œil était dur, le sourire cruel. Beautrelet frissonna. C'était la première fois qu'il éprouvait la sensation du danger. Et quel danger ! Il se sentait en face d'un ennemi implacable, d'une force aveugle et irrésistible.

1. Contrefait : difforme.

– Et après ? dit-il, la voix étranglée.

– Après ? rien… Tu seras libre…

Un silence. Brédoux reprit :

– Plus qu'une minute. Il faut te décider. Allons, mon bonhomme, pas de bêtises… Nous sommes les plus forts, toujours et partout… Vite, le papier…

Isidore ne bronchait pas, livide[1], terrifié, maître de lui pourtant, et le cerveau lucide, dans la débâcle de ses nerfs. À vingt centimètres de ses yeux, le petit trou noir du revolver s'ouvrait. Le doigt replié pesait visiblement sur la détente. Il suffisait d'un effort encore…

– Le papier, répéta Brédoux. Sinon…

– Le voici, dit Beautrelet.

Il tira de sa poche son portefeuille et le tendit au greffier qui s'en empara.

– Parfait ! Nous sommes raisonnable. Décidément, il y a quelque chose à faire avec toi… un peu froussard, mais du bon sens. J'en parlerai aux camarades. Et maintenant, je file. Adieu.

Il rentra son revolver et tourna l'espagnolette[2] de la fenêtre. Du bruit résonna dans le couloir.

– Adieu, fit-il de nouveau, il n'est que temps.

Mais une idée l'arrêta. D'un geste il vérifia le portefeuille.

– Tonnerre…, grinça-t-il, le papier n'y est pas… Tu m'as roulé.

1. Livide : le teint très pâle, blême.
2. Espagnolette : poignée.

Il sauta dans la pièce. Deux coups de feu retentirent. Isidore à son tour avait saisi son pistolet et il tirait.

– Raté, mon bonhomme, hurla Brédoux, ta main tremble… tu as peur…

Ils s'empoignèrent à bras-le-corps et roulèrent sur le parquet. À la porte on frappait à coups redoublés.

Isidore faiblit, tout de suite dominé par son adversaire. C'était la fin. Une main se leva au-dessus de lui, armée d'un couteau, et s'abattit. Une violente douleur lui brûla l'épaule. Il lâcha prise.

Il eut l'impression qu'on fouillait dans la poche intérieure de son veston et qu'on saisissait le document. Puis, à travers le voile baissé de ses paupières, il devina l'homme qui franchissait le rebord de la fenêtre…

Les mêmes journaux qui, le lendemain matin, relataient les derniers épisodes survenus au château d'Ambrumésy, le truquage de la chapelle, la découverte du cadavre d'Arsène Lupin et du cadavre de Raymonde, et enfin le meurtre de Beautrelet par Brédoux, greffier du juge d'instruction, les mêmes journaux annonçaient les deux nouvelles suivantes :

La disparition de Ganimard, et l'enlèvement, en plein jour, au cœur de Londres, alors qu'il allait prendre le train pour Douvres[1], l'enlèvement d'Herlock Sholmès.

Ainsi donc, la bande de Lupin, un instant désorganisée par l'extraordinaire ingéniosité d'un gamin

1. Douvres : principal port de transit avec la France (Calais) situé au sud-est de l'Angleterre.

de dix-sept ans, reprenait l'offensive, et du premier coup, partout et sur tous les points, demeurait victorieuse. Les deux grands adversaires de Lupin, Sholmès et Ganimard supprimés. Beautrelet, hors de combat. Plus personne qui fût capable de lutter contre de tels ennemis.

4
Face à face

Six semaines après, un soir, j'avais donné congé à mon domestique. C'était la veille du 14 juillet. Il faisait une chaleur d'orage, et l'idée de sortir ne me souriait guère. Les fenêtres de mon balcon ouvertes, ma lampe de travail allumée, je m'installai dans un fauteuil et, n'ayant pas encore lu les journaux, je me mis à les parcourir. Bien entendu on y parlait d'Arsène Lupin. Depuis la tentative de meurtre dont le pauvre Isidore Beautrelet avait été victime, il ne s'était pas passé un jour sans qu'il fût question de l'affaire d'Ambrumésy. Une rubrique quotidienne lui était consacrée. Jamais l'opinion publique n'avait été surexcitée à ce point par une telle série d'événements précipités, de coups de théâtre inattendus et déconcertants. M. Filleul qui, décidément, acceptait, avec une bonne foi méritoire, son rôle subalterne, avait confié aux interviewers les exploits de son jeune conseiller pendant les trois jours mémorables, de sorte que l'on pouvait se livrer aux suppositions les plus téméraires.

On ne s'en privait pas. Spécialistes et techniciens du crime, romanciers et dramaturges, magistrats et anciens chefs de la Sûreté, MM. Lecocq[1] retraités et Herlock Sholmès en herbe, chacun avait sa théorie et la délayait en copieux articles. Chacun reprenait et complétait l'instruction. Et tout cela sur la parole d'un enfant, d'Isidore Beautrelet, élève de rhétorique au lycée Janson-de-Sailly.

Car vraiment, il fallait bien le dire, on possédait les éléments complets de la vérité. Le mystère… en quoi consistait-il ? On connaissait la cachette où Arsène Lupin s'était réfugié et où il avait agonisé, et, là-dessus, aucun doute : le docteur Delattre, qui se retranchait toujours derrière le secret professionnel, et qui se refusa à toute déposition, avoua cependant à ses intimes – dont le premier soin fut de parler – que c'était bien dans une crypte qu'il avait été amené, près d'un blessé que ses complices lui présentèrent sous le nom d'Arsène Lupin. Et comme, dans cette même crypte, on avait retrouvé le cadavre d'Étienne de Vaudreix, lequel Étienne de Vaudreix était bel et bien Arsène Lupin, ainsi que l'instruction le prouva, l'identité d'Arsène Lupin et du blessé recevait encore là un supplément de démonstration.

Donc, Lupin mort, le cadavre de Mlle de Saint-Véran reconnu grâce à la gourmette qu'elle portait au poignet, le drame était fini.

1. Lecocq : allusion à l'inspecteur Lecoq, célèbre détective du romancier Émile Gaboriau.

Il ne l'était pas. Il ne l'était pour personne, puisque Beautrelet avait dit le contraire. On ne savait point en quoi il n'était pas fini, mais, sur la parole du jeune homme, le mystère demeurait entier. Le témoignage de la réalité ne prévalait pas contre l'affirmation d'un Beautrelet. Il y avait quelque chose que l'on ignorait, et ce quelque chose, on ne doutait point qu'il ne fût en mesure de l'expliquer victorieusement.

Aussi avec quelle anxiété on attendit, au début, les bulletins de santé que publiaient les médecins de Dieppe auxquels le comte confia le malade ! Quelle désolation, durant les premiers jours, quand on crut sa vie en danger ! Et quel enthousiasme le matin où les journaux annoncèrent qu'il n'y avait plus rien à craindre ! Les moindres détails passionnaient la foule. On s'attendrissait à le voir soigné par son vieux père, qu'une dépêche avait mandé en toute hâte, et l'on admirait le dévouement de Mlle de Gesvres qui passa des nuits au chevet du blessé.

Après, ce fut la convalescence rapide et joyeuse. Enfin on allait savoir ! On saurait ce que Beautrelet avait promis de révéler à M. Filleul, et les mots définitifs que le couteau du criminel l'avait empêché de prononcer ! Et l'on saurait aussi tout ce qui, en dehors du drame lui-même, demeurait impénétrable ou inaccessible aux efforts de la justice.

Beautrelet, libre, guéri de sa blessure, on aurait une certitude quelconque sur le sieur Harlington, l'énigmatique complice d'Arsène Lupin, que l'on détenait toujours à la prison de la Santé. On apprendrait ce qu'était devenu après le crime le greffier Brédoux, cet autre complice dont l'audace avait été vraiment effarante.

Beautrelet libre, on pourrait se faire une idée précise sur la disparition de Ganimard et sur l'enlèvement de Sholmès. Comment deux attentats de cette sorte avaient-ils pu se produire ? Les détectives anglais, aussi bien que leurs collègues de France, ne possédaient aucun indice à ce sujet. Le dimanche de la Pentecôte, Ganimard n'était pas rentré chez lui, le lundi non plus, et point davantage depuis six semaines.

À Londres, le lundi de la Pentecôte, à quatre heures du soir, Herlock Sholmès prenait un cab[1] pour se rendre à la gare. À peine était-il monté qu'il essayait de descendre, averti probablement du péril. Mais deux individus escaladaient la voiture à droite et à gauche, le renversaient et le maintenaient entre eux, sous eux plutôt, vu l'exiguïté du véhicule. Et cela devant dix témoins, qui n'avaient pas le temps de s'interposer. Le cab s'enfuit au galop. Après ? Après, rien. On ne savait rien.

Et peut-être aussi, par Beautrelet, aurait-on l'explication complète du document, de ce papier mystérieux auquel le greffier Brédoux attachait assez d'importance pour le reprendre, à coups de couteau, à celui qui le possédait. « Le problème de l'Aiguille creuse », comme l'appelaient les innombrables Œdipes[2] qui, penchés sur les chiffres et sur les points, tâchaient de leur

1. Cab : cabriolet anglais, véhicule léger, découvert, à deux roues tiré par un seul cheval.
2. Œdipe : personne habile à résoudre les énigmes.

trouver une signification… L'Aiguille creuse ! association déconcertante de deux mots, incompréhensible question que posait ce morceau de papier dont la provenance même était inconnue ! Était-ce une expression insignifiante, le rébus d'un écolier qui barbouille d'encre un coin de feuille ? Ou bien était-ce deux mots magiques par lesquels toute la grande aventure de l'aventurier Lupin prendrait son véritable sens ? On ne savait rien.

On allait savoir. Depuis plusieurs jours les feuilles annonçaient l'arrivée de Beautrelet. La lutte était près de recommencer, et, cette fois, implacable de la part du jeune homme qui brûlait de prendre sa revanche.

Et justement son nom, en gros caractères, attira mon attention. *Le Grand Journal* inscrivait en tête de ses colonnes la note suivante :

Nous avons obtenu de M. Isidore Beautrelet qu'il nous réservât la primeur de ses révélations. Demain mercredi, avant même que la justice en soit informée, Le Grand Journal *publiera la vérité intégrale sur le drame d'Ambrumésy.*

– Cela promet, hein ? Qu'en pensez-vous, mon cher ?

Je sursautai dans mon fauteuil. Il y avait près de moi sur la chaise voisine quelqu'un que je ne connaissais pas.

Je me levai et cherchai une arme des yeux. Mais comme son attitude semblait tout à fait inoffensive, je me contins et m'approchai de lui.

C'était un homme jeune, au visage énergique, aux longs cheveux blonds, et dont la barbe, un peu fauve de nuance, se divisait en deux pointes courtes. Son costume rappelait le costume sobre d'un prêtre anglais, et toute sa personne, d'ailleurs, avait quelque chose d'austère et de grave qui inspirait le respect.

– Qui êtes-vous ? lui demandai-je.

Et, comme il ne répondait pas, je répétai :

– Qui êtes-vous ? Comment êtes-vous entré ici ? Que venez-vous faire ?

Il me regarda et dit :

– Vous ne me reconnaissez pas ?

– Non… non !

– Ah ! c'est vraiment curieux… Cherchez bien… un de vos amis… un ami d'un genre un peu spécial…

Je lui saisis le bras vivement.

– Vous mentez !… Vous n'êtes pas celui que vous dites… ce n'est pas vrai…

– Alors pourquoi pensez-vous à celui-là plutôt qu'à un autre ? dit-il en riant.

Ah ! ce rire ! ce rire jeune et clair, dont l'ironie amusante m'avait si souvent diverti !… Je frissonnai. Était-ce possible ?

– Non, non, protestai-je avec une sorte d'épouvante, il ne se peut pas…

– Il ne se peut pas que ce soit moi, parce que je suis mort, hein, et que vous ne croyez pas aux revenants ?

Il rit de nouveau.

– Est-ce que je suis de ceux qui meurent, moi ? Mourir

ainsi, d'une balle tirée dans le dos, par une jeune fille ! Vraiment, c'est mal me juger ! Comme si, moi, je consentirais à une pareille fin !

– C'est donc vous ! balbutiai-je, encore incrédule, et tout ému. Je ne parviens pas à vous retrouver…

– Alors, prononça-t-il gaiement, je suis tranquille. Si le seul homme à qui je me sois montré sous mon véritable aspect ne me reconnaît pas aujourd'hui, toute personne qui me verra désormais tel que je suis aujourd'hui ne me reconnaîtra pas non plus quand elle me verra sous mon réel aspect… si tant est que j'aie un réel aspect…

Je retrouvais sa voix, maintenant qu'il n'en changeait plus le timbre, et je retrouvais ses yeux aussi, et l'expression de son visage, et toute son attitude, et son être lui-même, à travers l'apparence dont il l'avait enveloppé.

– Arsène Lupin, murmurai-je.

– Oui, Arsène Lupin, s'écria-t-il en se levant. Le seul et unique Lupin, retour du royaume des ombres[1], puisqu'il paraît que j'ai agonisé et trépassé dans une crypte. Arsène Lupin vivant de toute sa vie, agissant de toute sa volonté, heureux et libre, et plus que jamais résolu à jouir de cette heureuse indépendance dans un monde où il n'a jusqu'ici rencontré que faveur et que privilège.

Je ris à mon tour.

– Allons, c'est bien vous, et plus allègre que le jour

1. Royaume des ombres : royaume des morts.

où j'ai eu le plaisir de vous voir l'an dernier… Je vous en complimente.

Je faisais allusion à sa dernière visite, visite qui suivait la fameuse aventure du diadème, son mariage rompu, sa fuite avec Sonia Krichnoff, et la mort horrible de la jeune Russe[1]. Ce jour-là, j'avais vu un Arsène Lupin que j'ignorais, faible, abattu, les yeux las de pleurer, en quête d'un peu de sympathie et de tendresse…

– Taisez-vous, dit-il, le passé est loin.

– C'était il y a un an, observai-je.

– C'était il y a dix ans, affirma-t-il, les années d'Arsène Lupin comptent dix fois plus que les autres.

Je n'insistai pas et, changeant de conversation :

– Comment donc êtes-vous entré ?

– Mon Dieu, comme tout le monde, par la porte. Puis, ne voyant personne, j'ai traversé le salon, j'ai suivi le balcon, et me voici.

– Soit, mais la clef de la porte ?

– Il n'y a pas de porte pour moi, vous le savez. J'avais besoin de votre appartement, je suis entré.

– À vos ordres. Dois-je vous laisser ?

– Oh ! nullement, vous ne serez pas de trop. Je puis même vous dire que la soirée sera intéressante.

– Vous attendez quelqu'un ?

– Oui, j'ai donné rendez-vous ici à dix heures…

Il tira sa montre.

1. *Arsène Lupin*, pièce en quatre actes de Maurice Leblanc et Francis de Croisset (1908).

– Dix heures. Si le télégramme est arrivé, la personne ne tardera pas…

Le timbre retentit, dans le vestibule.

– Que vous avais-je dit ? Non, ne vous dérangez pas… j'irai moi-même.

Avec qui, diable ! pouvait-il avoir pris rendez-vous ? et à quelle scène dramatique ou burlesque[1] allais-je assister ? Pour que Lupin lui-même la considérât comme digne d'intérêt, il fallait que la situation fût quelque peu exceptionnelle.

Au bout d'un instant, il revint, et s'effaça devant un jeune homme, mince, grand, et très pâle de visage.

Sans une parole, avec une certaine solennité dans les gestes qui me troublait, Lupin alluma toutes les lampes électriques. La pièce fut inondée de lumière. Alors les deux hommes se regardèrent, profondément, comme si, de tout l'effort de leurs yeux ardents, ils essayaient de pénétrer l'un dans l'autre. Et c'était un spectacle impressionnant que de les voir ainsi, graves et silencieux. Mais qui donc pouvait être ce nouveau venu ?

Au moment même où j'étais sur le point de le deviner, par la ressemblance qu'il offrait avec une photographie récemment publiée, Lupin se tourna vers moi.

– Cher ami, je vous présente M. Isidore Beautrelet.

Et aussitôt, s'adressant au jeune homme :

– J'ai à vous remercier, monsieur Beautrelet, d'abord

1. Burlesque : drôle et extravagante.

d'avoir bien voulu, sur une lettre de moi, retarder vos révélations jusqu'après cette entrevue, et ensuite de m'avoir accordé cette entrevue avec tant de bonne grâce.

Beautrelet sourit.

– Je vous prierai de remarquer que ma bonne grâce consiste surtout à obéir à vos ordres. La menace que vous me faisiez dans la lettre en question était d'autant plus péremptoire qu'elle ne s'adressait pas à moi, mais qu'elle visait mon père.

– Ma foi, répondit Lupin en riant, on agit comme on peut, et il faut bien se servir des moyens d'action que l'on possède. Je savais par expérience que votre propre sûreté vous était indifférente, puisque vous avez résisté aux arguments du sieur Brédoux. Restait votre père… votre père que vous affectionnez vivement… J'ai joué de cette corde-là.

– Et me voici, approuva Beautrelet.

Je les fis asseoir. Ils y consentirent, et Lupin, de ce ton d'imperceptible ironie qui lui est particulier :

– En tout cas, monsieur Beautrelet, si vous n'acceptez pas mes remerciements, vous ne repousserez pas du moins mes excuses.

– Des excuses ! Et pourquoi, Seigneur ?

– Pour la brutalité dont le sieur Brédoux a fait preuve à votre endroit.

– J'avoue que l'acte m'a surpris. Ce n'était pas la manière d'agir habituelle à Lupin. Un coup de couteau…

– Aussi n'y suis-je pour rien. Le sieur Brédoux est

une nouvelle recrue. Mes amis, pendant le temps qu'ils ont eu la direction de nos affaires, ont pensé qu'il pouvait nous être utile de gagner à notre cause le greffier même du juge qui menait l'instruction.

– Vos amis n'avaient pas tort.

– En effet, Brédoux que l'on avait spécialement attaché à votre personne nous fut précieux. Mais, avec cette ardeur propre à tout néophyte[1] qui veut se distinguer, il poussa le zèle un peu loin, et contraria mes plans en se permettant, de sa propre initiative, de vous frapper.

– Oh ! c'est là un petit malheur.

– Mais non, mais non, et je l'ai sévèrement réprimandé. Je dois dire, cependant, en sa faveur, qu'il a été pris au dépourvu par la rapidité inattendue de votre enquête. Vous nous eussiez laissé quelques heures de plus que vous auriez échappé à cet attentat impardonnable.

– Et que j'aurais eu le grand avantage, sans doute, de subir le sort de MM. Ganimard et Sholmès ?

– Précisément, fit Lupin en riant de plus belle. Et moi, je n'aurais pas connu les affres[2] cruelles que votre blessure m'a causées. J'ai passé là, je vous le jure, des heures atroces, et, aujourd'hui encore, votre pâleur m'est un remords cuisant[3]. Vous ne m'en voulez plus ?

– La preuve de confiance, répondit Beautrelet, que

1. Néophyte : débutant, novice.
2. Affre : très grande angoisse.
3. Cuisant : douloureux.

vous me donnez en vous livrant à moi sans condition – il m'eût été si facile d'amener quelques amis de Ganimard ! –, cette preuve de confiance efface tout.

Parlait-il sérieusement ? J'avoue que j'étais fort dérouté. La lutte entre ces deux hommes commençait d'une façon à laquelle je ne comprenais rien. Moi qui avais assisté à la première rencontre de Lupin et de Sholmès, dans le café de la gare du Nord[1], je ne pouvais m'empêcher de me rappeler l'allure hautaine des deux combattants, le choc effrayant de leur orgueil sous la politesse de leurs manières, les rudes coups qu'ils se portaient, leurs feintes, leur arrogance.

Ici, rien de pareil. Lupin, lui, n'avait pas changé. Même tactique et même affabilité[2] narquoise. Mais à quel étrange adversaire il se heurtait ! Était-ce même un adversaire ? Vraiment il n'en avait ni le ton ni l'apparence. Très calme, mais d'un calme réel, qui ne masquait pas l'emportement d'un homme qui se contient, très poli mais sans exagération, souriant mais sans raillerie, il offrait avec Arsène Lupin le plus parfait contraste, si parfait même que Lupin me semblait aussi dérouté que moi.

Non, sûrement, Lupin n'avait pas en face de cet adolescent frêle, aux joues roses de jeune fille, aux yeux candides et charmants, non, Lupin n'avait pas son assurance ordinaire. Plusieurs fois, j'observai en lui des traces de gêne. Il hésitait, n'attaquait pas

1. *Arsène Lupin contre Herlock Sholmès*. *La Dame blonde*.
2. Affabilité : courtoisie.

franchement, perdait du temps en phrases doucereuses et en mièvreries.

On aurait dit aussi qu'il lui manquait quelque chose. Il avait l'air de chercher, d'attendre. Quoi ? Quel secours ?

On sonna de nouveau. De lui-même, et vivement, il alla ouvrir.

Il revint avec une lettre.

– Vous permettez, messieurs ? nous demanda-t-il.

Il décacheta la lettre. Elle contenait un télégramme. Il le lut.

Ce fut en lui comme une transformation. Son visage s'éclaira, sa taille se redressa, et je vis les veines de son front qui se gonflaient. C'était l'athlète que je retrouvais, le dominateur, sûr de lui, maître des événements et maître des personnes. Il étala le télégramme sur la table, et le frappant d'un coup de poing, s'écria :

– Maintenant, monsieur Beautrelet, à nous deux !

Beautrelet se mit en posture d'écouter, et Lupin commença, d'une voix mesurée, mais sèche et volontaire :

– Jetons bas les masques, n'est-ce pas, et plus de fadeurs[1] hypocrites. Nous sommes deux ennemis qui savons parfaitement à quoi nous en tenir l'un sur l'autre, c'est en ennemis que nous agissons l'un envers l'autre, et c'est par conséquent en ennemis que nous devons traiter l'un avec l'autre.

– Traiter ? fit Beautrelet surpris.

1. Fadeur : banal compliment.

– Oui, traiter. Je n'ai pas dit ce mot au hasard, et je le répète, quoi qu'il m'en coûte. Et il m'en coûte beaucoup. C'est la première fois que je l'emploie vis-à-vis d'un adversaire. Mais aussi, je vous le dis tout de suite, c'est la dernière fois. Profitez-en. Je ne sortirai d'ici qu'avec une promesse de vous. Sinon, c'est la guerre.

Beautrelet semblait de plus en plus surpris. Il dit gentiment :

– Je ne m'attendais pas à cela… vous me parlez si drôlement ! C'est si différent de ce que je croyais !… Oui, je vous imaginais tout autre… Pourquoi de la colère ? des menaces ? Sommes-nous donc ennemis parce que les circonstances nous opposent l'un à l'autre ? Ennemis… pourquoi ?

Lupin parut un peu décontenancé, mais il ricana en se penchant sur le jeune homme :

– Écoutez, mon petit, il ne s'agit pas de choisir ses expressions. Il s'agit d'un fait, d'un fait certain, indiscutable. Celui-ci : depuis dix ans, je ne me suis pas encore heurté à un adversaire de votre force ; avec Ganimard, avec Herlock Sholmès, j'ai joué comme avec des enfants. Avec vous, je suis obligé de me défendre, je dirai plus, de reculer. Oui, à l'heure présente, vous et moi, nous savons très bien que je dois me considérer comme le vaincu. Isidore Beautrelet l'emporte sur Arsène Lupin. Mes plans sont bouleversés. Ce que j'ai tâché de laisser dans l'ombre, vous l'avez mis en pleine lumière. Vous me gênez, vous me barrez le chemin. Eh bien, j'en ai assez… Brédoux vous l'a dit inutilement.

Moi, je vous le redis, en insistant pour que vous en teniez compte. J'en ai assez.

Beautrelet hocha la tête.

– Mais, enfin, que voulez-vous ?

– La paix ! chacun chez soi, dans son domaine.

– C'est-à-dire, vous, libre de cambrioler à votre aise, et moi, libre de retourner à mes études.

– À vos études… à ce que vous voudrez… cela ne me regarde pas… Mais, vous me laisserez la paix… je veux la paix…

– En quoi puis-je la troubler maintenant ?

Lupin lui saisit la main avec violence.

– Vous le savez bien ! Ne feignez pas de ne pas le savoir. Vous êtes actuellement possesseur d'un secret auquel j'attache la plus haute importance. Ce secret, vous étiez en droit de le deviner, mais vous n'avez aucun titre à le rendre public.

– Êtes-vous sûr que je le connaisse ?

– Vous le connaissez, j'en suis sûr : jour par jour, heure par heure, j'ai suivi la marche de votre pensée et les progrès de votre enquête. À l'instant même où Brédoux vous a frappé, vous alliez tout dire. Par sollicitude pour votre père, vous avez ensuite retardé vos révélations. Mais aujourd'hui elles sont promises au journal que voici. L'article est prêt. Dans une heure il sera composé. Demain il paraît.

– C'est juste.

Lupin se leva, et coupant l'air d'un geste de sa main :

– Il ne paraîtra pas, s'écria-t-il.

– Il paraîtra, fit Beautrelet qui se leva d'un coup.

Enfin les deux hommes étaient dressés l'un contre l'autre. J'eus l'impression d'un choc, comme s'ils s'étaient empoignés à bras-le-corps. Une énergie subite enflammait Beautrelet. On eût dit qu'une étincelle avait allumé en lui des sentiments nouveaux, l'audace, l'amour-propre, la volupté de la lutte, l'ivresse du péril.

Quant à Lupin je sentais au rayonnement de son regard sa joie de duelliste qui rencontre enfin l'épée du rival détesté.

– L'article est donné ?

– Pas encore.

– Vous l'avez là… sur vous ?

– Pas si bête ! Je ne l'aurais déjà plus.

– Alors ?

– C'est un des rédacteurs qui l'a, sous double enveloppe. Si à minuit je ne suis pas au journal, il le fait composer.

– Ah ! le gredin, murmura Lupin, il a tout prévu.

Sa colère fermentait, visible, terrifiante.

Beautrelet ricana, moqueur à son tour, et grisé par son triomphe.

– Tais-toi donc, moutard[1], hurla Lupin, tu ne sais donc pas qui je suis ? et que si je voulais… Ma parole, il ose rire !

Un grand silence tomba entre eux. Puis Lupin s'avança, et d'une voix sourde, ses yeux dans les yeux de Beautrelet :

– Tu vas courir au *Grand Journal*…

1. Moutard : enfant, gamin (familier).

– Non.

– Tu vas déchirer ton article.

– Non.

– Tu verras le rédacteur en chef.

– Non.

– Tu lui diras que tu t'es trompé.

– Non.

– Et tu écriras un autre article, où tu donneras, de l'affaire d'Ambrumésy, la version officielle, celle que tout le monde a acceptée.

– Non.

Lupin saisit une règle en fer qui se trouvait sur mon bureau, et sans effort la brisa net. Sa pâleur était effrayante. Il essuya des gouttes de sueur qui perlaient à son front. Lui qui jamais n'avait connu de résistance à ses volontés, l'entêtement de cet enfant le rendait fou.

Il imprima ses mains sur l'épaule de Beautrelet et scanda :

– Tu feras tout cela, Beautrelet, tu diras que tes dernières découvertes t'ont convaincu de ma mort, qu'il n'y a pas là-dessus le moindre doute. Tu le diras parce que je le veux, parce qu'il faut qu'on croie que je suis mort. Tu le diras surtout parce que si tu ne le dis pas…

– Parce que si je ne le dis pas ?

– Ton père sera enlevé cette nuit, comme Ganimard et Herlock Sholmès l'ont été.

Beautrelet sourit.

– Ne ris pas… réponds.

– Je réponds qu'il m'est fort désagréable de vous contrarier, mais j'ai promis de parler, je parlerai.

– Parle dans le sens que je t'indique.

– Je parlerai dans le sens de la vérité, s'écria Beautrelet ardemment. C'est une chose que vous ne pouvez pas comprendre, vous, le plaisir, le besoin plutôt, de dire ce qui est et de le dire à haute voix. La vérité est là, dans ce cerveau qui l'a découverte, elle en sortira toute nue et toute frémissante. L'article passera donc tel que je l'ai écrit. On saura que Lupin est vivant, on saura la raison pour laquelle il voulait qu'on le crût mort. On saura tout.

Et il ajouta tranquillement :

– Et mon père ne sera pas enlevé.

Ils se turent encore une fois tous les deux, leurs regards toujours attachés l'un à l'autre. Ils se surveillaient. Les épées étaient engagées jusqu'à la garde. Et c'était le lourd silence qui précède le coup mortel. Qui donc allait le porter ?

Lupin murmura :

– Cette nuit à trois heures du matin, sauf avis contraire de moi, deux de mes amis ont ordre de pénétrer dans la chambre de ton père, de s'emparer de lui, de gré ou de force, de l'emmener et de rejoindre Ganimard et Herlock Sholmès.

Un éclat de rire strident lui répondit.

– Mais tu ne comprends donc pas, brigand, s'écria Beautrelet, que j'ai pris mes précautions ? Alors tu t'imagines que je suis assez naïf pour avoir, bêtement, stupidement, renvoyé mon père chez lui, dans la petite maison isolée qu'il occupait en rase campagne ?

Oh ! le joli rire ironique qui animait le visage du

jeune homme ! Rire nouveau sur ses lèvres, rire où se sentait l'influence même de Lupin… Et ce tutoiement insolent qui le mettait du premier coup au niveau de son adversaire !… Il reprit :

– Vois-tu, Lupin, ton grand défaut, c'est de croire tes combinaisons infaillibles. Tu te déclares vaincu ! Quelle blague ! Tu es persuadé qu'en fin de compte, et toujours, tu l'emporteras… et tu oublies que les autres peuvent avoir aussi leurs combinaisons. La mienne est très simple, mon bon ami.

C'était délicieux de l'entendre parler. Il allait et venait, les mains dans ses poches, avec la crânerie, avec la désinvolture d'un gamin qui harcèle la bête féroce enchaînée. Vraiment, à cette heure, il vengeait, de la plus terrible des vengeances, toutes les victimes du grand aventurier. Et il conclut :

– Lupin, mon père n'est pas en Savoie. Il est à l'autre bout de la France, au centre d'une grande ville, gardé par vingt de nos amis qui ont ordre de ne pas le quitter de vue jusqu'à la fin de notre bataille. Veux-tu des détails ? Il est à Cherbourg[1], dans la maison d'un des employés de l'arsenal – arsenal qui est fermé la nuit, et où l'on ne peut pénétrer le jour qu'avec une autorisation et en compagnie d'un guide.

Il s'était arrêté en face de Lupin et le narguait comme un enfant qui fait une grimace à un camarade.

– Qu'en dis-tu, maître ?

1. Cherbourg : port de la péninsule du Cotentin (Normandie) disposant d'un arsenal où sont construits les navires de guerre.

Depuis quelques minutes, Lupin demeurait immobile. Pas un muscle de son visage n'avait bougé. Que pensait-il ? À quel acte allait-il se résoudre ? Pour quiconque savait la violence farouche de son orgueil, un seul dénouement était possible : l'effondrement total, immédiat, définitif de son ennemi. Ses doigts se crispèrent. J'eus une seconde la sensation qu'il allait se jeter sur lui et l'étrangler.

– Qu'en dis-tu, maître ? répéta Beautrelet.

Lupin saisit le télégramme qui se trouvait sur la table, le tendit et prononça, très maître de lui :

– Tiens, bébé, lis cela.

Beautrelet devint grave, subitement impressionné par la douceur du geste. Il déplia le papier, et tout de suite, relevant les yeux, murmura :

– Que signifie ?... Je ne comprends pas...

– Tu comprends toujours bien le premier mot, dit Lupin, le premier mot de la dépêche... c'est-à-dire le nom de l'endroit d'où elle fut expédiée... Regarde... *Cherbourg*.

– Oui.. oui..., balbutia Beautrelet... oui... *Cherbourg*... et après ?

– Et après ?... il me semble que la suite n'est pas moins claire : *Enlèvement du colis terminé... Camarades sont partis avec lui et attendront instructions jusqu'à huit heures du matin. Tout va bien*. Qu'y a-t-il donc là qui te paraisse obscur ? Le mot *colis* ? Bah ! on ne pouvait guère écrire M. *Beautrelet père*. Alors, quoi ? La façon dont l'opération fut accomplie ? Le miracle grâce auquel ton père fut arraché de l'arsenal de Cherbourg, malgré ses vingt gardes du corps ? Bah ! c'est l'enfance de l'art ! Toujours est-il que le colis est expédié. Que dis-tu de cela, bébé ?

De tout son être tendu, de tout son effort exaspéré, Isidore tâchait de faire bonne figure. Mais on voyait le frissonnement de ses lèvres, sa mâchoire qui se contractait, ses yeux qui essayaient vainement de se fixer sur un point. Il bégaya quelques mots, se tut, et soudain, s'affaissant sur lui-même, les mains à son visage, il éclata en sanglots :

– Oh ! papa… papa…

Dénouement imprévu, qui était bien l'écroulement que réclamait l'amour-propre de Lupin, mais qui était autre chose aussi, autre chose d'infiniment touchant et d'infiniment naïf. Lupin eut un geste d'agacement et prit son chapeau, comme excédé par cette crise insolite de sensiblerie. Mais, au seuil de la porte, il s'arrêta, hésita, puis revint, pas à pas, lentement.

Le bruit doux des sanglots s'élevait comme la plainte triste d'un petit enfant que le chagrin accable. Les épaules marquaient le rythme navrant. Des larmes apparaissaient entre les doigts croisés. Lupin se pencha et, sans toucher Beautrelet, il lui dit d'une voix où il n'y avait pas le moindre accent de raillerie, ni même cette pitié offensante des vainqueurs :

– Ne pleure pas, petit. Ce sont là des coups auxquels il faut s'attendre, quand on se jette dans la bataille, tête baissée comme tu l'as fait. Les pires désastres vous guettent… C'est notre destin de lutteurs qui le veut ainsi. Il faut le subir courageusement.

Puis, avec douceur, il continua :

– Tu avais raison, vois-tu, nous ne sommes pas ennemis. Il y a longtemps que je le sais… Dès la première heure, j'ai senti pour toi, pour l'être intelligent que tu es, une sympathie involontaire… de l'admiration… Et c'est pourquoi je voudrais te dire ceci… ne t'en froisse[1] pas surtout… je serais désolé de te froisser… mais il faut que je te le dise… Eh bien, renonce à lutter contre moi… Ce n'est pas par vanité que je te le dis… ce n'est pas non plus parce que je te méprise… mais vois-tu… la lutte est trop inégale… Tu ne sais pas… personne ne sait toutes les ressources dont je dispose… Tiens, ce secret de l'Aiguille creuse que tu cherches si vainement à déchiffrer, admets un instant que ce soit un trésor formidable, inépuisable… ou bien un refuge invisible, prodigieux, fantastique… ou bien les deux peut-être… Songe à la puissance surhumaine que j'en puis tirer ! Et tu ne sais pas non plus toutes les ressources qui sont en moi… tout ce que ma volonté et mon imagination me permettent d'entreprendre et de réussir. Pense donc que ma vie entière – depuis que je suis né, pourrais-je dire – est tendue vers le même but, que j'ai travaillé comme un forçat avant d'être ce que je suis, et pour réaliser dans toute sa perfection le type que je voulais créer, que je suis parvenu à créer. Alors… que peux-tu faire ? Au moment même où tu croiras saisir la victoire, elle t'échappera… il y aura quelque chose à quoi tu n'auras pas songé… un rien…

1. Froisse : vexe.

le grain de sable que, moi, j'aurai placé au bon endroit, à ton insu… Je t'en prie, renonce… je serais obligé de te faire du mal, et cela me désole…

Et, lui mettant la main sur le front, il répéta :

– Une deuxième fois, petit, renonce. Je te ferais du mal. Qui sait si le piège où tu tomberas inévitablement n'est pas déjà ouvert sous tes pas ?

Beautrelet dégagea sa figure. Il ne pleurait plus. Avait-il écouté les paroles de Lupin ? On aurait pu en douter à son air distrait. Deux ou trois minutes il garda le silence. Il semblait peser la décision qu'il allait prendre, examiner le pour et le contre, dénombrer les chances favorables ou défavorables. Enfin, il dit à Lupin :

– Si je change le sens de mon article, et si je confirme la version de votre mort, et si je m'engage à ne jamais démentir la version fausse que je vais accréditer, vous me jurez que mon père sera libre ?

– Je te le jure. Mes amis se sont rendus en automobile avec ton père dans une autre ville en province. Demain matin à sept heures, si l'article du *Grand Journal* est tel que je le demande, je leur téléphone et ils remettront ton père en liberté.

– Soit, fit Beautrelet, je me soumets à vos conditions.

Rapidement, comme s'il trouvait inutile, après l'acceptation de sa défaite, de prolonger l'entretien, il se leva, prit son chapeau, me salua, salua Lupin et sortit.

Lupin le regarda s'en aller, écouta le bruit de la porte qui se refermait et murmura :

– Pauvre gosse…

Le lendemain matin à huit heures, j'envoyai mon domestique me chercher un *Grand Journal*. Il ne l'apporta qu'au bout de vingt minutes, la plupart des kiosques manquant déjà d'exemplaires.

Je dépliai fiévreusement la feuille. En tête apparaissait l'article de Beautrelet. Le voici, tel que les journaux du monde entier le reproduisirent :

LE DRAME D'AMBRUMÉSY

Le but de ces quelques lignes n'est pas d'expliquer par le menu le travail de réflexions et de recherches grâce auquel j'ai réussi à reconstituer le drame ou plutôt le double drame d'Ambrumésy. À mon sens, ce genre de travail et les commentaires qu'il comporte, déductions, inductions[1]*, analyses, etc., tout cela n'offre qu'un intérêt relatif, et en tout cas fort banal. Non, je me contenterai d'exposer les deux idées directrices de mes efforts, et par là même, il se trouvera qu'en les exposant et en résolvant les deux problèmes qu'elles soulèvent, j'aurai raconté cette affaire tout simplement, en suivant l'ordre même des faits qui la constituent.*

On remarquera peut-être que certains de ces faits ne sont pas prouvés et que je laisse une part assez large à l'hypothèse. C'est vrai. Mais j'estime que mon hypothèse est fondée sur un assez grand nombre de certitudes, pour que la suite des faits, même non prouvés, s'impose avec une rigueur inflexible. La source se perd souvent sous le lit

1. Induction: raisonnement qui va du particulier au général.

de cailloux, ce n'en est pas moins la même source que l'on revoit aux intervalles où se reflète le bleu du ciel...

J'énonce ainsi la première énigme, énigme non point de détail, mais d'ensemble, qui me sollicita : comment se fait-il que Lupin, blessé à mort, pourrait-on dire, ait vécu quarante jours, sans soins, sans médicaments, sans aliments, au fond d'un trou obscur ?

Reprenons du début. Le jeudi 16 avril, à quatre heures du matin, Arsène Lupin, surpris au milieu d'un de ses plus audacieux cambriolages, s'enfuit par le chemin des ruines et tombe blessé d'une balle. Il se traîne péniblement, retombe et se relève, avec l'espoir acharné de parvenir jusqu'à la chapelle. Là se trouve la crypte que le hasard lui a révélée. S'il peut s'y tapir, peut-être est-il sauvé. À force d'énergie, il en approche, il en est à quelques mètres lorsqu'un bruit de pas survient. Harassé, perdu, il s'abandonne. L'ennemi arrive. C'est Mlle Raymonde de Saint-Véran. Tel est le prologue[1] *du drame ou plutôt la première scène du drame.*

Que se passa-t-il entre eux ? Il est d'autant plus facile de le deviner que la suite de l'aventure nous donne toutes les indications. Aux pieds de la jeune fille, il y a un homme blessé, que la souffrance épuise, et qui dans deux minutes sera capturé. Cet homme, c'est elle qui l'a blessé. *Va-t-elle le livrer également ?*

Si c'est lui l'assassin de Jean Daval, oui, elle laissera le destin s'accomplir. Mais, en phrases rapides, il lui dit la vérité sur ce meurtre légitime commis par son oncle, M. de Gesvres. Elle le croit. Que va-t-elle faire ? Personne ne

1. Prologue : avant-propos, ouverture.

peut les voir. Le domestique Victor surveille la petite porte. L'autre, Albert, posté à la fenêtre du salon, les a perdus de vue l'un et l'autre. Livrera-t-elle l'homme qu'elle a blessé ?

Un mouvement de pitié irrésistible, que toutes les femmes comprendront, entraîne la jeune fille. Dirigée par Lupin, en quelques gestes, elle panse la blessure avec son mouchoir pour éviter les marques que le sang laisserait. Puis, se servant de la clef qu'il lui donne, elle ouvre la porte de la chapelle. Il entre, soutenu par la jeune fille. Elle referme, s'éloigne. Albert arrive.

Si l'on avait visité la chapelle à ce moment, ou tout au moins durant les minutes qui suivirent, Lupin, n'ayant pas eu le temps de retrouver ses forces, de lever la dalle et de disparaître par l'escalier de la crypte, Lupin était pris... Mais cette visite n'eut lieu que six heures plus tard, et de la façon la plus superficielle. Lupin est sauvé et sauvé par qui ? par celle qui faillit le tuer.

Désormais, qu'elle le veuille ou non, Mlle de Saint-*Véran est sa complice. Non seulement elle ne peut plus le livrer, mais il faut qu'elle continue son œuvre, sans quoi le blessé périra dans l'asile où elle a contribué à le cacher. Et elle continue... D'ailleurs si son instinct de femme lui rend la tâche obligatoire, il la lui rend également facile. Elle a toutes les finesses, elle prévoit tout.* C'est *elle qui donne au juge d'instruction un faux signalement d'*Arsène *Lupin (qu'on se rappelle la divergence d'opinion des deux cousines à cet égard).* C'est *elle, évidemment, qui, à certains indices que j'ignore, devine, sous son déguisement de chauffeur, le complice de Lupin.* C'est *elle qui l'avertit.*

C'est elle qui lui signale l'urgence d'une opération. C'est elle sans doute qui substitue une casquette à l'autre. C'est elle qui fait écrire le fameux billet où elle est désignée et menacée personnellement – comment, après cela, pourrait-on la soupçonner ?

C'est elle qui, au moment où j'allais confier au juge d'instruction mes premières impressions, prétend m'avoir aperçu, la veille, dans le bois-taillis, inquiète M. Filleul sur mon compte, et me réduit au silence. Manœuvre dangereuse, certes, puisqu'elle éveille mon attention et la dirige contre celle qui m'accable d'une accusation que je sais fausse, mais manœuvre efficace, puisqu'il s'agit avant tout de gagner du temps et de me fermer la bouche. Et c'est elle qui, pendant quarante jours, alimente Lupin, lui apporte des médicaments (qu'on interroge le pharmacien d'Ouville, il montrera les ordonnances qu'il a exécutées pour Mlle de Saint-Véran), elle enfin qui soigne le malade, le panse, le veille, et le guérit.

Et voilà le premier de nos deux problèmes résolu, en même temps que le drame exposé. Arsène Lupin a trouvé près de lui, au château même, le secours qui lui était indispensable, d'abord pour n'être pas découvert, ensuite pour vivre.

Maintenant il vit. Et c'est alors que se pose le deuxième problème dont la recherche me servit de fil conducteur et qui correspond au second drame d'Ambrumésy. Pourquoi Lupin, vivant, libre, de nouveau à la tête de sa bande, tout-puissant comme jadis, pourquoi Lupin fait-il des efforts désespérés, des efforts auxquels je me heurte incessamment, pour imposer à la justice et au public l'idée de sa mort ?

Il faut se rappeler que Mlle de Saint-Véran était fort jolie. Les photographies que les journaux ont reproduites après sa disparition ne donnent qu'une idée imparfaite de sa beauté. Il arrive alors ce qui ne pouvait pas ne pas arriver. Lupin, qui, pendant quarante jours, voit cette belle jeune fille, qui désire sa présence quand elle n'est pas là, qui subit, quand elle est là, son charme et sa grâce, qui respire, quand elle se penche sur lui, le parfum frais de son haleine, Lupin s'éprend de sa garde-malade. La reconnaissance devient de l'amour, l'admiration devient de la passion. Elle est le salut, mais elle est aussi la joie des yeux, le rêve de ses heures solitaires, sa clarté, son espoir, sa vie elle-même.

Il la respecte au point de ne pas exploiter le dévouement de la jeune fille, et de ne pas se servir d'elle pour diriger ses complices. Il y a du flottement, en effet, dans les actes de la bande. Mais il l'aime aussi, et ses scrupules s'atténuent, et comme Mlle de Saint-Véran ne se laisse point toucher par un amour qui l'offense, comme elle espace ses visites à mesure qu'elles se font moins nécessaires, et comme elle les cesse le jour où il est guéri... désespéré, affolé de douleur, il prend une résolution terrible. Il sort de son repaire, prépare son coup, et le samedi 6 juin, aidé de ses complices, enlève la jeune fille.

Ce n'est pas tout. Ce rapt, il ne faut pas qu'on le connaisse. Il faut couper court aux recherches, aux suppositions, aux espérances mêmes : Mlle de Saint-Véran passera pour morte. Un meurtre est simulé, des preuves sont offertes aux investigations. Le crime est certain. Crime prévu d'ailleurs, crime annoncé par les complices, crime exécuté pour venger la mort du chef, et par là même – voyez l'ingéniosité merveilleuse d'une pareille conception –, par là même se trouve, comment dirai-je ? se trouve amorcée la croyance à cette mort.

Il ne suffit pas de susciter une croyance, il faut imposer une certitude. Lupin prévoit mon intervention. Je devinerai le truquage de la chapelle. Je découvrirai la crypte. Et comme la crypte sera vide, tout l'échafaudage s'écroulera.

La crypte ne sera pas vide.

De même, la mort de Mlle de Saint-Véran ne sera définitive que si la mer rejette son cadavre.

La mer rejettera le cadavre de Mlle de Saint-Véran !

La difficulté est formidable ? Le double obstacle infranchissable ? Oui, pour tout autre que Lupin, mais non pour Lupin...

Ainsi qu'il l'avait prévu, je devine le truquage de la chapelle, je découvre la crypte, et je descends dans la tanière où Lupin s'est réfugié. Son cadavre est là !

Toute personne qui eût admis la mort de Lupin comme possible eût été déroutée. Mais, pas une seconde, je n'avais admis cette éventualité (par intuition d'abord, par raisonnement ensuite). Le subterfuge[1] *devenait alors inutile et vaines toutes les combinaisons. Je me dis aussitôt que le bloc de pierre ébranlé par une pioche avait été placé là avec une précision bien curieuse, que le moindre heurt devait le faire tomber et qu'en tombant il devait inévitablement réduire en bouillie la tête du faux Arsène Lupin de façon à le rendre méconnaissable.*

1. Subterfuge : ruse pour se tirer d'embarras.

Autre trouvaille. Une demi-heure après, j'apprends que le cadavre de Mlle de Saint-Véran a été découvert sur les rochers de Dieppe… ou plutôt un cadavre que l'on estime être celui de Mlle de Saint-Véran, pour cette raison que le bras porte un bracelet semblable à l'un des bracelets de la jeune fille. C'est d'ailleurs la seule marque d'identité, car le cadavre est méconnaissable.

Là-dessus je me souviens et je comprends. Quelques jours auparavant, j'ai lu, dans un numéro de La Vigie de Dieppe, *qu'un jeune ménage d'Américains, de séjour à Envermeu, s'est empoisonné volontairement, et que la nuit même de leur mort leurs cadavres ont disparu. Je cours à Envermeu. L'histoire est vraie, me dit-on, sauf en ce qui concerne la disparition, puisque ce sont les frères mêmes des deux victimes qui sont venus réclamer les cadavres et qui les ont emportés après les constatations d'usage. Ces frères, nul doute qu'ils ne s'appelassent Arsène Lupin et consorts*[1].

Par conséquent, la preuve est faite. Nous savons le motif pour lequel Arsène Lupin a simulé le meurtre de la jeune fille et accrédité le bruit de sa propre mort. Il aime, et il ne veut pas qu'on le sache. Et, pour qu'on ne le sache pas, il ne recule devant rien, il va jusqu'à entreprendre ce vol incroyable des deux cadavres dont il a besoin pour jouer son rôle et celui de Mlle de Saint-Véran. Ainsi il sera tranquille. Nul ne peut l'inquiéter. Personne ne soupçonnera la vérité qu'il veut étouffer.

Personne ? Si… Trois adversaires, au besoin, pourraient

1. Consorts : gens de la même espèce (nom masculin pluriel).

concevoir quelques doutes : Ganimard, dont on attend la venue, Herlock Sholmès qui doit traverser le détroit[1], *et moi qui suis sur les lieux. Il y a là un triple péril. Il le supprime. Il enlève Ganimard. Il enlève Herlock Sholmès. Il me fait administrer un coup de couteau par Brédoux.*

Un seul point reste obscur. Pourquoi Lupin a-t-il mis tant d'acharnement à me dérober le document de l'Aiguille creuse ? Il n'avait pourtant pas la prétention, en le reprenant, d'effacer de ma mémoire le texte des cinq lignes qui le composent ? Alors, pourquoi ? A-t-il craint que la nature même du papier, ou tout autre indice, ne me fournît quelque renseignement ?

Quoi qu'il en soit, telle est la vérité sur l'affaire d'Ambrumésy. Je répète que l'hypothèse joue, dans l'explication que j'en propose, un certain rôle, de même qu'elle a joué un grand rôle dans mon enquête personnelle. Mais si l'on attendait les preuves et les faits pour combattre Lupin, on risquerait fort, ou bien de les attendre toujours, ou bien d'en découvrir qui, préparés par Lupin, conduiraient juste à l'opposé du but.

J'ai confiance que les faits, quand ils seront tous connus, confirmeront mon hypothèse sur tous les points.

Ainsi donc, Beautrelet, un moment dominé par Arsène Lupin, troublé par l'enlèvement de son père et résigné à la défaite, Beautrelet, en fin de compte, n'avait pu se résoudre à garder le silence. La vérité était trop belle et trop étrange, les preuves qu'il en pouvait

1. Détroit du pas de Calais.

donner trop logiques et trop concluantes pour qu'il acceptât de la travestir. Le monde entier attendait ses révélations. Il parlait.

Le soir même du jour où son article parut, les journaux annonçaient l'enlèvement de M. Beautrelet père. Isidore en avait été averti par une dépêche de Cherbourg reçue à trois heures.

5
Sur la piste

La violence du coup étourdit le jeune Beautrelet. Au fond, bien qu'il eût obéi, en publiant son article, à un de ces mouvements irrésistibles qui vous font dédaigner toute prudence, au fond, il n'avait pas cru à la possibilité d'un enlèvement. Ses précautions étaient trop bien prises. Les amis de Cherbourg n'avaient pas seulement consigne de garder le père Beautrelet, ils devaient surveiller ses allées et venues, ne jamais le laisser sortir seul, et même ne lui remettre aucune lettre sans l'avoir au préalable décachetée. Non, il n'y avait pas de danger. Lupin bluffait ; Lupin, désireux de gagner du temps, cherchait à intimider son adversaire. Le coup fut donc presque imprévu, et toute la fin du jour, dans l'impuissance où il était d'agir, il en ressentait le choc douloureux. Une seule idée le soutenait : partir, aller là-bas, voir par lui-même ce qui s'était passé et reprendre l'offensive. Il envoya un télégramme à Cherbourg. Vers huit heures, il arrivait à la gare Saint-Lazare. Quelques minutes après, l'express l'emmenait.

Ce n'est qu'une heure plus tard, en dépliant

machinalement un journal du soir acheté sur le quai, qu'il eut connaissance de la fameuse lettre par laquelle Lupin répondait indirectement à son article du matin.

Monsieur le directeur,

Je ne prétends point que ma modeste personnalité, qui, certes, en des temps plus héroïques, eût passé complètement inaperçue, ne prenne quelque relief en notre époque de veulerie[1] *et de médiocrité. Mais il est une limite que la curiosité malsaine des foules ne saurait franchir sous peine de déshonnête indiscrétion. Si l'on ne respecte plus le mur de la vie privée, quelle sera la sauvegarde des citoyens ?*

Invoquera-t-on l'intérêt supérieur de la vérité ? Vain prétexte à mon égard, puisque la vérité est connue et que je ne fais aucune difficulté pour en écrire l'aveu officiel. Oui, Mlle de Saint-Véran est vivante. Oui, je l'aime. Oui, j'ai le chagrin de n'être pas aimé d'elle. Oui, l'enquête du petit Beautrelet est admirable de précision et de justesse. Oui, nous sommes d'accord sur tous les points. Il n'y a plus d'énigme. Eh bien, alors ?…

Atteint jusqu'aux profondeurs mêmes de mon âme, tout saignant encore des blessures morales les plus cruelles, je demande qu'on ne livre pas davantage à la malignité[2] *publique mes sentiments les plus intimes et mes espoirs les plus secrets. Je demande la paix, la paix qui m'est nécessaire pour conquérir l'affection de Mlle de Saint-Véran, et pour effacer de son souvenir les mille petits outrages que*

1. Veulerie : faiblesse, lâcheté.
2. Malignité : malveillance.

lui valait de la part de son oncle et de sa cousine – ceci n'a pas été dit – sa situation de parente pauvre. Mlle de Saint-Véran oubliera ce passé détestable. Tout ce qu'elle pourra désirer, fût-ce le plus beau joyau du monde, fût-ce le trésor le plus inaccessible, je le mettrai à ses pieds. Elle sera heureuse. Elle m'aimera. Mais pour réussir, encore une fois, il me faut la paix. C'est pourquoi je dépose les armes, et c'est pourquoi j'apporte à mes ennemis le rameau d'olivier[1] *– tout en les avertissant, d'ailleurs, généreusement, qu'un refus de leur part pourrait avoir, pour eux, les plus graves conséquences.*

Un mot encore au sujet du sieur Harlington. Sous ce nom, se cache un excellent garçon, secrétaire du milliardaire américain Cooley, et chargé par lui de rafler en Europe tous les objets d'art antique qu'il est possible de découvrir. La malchance voulut qu'il tombât sur mon ami, Étienne de Vaudreix, alias *Arsène Lupin,* alias *moi. Il apprit ainsi, ce qui d'ailleurs était faux, qu'un certain M. de Gesvres voulait se défaire de quatre Rubens, à condition qu'ils fussent remplacés par des copies et qu'on ignorât le marché auquel il consentait. Mon ami Vaudreix se faisait fort de décider M. de Gesvres à vendre la Chapelle-Dieu. Les négociations se poursuivirent avec une entière bonne foi du côté de mon ami Vaudreix, avec une ingénuité*[2] *charmante du côté du sieur Harlington, jusqu'au jour où les Rubens et les pierres sculptées de la Chapelle-Dieu furent en lieu sûr… et le sieur Harlington en prison. Il n'y a donc plus qu'à relâcher*

1. Le rameau d'olivier est depuis l'Antiquité un symbole de paix dans la culture occidentale.
2. Ingénuité : naïveté.

l'infortuné Américain, puisqu'il se contenta du modeste rôle de dupe[1]*, à flétrir*[2] *le milliardaire Cooley, puisque, par crainte d'ennuis possibles, il ne protesta pas contre l'arrestation de son secrétaire, et à féliciter mon ami Étienne de Vaudreix,* alias *moi, puisqu'il venge la morale publique en gardant les cinq cent mille francs qu'il a reçus par avance du peu sympathique Cooley.*

Excusez la longueur de ces lignes, mon cher directeur, et croyez à mes sentiments distingués.

Arsène Lupin

Peut-être Isidore pesa-t-il les termes de cette lettre avec autant de minutie qu'il avait étudié le document de l'*Aiguille creuse*. Il partait de ce principe, dont la justesse était facile à démontrer, que jamais Lupin n'avait pris la peine d'envoyer une seule de ses amusantes lettres aux journaux sans une nécessité absolue, sans un motif que les événements ne manquaient pas de mettre en lumière un jour ou l'autre. Quel était le motif de celle-ci ? Pour quelle raison secrète confessait-il son amour, et l'insuccès de cet amour ? Était-ce là qu'il fallait chercher, ou bien dans les explications qui concernaient le sieur Harlington, ou plus loin encore, entre les lignes, derrière tous ces mots dont la signification apparente n'avait peut-être d'autre but que de suggérer la petite idée mauvaise, perfide, déroutante ?…

Des heures, le jeune homme, enfermé dans son

1. Dupe : personne trompée.
2. Flétrir : blâmer.

compartiment, resta pensif, inquiet. Cette lettre lui inspirait de la défiance, comme si elle avait été écrite pour lui, et qu'elle fût destinée à l'induire en erreur, lui personnellement. Pour la première fois, et parce qu'il se trouvait en face, non plus d'une attaque directe, mais d'un procédé de lutte équivoque[1], indéfinissable, il éprouvait la sensation très nette de la peur. Et, songeant à son vieux bonhomme de père, enlevé par sa faute, il se demandait avec angoisse si ce n'était pas folie que de poursuivre un duel aussi inégal. Le résultat n'était-il pas certain ? D'avance, Lupin n'avait-il pas partie gagnée ?

Courte défaillance ! Quand il descendit de son compartiment, à six heures du matin, réconforté par quelques heures de sommeil, il avait repris toute sa foi.

Sur le quai, Froberval, l'employé du port militaire qui avait donné l'hospitalité au père Beautrelet, l'attendait, accompagné de sa fille Charlotte, une gamine de douze à treize ans.

– Eh bien ? s'écria Beautrelet.

Le brave homme se mettant à gémir, il l'interrompit, l'entraîna dans un estaminet[2] voisin, fit servir du café, et commença nettement, sans permettre à son interlocuteur la moindre digression :

– Mon père n'a pas été enlevé, n'est-ce pas, c'était impossible ?

– Impossible. Cependant il a disparu.

– Depuis quand ?

1. Équivoque : susceptible d'être interprété de diverses manières.
2. Estaminet : petit café populaire.

– Nous ne savons pas.

– Comment !

– Non. Hier matin, à six heures, ne le voyant pas descendre, j'ai ouvert sa porte. Il n'était plus là.

– Mais, avant-hier, il y était encore ?

– Oui. Avant-hier il n'a pas quitté sa chambre. Il était un peu fatigué, et Charlotte lui a porté son déjeuner à midi et son dîner à sept heures du soir.

– C'est donc entre sept heures du soir, avant-hier, et six heures du matin, hier, qu'il a disparu ?

– Oui, la nuit d'avant celle-ci. Seulement…

– Seulement ?

– Eh bien… la nuit, on ne peut sortir de l'arsenal.

– C'est donc qu'il n'en est pas sorti ?

– Impossible ! Les camarades et moi, on a fouillé tout le port militaire.

– Alors, c'est qu'il est sorti.

– Impossible. Tout est gardé.

Beautrelet réfléchit, puis prononça :

– Dans la chambre, le lit était défait ?

– Non.

– Et la chambre était en ordre ?

– Oui. J'ai retrouvé sa pipe au même endroit, son tabac, le livre qu'il lisait. Il y avait même, au milieu de ce livre, cette petite photographie de vous qui tenait la page ouverte.

– Faites voir.

Froberval passa la photographie. Beautrelet eut un geste de surprise. Il venait, sur l'instantané, de se reconnaître, debout, les deux mains dans ses poches, avec, autour de lui, une pelouse où se dressaient des arbres et des ruines. Froberval ajouta :

– Ce doit être le dernier portrait de vous que vous lui avez envoyé. Tenez, par-derrière, il y a la date… 3 avril, le nom du photographe, R. de Val, et le nom de la ville, Lion… Lion-sur-Mer… peut-être.

Isidore, en effet, avait retourné le carton, et lisait cette petite note, de sa propre écriture : *R. de Val – 3-4 – Lion*.

Il garda le silence durant quelques minutes, et reprit :

– Mon père ne vous avait pas encore fait voir cet instantané ?

– Ma foi, non… et ça m'a étonné quand j'ai vu ça hier… car votre père nous parlait si souvent de vous !

Un nouveau silence, très long. Froberval murmura :

– C'est que j'ai affaire à l'atelier… Nous pourrions peut-être bien rentrer…

Il se tut. Isidore n'avait pas quitté des yeux la photographie, l'examinant dans tous les sens. Enfin, le jeune homme demanda :

– Est-ce qu'il existe, à une petite lieue en dehors de la ville, une auberge du Lion d'Or ?

– Oui, mais oui, à une lieue d'ici.

– Sur la route de Valognes, n'est-ce pas ?

– Sur la route de Valognes, en effet.

– Eh bien, j'ai tout lieu de supposer que cette auberge fut le quartier général des amis de Lupin. C'est de là qu'ils sont entrés en relation avec mon père.

– Quelle idée ! Votre père ne parlait à personne. Il n'a vu personne.

– Il n'a vu personne, mais on s'est servi d'un intermédiaire.

– Quelle preuve en avez-vous ?

– Cette photographie.

– Mais c'est la vôtre ?

– C'est la mienne, mais elle ne fut pas envoyée par moi. Je ne la connaissais même pas. Elle fut prise à mon insu dans les ruines d'Ambrumésy, sans doute par le greffier du juge d'instruction, lequel était, comme vous le savez, complice d'Arsène Lupin.

– Et alors ?

– Cette photographie a été le passeport, le talisman grâce auquel on a capté la confiance de mon père.

– Mais qui ? qui a pu pénétrer chez moi ?

– Je ne sais, mais mon père est tombé dans le piège. On lui a dit, et il a cru, que j'étais aux environs et que je demandais à le voir et que je lui donnais rendez-vous à l'auberge du Lion d'Or.

– Mais c'est de la folie, tout ça ! Comment pouvez-vous affirmer ?…

– Très simplement. On a imité mon écriture derrière le carton, et on a précisé le rendez-vous… *Route de Valognes, 3 km 400, auberge du Lion.* Mon père est venu, et on s'est emparé de lui, voilà tout.

– Soit, murmura Froberval abasourdi[1], soit… j'admets… les choses se sont passées ainsi… mais tout

1. Abasourdi : stupéfait.

cela n'explique pas comment il a pu sortir pendant la nuit.

– Il est sorti en plein jour, quitte à attendre la nuit pour aller au rendez-vous.

– Mais, nom d'un chien, puisqu'il n'a pas quitté sa chambre de toute la journée d'avant-hier !

– Il y aurait un moyen de s'en assurer ; courez au port, Froberval, et cherchez l'un des hommes qui étaient de garde dans l'après-midi d'avant-hier… Seulement, dépêchez-vous si vous voulez me retrouver ici.

– Vous partez donc ?

– Oui, je reprends le train.

– Comment !… Mais vous ne savez pas… Votre enquête…

– Mon enquête est terminée. Je sais à peu près tout ce que je voulais savoir. Dans une heure, j'aurai quitté Cherbourg.

Froberval s'était levé. Il regarda Beautrelet, d'un air absolument ahuri, hésita un moment, puis saisit sa casquette.

– Tu viens, Charlotte ?

– Non, dit Beautrelet, j'aurais encore besoin de quelques renseignements. Laissez-la-moi. Et puis nous bavarderons. Je l'ai connue toute petite.

Froberval s'en alla. Beautrelet et la petite fille restèrent seuls dans la salle de l'estaminet. Des minutes s'écoulèrent, un garçon entra, emporta des tasses et disparut.

Les yeux du jeune homme et de l'enfant se rencontrèrent, et avec beaucoup de douceur, Beautrelet mit sa main sur la main de la fillette. Elle le regarda deux ou trois secondes, éperdue, comme suffoquée. Puis, se couvrant brusquement la tête entre ses bras repliés, elle éclata en sanglots.

Il la laissa pleurer et, au bout d'un instant, lui dit :

– C'est toi qui as tout fait, n'est-ce pas, c'est toi qui as servi d'intermédiaire ? C'est toi qui as porté la photographie ? Tu l'avoues, n'est-ce pas ? Et quand tu disais que mon père était dans sa chambre avant-hier, tu savais bien que non, n'est-ce pas, puisque c'est toi qui l'avais aidé à sortir…

Elle ne répondait pas. Il lui dit :

– Pourquoi as-tu fait cela ? On t'a offert de l'argent, sans doute… de quoi t'acheter des rubans… une robe…

Il décroisa les bras de Charlotte et lui releva la tête. Il aperçut un pauvre visage sillonné de larmes, un visage gracieux, inquiétant et mobile de ces fillettes qui sont destinées à toutes les tentations, à toutes les défaillances.

– Allons, reprit Beautrelet, c'est fini, n'en parlons plus… Je ne te demande même pas comment ça s'est passé. Seulement tu vas me dire tout ce qui peut m'être utile !… As-tu surpris quelque chose… un mot de ces gens-là ? Comment s'est effectué l'enlèvement ?

Elle répondit aussitôt :

– En auto… je les ai entendus qui en parlaient.

– Et quelle route ont-ils suivie ?

– Ah ça, je ne sais pas.

– Ils n'ont échangé devant toi aucune parole qui puisse nous aider ?

– Aucune… Il y en a un cependant qui a dit : « Y aura pas de temps à perdre… c'est demain matin à huit heures que le patron doit nous téléphoner là-bas… »

– Où, là-bas ?… rappelle-toi… c'était un nom de ville, n'est-ce pas ?

– Oui… un nom… comme château…

– Châteaubriant ?… Château-Thierry ?

– Non… non…

– Châteauroux[1] ?

– C'est ça… Châteauroux…

Beautrelet n'avait pas attendu qu'elle eût prononcé la dernière syllabe. Il était debout déjà, et sans se soucier de Froberval, sans plus s'occuper de la petite, tandis qu'elle le regardait avec stupéfaction, il ouvrait la porte et courait vers la gare.

– Châteauroux… Madame… un billet pour Châteauroux…

– Par Le Mans et Tours ? demanda la buraliste.

– Évidemment… le plus court… J'arriverai pour déjeuner ?

– Ah ! non…

– Pour dîner ? Pour coucher ?…

– Ah ! non, pour ça il faudrait passer par Paris… L'express de Paris est à huit heures… Il est trop tard.

Il n'était pas trop tard. Beautrelet put encore l'attraper.

– Allons, dit Beautrelet, en se frottant les mains,

1. Châteauroux : ville du centre de la France dans le département de l'Indre.

je n'ai passé qu'une heure à Cherbourg, mais elle fut bien employée.

Pas un instant, il n'eut l'idée d'accuser Charlotte de mensonge. Faibles, désemparées, capables des pires trahisons, ces petites natures obéissent également à des élans de sincérité, et Beautrelet avait vu, dans ses yeux effrayés, la honte du mal qu'elle avait fait, et la joie de le réparer en partie. Il ne doutait donc point que Châteauroux fût cette autre ville à laquelle Lupin avait fait allusion, et où ses complices devaient lui téléphoner.

Dès son arrivée à Paris, Beautrelet prit toutes les précautions nécessaires pour n'être pas suivi. Il sentait que l'heure était grave. Il marchait sur la bonne route qui le conduisait vers son père ; une imprudence pouvait tout gâter.

Il entra chez un de ses camarades de lycée et en sortit, une heure après, méconnaissable. C'était un Anglais d'une trentaine d'années, habillé d'un complet marron à grands carreaux, culotte courte, bas de laine, casquette de voyage, la figure colorée et un petit collier de barbe rousse.

Il enfourcha une bicyclette à laquelle était accroché tout un attirail de peintre et fila vers la gare d'Austerlitz.

Le soir, il couchait à Issoudun. Le lendemain, dès l'aube, il sautait en machine. À sept heures, il se présentait au bureau de poste de Châteauroux et demandait la communication avec Paris. Obligé d'attendre, il liait conversation avec l'employé et apprenait que l'avant-veille, à pareille heure, un individu, en costume d'automobiliste, avait également demandé la communication avec Paris.

La preuve était faite. Il n'attendit pas davantage.

L'après-midi, il savait, par des témoignages irrécusables, qu'une limousine[1], suivant la route de Tours, avait traversé le bourg de Buzançais, puis la ville de Châteauroux et s'était arrêtée au-delà de la ville, sur la lisière de la forêt. Vers dix heures, un cabriolet, conduit par un individu, avait stationné auprès de la limousine, puis s'était éloigné vers le sud par la vallée de la Bouzanne. À ce moment, une autre personne se trouvait aux côtés du conducteur. Quant à l'automobile, prenant le chemin opposé, elle s'était dirigée vers le nord, vers Issoudun.

Isidore découvrit aisément le propriétaire du cabriolet. Mais ce propriétaire ne put rien dire. Il avait loué sa voiture et son cheval à un individu qui les avait ramenés lui-même le lendemain.

Enfin, le soir même, Isidore constatait que l'automobile n'avait fait que traverser Issoudun, continuant sa route vers Orléans, c'est-à-dire vers Paris.

De tout cela, il résultait, de la façon la plus absolue, que le père Beautrelet se trouvait aux environs. Sinon, comment admettre que des gens fissent près de cinq cents kilomètres à travers la France pour venir téléphoner à Châteauroux et remonter ensuite, à angle

1. Limousine : grande voiture automobile fermée, à quatre portes et munie de glaces.

aigu, sur le chemin de Paris ? Cette formidable randonnée avait un but précis : transporter le père Beautrelet à l'endroit qui lui était assigné. « Et cet endroit est à portée de ma main, se disait Isidore en frissonnant d'espoir. À dix lieues, à quinze lieues d'ici, mon père attend que je le secoure. Il est là. Il respire le même air que moi. »

Tout de suite, il se mit en campagne. Prenant une carte d'état-major, il la divisa en petits carrés qu'il visitait tour à tour, entrant dans les fermes, faisant causer les paysans, se rendant auprès des instituteurs, des maires, des curés, bavardant avec les femmes. Il lui semblait qu'il allait sans retard toucher au but et, ses rêves s'amplifiant, ce n'est plus son père qu'il espérait délivrer mais tous ceux que Lupin tenait captifs, Raymonde de Saint-Véran, Ganimard, Herlock Sholmès peut-être, et d'autres, beaucoup d'autres. Et en arrivant jusqu'à eux, il arriverait en même temps jusqu'au cœur même de la forteresse de Lupin, dans sa tanière, dans la retraite impénétrable où il entassait les trésors qu'il avait volés à l'univers.

Mais, après quinze jours de recherches infructueuses, son enthousiasme finit par décliner, et très vite il perdit confiance. Le succès tardant à se dessiner, du jour au lendemain presque il le jugea impossible et, bien qu'il continuât à poursuivre son plan d'investigations, il eût éprouvé une véritable surprise si ses efforts eussent abouti à la moindre découverte.

Des jours encore s'écoulèrent, monotones et

découragés. Il sut par les journaux que le comte de Gesvres et sa fille avaient quitté Ambrumésy et s'étaient installés aux environs de Nice. Il sut aussi l'élargissement[1] du sieur Harlington, dont l'innocence éclata, conformément aux indications d'Arsène Lupin.

Il changea son quartier général, s'établissant deux jours à La Châtre, deux jours à Argenton. Même résultat.

À ce moment, il fut près d'abandonner la partie. Évidemment le cabriolet qui avait emmené son père n'avait dû fournir qu'une étape à laquelle une autre étape, fournie par une autre voiture, avait succédé. Et son père était loin. Il songea au départ.

Or, un lundi matin, il aperçut, sur l'enveloppe d'une lettre non affranchie qu'on lui renvoyait de Paris, il aperçut une écriture qui le bouleversa. Son émotion fut telle, durant quelques minutes, qu'il n'osait ouvrir, par peur d'une déception. Sa main tremblait. Était-ce possible ? N'y avait-il pas là un piège que lui tendait son infernal ennemi ? D'un coup il décacheta. C'était bien une lettre de son père, écrite par son père lui-même. L'écriture présentait toutes les particularités, tous les tics de l'écriture qu'il connaissait si bien. Il lut :

Ces mots te parviendront-ils, mon cher fils ? Je n'ose le croire.

Toute la nuit de l'enlèvement nous avons voyagé en automobile, puis le matin en voiture. Je n'ai rien pu voir. J'avais un bandeau sur les yeux. Le château où l'on me

1. Élargissement : mise en liberté.

détient doit être, à en juger par sa construction et par la végétation du parc, au centre de la France. La chambre que j'occupe est au second étage, une chambre à deux fenêtres dont l'une presque bouchée par un rideau de glycines. L'après-midi, je suis libre, à certaines heures, d'aller et venir dans ce parc, mais sous une surveillance qui ne se relâche pas.

À tout hasard, je t'écris cette lettre et je l'attache à une pierre. Peut-être un jour pourrai-je la jeter par-dessus les murs, et quelque paysan la ramassera-t-il. Ne t'inquiète pas. On me traite avec beaucoup d'égards.

Ton vieux père qui t'aime bien et qui est triste de penser au souci qu'il te donne.

Beautrelet

Aussitôt Isidore regarda les timbres de la poste. Ils portaient *Cuzion (Indre)*. L'Indre ! Ce département qu'il s'acharnait à fouiller depuis des semaines !

Il consulta un petit guide de poche qui ne le quittait pas. *Cuzion, canton d'Éguzon*... Là aussi il avait passé.

Par prudence, il rejeta sa personnalité d'Anglais, qui commençait à être connue dans le pays, se déguisa en ouvrier, et fila sur Cuzion, village peu important, où il lui fut facile de découvrir l'expéditeur de la lettre.

Tout de suite, d'ailleurs, la chance le servit.

– Une lettre jetée à la poste mercredi dernier ? s'écria le maire, brave bourgeois auquel il se confia, et qui se mit à sa disposition. Écoutez, je crois que je peux vous fournir une indication précieuse... Samedi matin, un vieux rémouleur[1] qui fait toutes les foires du département, le père Charel, que j'ai croisé au bout du village, m'a demandé : « Monsieur le maire, une lettre qui n'a pas de timbre, ça part tout de même ? – Dame[2] ! – Et ça arrive à destination ? – Parbleu, seulement il y a un supplément de taxe à payer, voilà tout. »

– Et il habite…, le père Charel ?

– Il habite là-bas, tout seul… sur le coteau… la masure[3] après le cimetière… Voulez-vous que je vous accompagne ?

C'était une masure isolée, au milieu d'un verger qu'entouraient de hauts arbres. Quand ils pénétrèrent, trois pies s'envolaient de la niche même, où le chien de garde était attaché. Et le chien n'aboya pas et ne bougea pas à leur approche.

Très étonné, Beautrelet s'avança. La bête était couchée sur le flanc, les pattes raidies, morte.

En hâte, ils coururent vers la maison. La porte était ouverte.

Ils entrèrent. Au fond d'une pièce humide et basse, sur une mauvaise paillasse[4] jetée à même le sol, un homme gisait, tout habillé.

– Le père Charel ! s'écria le maire. Est-ce qu'il est mort, lui aussi ?

1. Rémouleur : artisan, souvent ambulant, qui aiguise les couteaux et autres objets tranchants.
2. Dame : certainement, assurément.
3. Masure : maison misérable.
4. Paillasse : sac rempli de paille servant de matelas.

Les mains du bonhomme étaient froides, son visage d'une pâleur effrayante, mais le cœur battait encore, d'un rythme faible et lent, et il ne semblait avoir aucune blessure.

Ils essayèrent de le ranimer, et, comme ils n'y parvenaient pas, Beautrelet se mit en quête d'un médecin. Le médecin ne réussit pas davantage. Le bonhomme ne paraissait pas souffrir. On eût dit qu'il dormait simplement, mais d'un sommeil artificiel, comme si on l'avait endormi par hypnose, ou à l'aide d'un narcotique.

Au milieu de la nuit suivante, cependant, Isidore, qui le veillait, remarqua que sa respiration devenait plus forte, et que tout son être avait l'air de se dégager des liens invisibles qui le paralysaient.

À l'aube il se réveilla et reprit ses fonctions normales, mangea, but, et se remua. Mais de toute la journée il ne put répondre aux questions du jeune homme, le cerveau comme engourdi encore par une inexplicable torpeur.

Le lendemain, il demanda à Beautrelet :

– Qu'est-ce que vous faites là, vous ?

C'était la première fois qu'il s'étonnait de la présence d'un étranger auprès de lui.

Peu à peu, de la sorte, il retrouva toute sa connaissance. Il parla. Il fit des projets. Mais, quand Beautrelet l'interrogea sur les événements qui avaient précédé son sommeil, il sembla ne pas comprendre.

Et réellement, Beautrelet sentit qu'il ne comprenait pas. Il avait perdu le souvenir de ce qui s'était passé depuis le vendredi précédent. C'était comme un gouffre subit dans la coulée ordinaire de sa vie. Il racontait sa matinée et son après-midi du vendredi, les marchés conclus à la foire, le repas qu'il avait pris à l'auberge. Puis… plus rien… Il croyait se réveiller au lendemain de ce jour.

Ce fut horrible pour Beautrelet. La vérité était là, dans ces yeux qui avaient vu les murs du parc derrière lesquels son père l'attendait, dans ces mains qui avaient ramassé la lettre, dans ce cerveau confus qui avait enregistré le lieu de cette scène, le décor, le petit coin du monde où se jouait le drame. Et de ces mains, de ces yeux, de ce cerveau, il ne pouvait tirer le plus faible écho de cette vérité si proche !

Oh ! cet obstacle impalpable et formidable auquel se heurtaient ses efforts, cet obstacle fait de silence et d'oubli, comme il portait bien la marque de Lupin ! Lui seul avait pu, informé sans doute qu'un signal avait été tenté par le père Beautrelet, lui seul avait pu frapper de mort partielle celui-là seul dont le témoignage pouvait le gêner. Non point que Beautrelet se sentît découvert, et qu'il pensât que Lupin, au courant de son attaque sournoise, et sachant qu'une lettre lui était parvenue, se fût défendu contre lui personnellement. Mais combien c'était montrer de prévoyance et de véritable intelligence que de supprimer l'accusation possible de ce passant ! Personne ne savait plus maintenant qu'il y avait, entre les murs d'un parc, un prisonnier qui demandait du secours.

Personne ? Si, Beautrelet. Le père Charel ne pouvait parler ? Soit. Mais on pouvait connaître du moins la foire où le bonhomme s'était rendu, et la route logique qu'il avait prise pour en revenir. Et, le long de cette route, peut-être enfin serait-il possible de trouver…

Isidore, qui d'ailleurs n'avait fréquenté la masure du père Charel qu'avec les plus grandes précautions, et de façon à ne pas donner l'éveil, Isidore décida de n'y point retourner. S'étant renseigné, il apprit que, le vendredi, c'était jour de marché à Fresselines, gros bourg situé à quelques lieues, où l'on pouvait se rendre, soit par la grand-route, assez sinueuse, soit par des raccourcis.

Le vendredi, il choisit, pour y aller, la grand-route, et n'aperçut rien qui attirât son attention, aucune enceinte de hauts murs, aucune silhouette de vieux château. Il déjeuna dans une auberge de Fresselines et il se disposait à partir quand il vit arriver le père Charel qui traversait la place en poussant sa petite voiture de rémouleur. Il le suivit aussitôt de très loin.

Le bonhomme fit deux interminables stations pendant lesquelles il repassa[1] des douzaines de couteaux. Puis enfin, il s'en alla par un chemin tout différent qui se dirigeait vers Crozant et le bourg d'Éguzon.

Beautrelet s'engagea derrière lui sur cette route. Mais il n'avait pas marché pendant cinq minutes, qu'il eut l'impression de n'être pas seul à suivre le bonhomme. Un individu cheminait entre eux qui s'arrêtait et repartait en même temps que le père Charel, sans prendre d'ailleurs beaucoup de soin pour n'être pas vu.

1. Repassa : aiguisa.

« On le surveille, pensa Beautrelet, peut-être veut-on savoir s'il s'arrête devant les murs… »

Son cœur battit. L'événement approchait.

Tous trois, les uns derrière les autres, ils montaient et descendaient les pentes raides du pays, et ils arrivèrent à Crozant. Là, le père Charel fit une halte d'une heure. Puis il descendit vers la rivière et traversa le pont. Mais il se passa alors un fait qui surprit Beautrelet. L'individu ne franchit pas la rivière. Il regarda le bonhomme s'éloigner et, quand il l'eut perdu de vue, il s'engagea dans un sentier qui le conduisit en pleins champs. Que faire ? Beautrelet hésita quelques secondes, puis, brusquement, se décida. Il se mit à la poursuite de l'individu.

« Il aura constaté, pensa-t-il, que le père Charel a passé tout droit. Il est tranquille, et il s'en va. Où ? Au château ? »

Il touchait au but. Il le sentait à une sorte d'allégresse douloureuse qui le soulevait.

L'homme pénétra dans un bois obscur qui dominait la rivière, puis apparut de nouveau en pleine clarté, à l'horizon du sentier. Quand Beautrelet, à son tour, sortit du bois, il fut très surpris de ne plus apercevoir l'individu. Il le cherchait des yeux, quand soudain il étouffa un cri et, d'un bond en arrière, regagna la ligne des arbres qu'il venait de quitter. À sa droite, il avait vu un rempart de hautes murailles, que flanquaient, à distances égales, des contreforts[1] massifs.

1. Contrefort : pilier accolé à un mur pour le consolider.

C'était là ! C'était là ! Ces murs emprisonnaient son père ! Il avait trouvé le lieu secret où Lupin gardait ses victimes !

Il n'osa plus s'écarter de l'abri que lui offraient les feuillages épais du bois. Lentement, presque à plat ventre, il appuya vers la droite, et parvint ainsi au sommet d'un monticule qui atteignait le faîte des arbres voisins. Les murailles étaient plus élevées encore. Cependant il discerna le toit du château qu'elles ceignaient, un vieux toit Louis XIII[1] que surmontaient des clochetons[2] très fins disposés en corbeille autour d'une flèche plus aiguë et plus haute.

Pour ce jour-là, Beautrelet n'en fit pas davantage. Il avait besoin de réfléchir et de préparer son plan d'attaque sans rien laisser au hasard. Maître de Lupin, c'était à lui maintenant de choisir l'heure et le mode du combat. Il s'en alla.

Près du pont, il croisa deux paysannes qui portaient des seaux remplis de lait. Il leur demanda :

– Comment s'appelle le château qui est là-bas, derrière les arbres ?

– Ça, monsieur, c'est le château de l'Aiguille.

Il avait jeté sa question sans y attacher d'importance. La réponse le bouleversa.

– Le château de l'Aiguille… Ah !… Mais où sommes-nous, ici ? Dans le département de l'Indre ?

1. De style Louis XIII, roi de France de 1610 à 1643.
2. Clocheton : élément décoratif en forme de petit clocher.

– Ma foi, non, l'Indre, c'est de l'autre côté de la rivière… Par ici, c'est la Creuse.

Isidore eut un éblouissement. Le château de l'Aiguille ! le département de la Creuse ! L'Aiguille, Creuse ! La clef même du document ! La victoire assurée, définitive, totale…

Sans un mot de plus, il tourna le dos aux deux femmes et s'en alla en titubant, comme un homme ivre.

6
Un secret historique

La résolution de Beautrelet fut immédiate : il agirait seul. Prévenir la justice était trop dangereux. Outre qu'il ne pouvait offrir que des présomptions, il craignait les lenteurs de la justice, les indiscrétions certaines, toute une enquête préalable pendant laquelle Lupin, inévitablement averti, aurait le loisir d'effectuer sa retraite en bon ordre.

Le lendemain, dès huit heures, son paquet sous le bras, il quitta l'auberge qu'il habitait aux environs de Cuzion, gagna le premier fourré venu, se défit de ses hardes[1] d'ouvrier, redevint le jeune peintre anglais qu'il était précédemment, et se présenta chez le notaire d'Éguzon, le plus gros bourg de la contrée.

Il raconta que le pays lui plaisait, et que, s'il trouvait une demeure convenable, il s'y installerait volontiers avec ses parents. Le notaire indiqua plusieurs domaines. Beautrelet insinua qu'on lui avait parlé du château de l'Aiguille, au nord de la Creuse.

1. Hardes : vêtements pauvres et usés (nom féminin pluriel).

– En effet, mais le château de l'Aiguille, qui appartient à un de mes clients, depuis cinq ans, n'est pas à vendre.

– Il l'habite alors ?

– Il l'habitait, ou plutôt sa mère. Mais celle-ci, trouvant le château un peu triste, ne s'y plaisait pas. De sorte qu'ils l'ont quitté l'année dernière.

– Et personne n'y demeure ?

– Si, un Italien, auquel mon client l'a loué pour la saison d'été, le baron Anfredi.

– Ah ! le baron Anfredi, un homme encore jeune, l'air assez gourmé[1]...

– Ma foi, je n'en sais rien... Mon client a traité directement. Il n'y a pas eu de bail[2]... une simple lettre...

– Mais vous connaissez le baron ?

– Non, il ne sort jamais du château... En automobile, quelquefois, et la nuit, paraît-il. Les provisions sont faites par une vieille cuisinière qui ne parle à personne. Des drôles de gens...

– Votre client consentirait-il à vendre son château ?

– Je ne crois pas. C'est un château historique, du plus pur style Louis XIII. Mon client y tenait beaucoup, et s'il n'a pas changé d'avis...

– Vous pouvez me donner son nom ?

– Louis Valméras, 34, rue du Mont-Thabor.

1. Gourmé : rigide, peu naturel.
2. Bail : contrat de location.

Beautrelet prit le train de Paris à la station la plus proche. Le surlendemain, après trois visites infructueuses, il trouva enfin Louis Valméras. C'était un homme d'une trentaine d'années, au visage ouvert et sympathique. Beautrelet, jugeant inutile de biaiser[1], nettement se fit connaître et raconta ses efforts et le but de sa démarche.

– J'ai tout lieu de penser, conclut-il, que mon père est emprisonné au château de l'Aiguille, en compagnie sans doute d'autres victimes. Et je viens vous demander ce que vous savez de votre locataire, le baron Anfredi.

– Pas grand-chose. J'ai rencontré le baron Anfredi l'hiver dernier à Monte-Carlo. Ayant appris, par hasard, que j'étais propriétaire d'un château, comme il désirait passer l'été en France, il me fit des offres de location.

– C'est un homme encore jeune…

– Oui, des yeux très énergiques, des cheveux blonds.

– De la barbe ?

– Oui, terminée par deux pointes qui retombent sur un faux col fermant par-derrière, comme le col d'un clergyman[2]. D'ailleurs, il a quelque peu l'air d'un prêtre anglais.

– C'est lui, murmura Beautrelet, c'est lui, tel que je l'ai vu, c'est son signalement exact.

– Comment !… vous croyez ?…

– Je crois, je suis sûr que votre locataire n'est autre qu'Arsène Lupin.

1. Biaiser : ruser, utiliser des moyens détournés.
2. Clergyman : ministre du culte de la religion anglicane.

L'histoire amusa Louis Valméras. Il connaissait toutes les aventures de Lupin et les péripéties de sa lutte avec Beautrelet. Il se frotta les mains.

– Allons, le château de l'Aiguille va devenir célèbre… ce qui n'est pas pour me déplaire, car au fond, depuis que ma mère n'y habite plus, j'ai toujours eu l'idée de m'en débarrasser à la première occasion. Après cela, je trouverai acheteur. Seulement…

– Seulement ?

– Je vous demanderai de n'agir qu'avec la plus extrême prudence et de ne prévenir la police qu'en toute certitude. Voyez-vous que mon locataire ne soit pas Lupin ?

Beautrelet exposa son plan. Il irait seul, la nuit, il franchirait les murs, se cacherait dans le parc…

Louis Valméras l'arrêta tout de suite.

– Vous ne franchirez pas si facilement des murs de cette hauteur. Si vous y parvenez, vous serez accueilli par deux énormes molosses qui appartiennent à ma mère et que j'ai laissés au château.

– Bah ! une boulette…

– Je vous remercie ! Mais supposons que vous leur échappiez. Et après ? Comment entrerez-vous dans le château ? Les portes sont massives, les fenêtres sont grillées. Et d'ailleurs, une fois entré, qui vous guiderait ? Il y a quatre-vingts chambres.

– Oui, mais cette chambre à deux fenêtres, au second étage ?…

– Je la connais, nous l'appelons la chambre des Glycines. Mais comment la trouverez-vous ? Il y a trois escaliers et un labyrinthe de couloirs. J'aurai beau vous donner le fil, vous expliquer le chemin à suivre, vous vous perdrez.

– Venez avec moi, dit Beautrelet en riant.

– Impossible. J'ai promis à ma mère de la rejoindre dans le Midi.

Beautrelet retourna chez l'ami qui lui offrait l'hospitalité et commença ses préparatifs. Mais, vers la fin du jour, comme il se disposait à partir, il reçut la visite de Valméras.

– Voulez-vous toujours de moi ?

– Si je veux !

– Eh bien, je vous accompagne. Oui, l'expédition me tente. Je crois qu'on ne s'ennuiera pas, et ça m'amuse d'être mêlé à tout cela… Et puis, mon concours ne vous sera pas inutile. Tenez, voici déjà un début de collaboration.

Il montra une grosse clef toute rugueuse de rouille et d'aspect vénérable.

– Et cette clef ouvre… ? demanda Beautrelet.

– Une petite poterne[1] dissimulée entre deux contreforts, abandonnée depuis des siècles, et que je n'ai même pas cru devoir indiquer à mon locataire. Elle donne sur la campagne, précisément à la lisière du bois…

Beautrelet l'interrompit brusquement :

– Ils la connaissent, cette issue. C'est évidemment

1. Poterne : petite porte dérobée dans la muraille d'une fortification.

par là que l'individu que je suivais a pénétré dans le parc. Allons, la partie est belle, et nous la gagnerons. Mais fichtre, il s'agit de jouer serré !

Deux jours après, au pas d'un cheval famélique[1], arrivait à Crozant une roulotte de bohémiens que son conducteur obtint l'autorisation de remiser au bout du village, sous un ancien hangar déserté. Outre le conducteur, qui n'était autre que Valméras, il y avait trois jeunes gens occupés à tresser des fauteuils avec des brins d'osier : Beautrelet et deux de ses camarades de Janson.

Ils demeurèrent là trois jours, attendant une nuit propice, et rôdant isolément aux alentours du parc. Une fois, Beautrelet aperçut la poterne. Pratiquée entre deux contreforts, elle se confondait presque, derrière le voile de ronces qui la masquait, avec le dessin formé par les pierres de la muraille. Enfin, le quatrième soir, le ciel se couvrit de gros nuages noirs et Valméras décida qu'on irait en reconnaissance, quitte à rebrousser chemin si les circonstances n'étaient pas favorables.

Tous quatre, ils traversèrent le petit bois. Puis Beautrelet rampa parmi les bruyères, écorcha ses mains à la haie de ronces, et, se soulevant à moitié, lentement, avec des gestes qui se retenaient, introduisit la clef dans la serrure. Doucement, il tourna. La porte allait-elle s'ouvrir sous son effort ? Un verrou

1. Famélique : amaigri par la faim.

ne la fermait-il pas de l'autre côté ? Il poussa, la porte s'ouvrit, sans grincement, sans secousse. Il était dans le parc.

– Vous êtes là, Beautrelet ? demanda Valméras, attendez-moi. Vous deux, mes amis, surveillez la porte pour que notre retraite ne soit pas coupée. À la moindre alerte, un coup de sifflet.

Il prit la main de Beautrelet, et ils s'enfoncèrent dans l'ombre épaisse des fourrés. Un espace plus clair s'offrit à eux quand ils arrivèrent au bord de la pelouse centrale. Au même moment, un rayon de lune filtra, et ils aperçurent le château avec ses clochetons pointus disposés autour de cette flèche effilée à laquelle, sans doute, il devait son nom. Aucune lumière aux fenêtres. Aucun bruit. Valméras empoigna le bras de son compagnon.

– Taisez-vous.

– Quoi ?

– Les chiens là-bas… vous voyez…

Un grognement se fit entendre. Valméras siffla très bas. Deux silhouettes blanches bondirent et en quatre sauts vinrent s'abattre aux pieds du maître.

– Tout doux, les enfants… couchez là… bien… ne bougez plus…

Et il dit à Beautrelet :

– Et maintenant, marchons, je suis tranquille.

– Vous êtes sûr du chemin ?

– Oui. Nous nous rapprochons de la terrasse.

– Et alors ?

– Je me rappelle qu'il y a sur la gauche, à un endroit

où la terrasse, qui domine la rivière, s'élève au niveau des fenêtres du rez-de-chaussée, un volet qui ferme mal et qu'on peut ouvrir de l'extérieur.

De fait, quand ils y furent arrivés, sous l'effort, le volet céda. Avec une pointe de diamant, Valméras coupa un carreau. Il tourna l'espagnolette. L'un après l'autre ils franchirent le balcon. Cette fois, ils étaient dans le château.

– La pièce où nous sommes, dit Valméras, se trouve au bout du couloir. Puis il y a un immense vestibule orné de statues et, à l'extrémité du vestibule, un escalier qui conduit à la chambre occupée par votre père.

Il avança d'un pas.

– Vous venez, Beautrelet ?

– Oui. Oui.

– Mais non, vous ne venez pas... Qu'est-ce que vous avez ?

Il lui saisit la main. Elle était glacée, et il s'aperçut que le jeune homme était accroupi sur le parquet.

– Qu'est-ce que vous avez ? répéta-t-il.

– Rien... ça passera.

– Mais enfin...

– J'ai peur...

– Vous avez peur !

– Oui, avoua Beautrelet ingénument... ce sont mes nerfs qui flanchent... j'arrive souvent à les commander... mais aujourd'hui, le silence... l'émotion... Et puis, depuis le coup de couteau de ce greffier... Mais ça va passer... tenez, ça passe...

Il réussit, en effet, à se lever, et Valméras l'entraîna hors de la chambre. Ils suivirent à tâtons un couloir, et si doucement, que chacun d'eux ne percevait pas la présence de l'autre. Une faible lueur cependant semblait éclairer le vestibule vers lequel ils se dirigeaient. Valméras passa la tête. C'était une veilleuse placée au bas de l'escalier, sur un guéridon[1] que l'on apercevait à travers les branches frêles d'un palmier.

– Halte ! souffla Valméras.

Près de la veilleuse, il y avait un homme en faction, debout, qui tenait un fusil. Les avait-il vus ? Peut-être. Du moins quelque chose dut l'inquiéter, car il épaula.

Beautrelet était tombé à genoux contre la caisse d'un arbuste et il ne bougeait plus, le cœur comme déchaîné dans sa poitrine.

Cependant le silence et l'immobilité des choses rassurèrent l'homme en faction. Il baissa son arme. Mais sa tête resta tournée vers la caisse de l'arbuste.

D'effrayantes minutes s'écoulèrent, dix, quinze. Un rayon de lune s'était glissé par une fenêtre de l'escalier. Et soudain Beautrelet s'avisa que le rayon se déplaçait insensiblement et que, avant quinze autres, dix autres minutes, il serait sur lui, l'éclairant en pleine face.

Des gouttes de sueur tombèrent de son visage sur ses mains tremblantes. Son angoisse était telle qu'il fut sur le point de se relever et de s'enfuir… Mais, se souvenant que Valméras était là, il le chercha des yeux, et il fut stupéfait de le voir, ou plutôt de le deviner qui

1. Guéridon : petite table ronde avec un seul pied central.

rampait dans les ténèbres à l'abri des arbustes et des statues. Déjà il atteignait le bas de l'escalier, à hauteur, à quelques pas, de l'homme.

Qu'allait-il faire ? Passer quand même ? Monter seul à la délivrance du prisonnier ? Mais pourrait-il passer ? Beautrelet ne le voyait plus et il avait l'impression que quelque chose allait s'accomplir, une chose que le silence, plus lourd, plus terrible, semblait pressentir aussi.

Et brusquement une ombre qui bondit sur l'homme, la veilleuse qui s'éteint, le bruit d'une lutte… Beautrelet accourut. Les deux corps avaient roulé sur les dalles. Il voulut se pencher. Mais il entendit un gémissement rauque, un soupir, et aussitôt un des adversaires se releva qui lui saisit le bras.

– Vite… Allons-y.

C'était Valméras.

Ils montèrent deux étages et débouchèrent à l'entrée d'un corridor qu'un tapis recouvrait.

– À droite, souffla Valméras, la quatrième chambre sur la gauche.

Bientôt ils trouvèrent la porte de cette chambre. Comme ils s'y attendaient, le captif était enfermé à clef. Il leur fallut une demi-heure ; une demi-heure d'efforts étouffés, de tentatives assourdies pour forcer la serrure. Enfin ils entrèrent. À tâtons, Beautrelet découvrit le lit. Son père dormait. Il le réveilla doucement.

– C'est moi, Isidore… et un ami… Ne crains rien… lève-toi… pas un mot…

Le père s'habilla, mais au moment de sortir, il leur dit à voix basse :

– Je ne suis pas seul dans le château…

– Ah ! qui ? Ganimard ? Sholmès ?

– Non… du moins je ne les ai pas vus.

– Alors ?

– Une jeune fille.

– Mlle de Saint-Véran, sans aucun doute ?

– Je ne sais pas… je l'ai aperçue de loin plusieurs fois dans le parc… et puis, en me penchant de ma fenêtre, je vois la sienne… Elle m'a fait des signaux.

– Tu sais où est sa chambre ?

– Oui, dans ce couloir, la troisième à droite.

– La chambre bleue, murmura Valméras. La porte est à deux battants, nous aurons moins de mal.

Très vite, en effet, l'un des battants céda. Ce fut le père Beautrelet qui se chargea de prévenir la jeune fille.

Dix minutes après il sortait de la chambre avec elle et disait à son fils :

– Tu avais raison… Mlle de Saint-Véran.

Ils descendirent tous quatre. Au bas de l'escalier, Valméras s'arrêta et se pencha sur l'homme, puis les entraînant vers la chambre de la terrasse :

– Il n'est pas mort, il vivra.

– Ah ! fit Beautrelet avec soulagement.

– Par bonheur, la lame de mon couteau a plié… le coup n'est pas mortel. Et puis quoi, ces coquins ne méritent pas de pitié.

Dehors, ils furent accueillis par les deux chiens qui les accompagnèrent jusqu'à la poterne. Là, Beautrelet retrouva ses deux amis. La petite troupe sortit du parc. Il était trois heures du matin.

Cette première victoire ne pouvait suffire à Beautrelet. Dès qu'il eut installé son père et la jeune fille, il les interrogea sur les gens qui résidaient au château, et en particulier sur les habitudes d'Arsène Lupin. Il apprit ainsi que Lupin ne venait que tous les trois ou quatre jours, arrivant le soir en automobile et repartant dès le matin. À chacun de ses voyages, il rendait visite aux deux prisonniers, et tous deux s'accordaient à louer ses égards et son extrême affabilité. Pour l'instant il ne devait pas se trouver au château.

En dehors de lui, ils n'avaient jamais vu qu'une vieille femme, préposée à la cuisine et au ménage, et deux hommes qui les surveillaient tour à tour et qui ne leur parlaient point, deux subalternes évidemment, à en juger d'après leurs façons et leurs physionomies.

– Deux complices tout de même, conclut Beautrelet, ou plutôt trois, avec la vieille femme. C'est un gibier qui n'est pas à dédaigner. Et si nous ne perdons pas de temps…

Il sauta sur une bicyclette, fila jusqu'au bourg d'Éguzon, réveilla la gendarmerie, mit tout le monde en branle, fit sonner le boute-selle[1] et revint à Crozant à huit heures, suivi du brigadier et de six gendarmes.

Deux de ces hommes restèrent en faction auprès de la roulotte. Deux autres s'établirent devant la poterne. Les quatre derniers, commandés par leur

1. Boute-selle : signal donné à la trompette pour avertir les cavaliers de seller leurs chevaux et de les monter.

chef et accompagnés de Beautrelet et de Valméras, se dirigèrent vers l'entrée principale du château. Trop tard. La porte était grande ouverte. Un paysan leur dit qu'une heure auparavant il avait vu sortir du château une automobile.

De fait, la perquisition ne donna aucun résultat. Selon toute probabilité, la bande avait dû s'installer là en camp volant[1]. On trouva quelques hardes, un peu de linge, des ustensiles de ménage, et c'est tout.

Ce qui étonna davantage Beautrelet et Valméras, ce fut la disparition du blessé. Ils ne purent relever la moindre trace de lutte, pas même une goutte de sang sur les dalles du vestibule.

Somme toute, aucun témoignage matériel n'aurait pu prouver le passage de Lupin au château de l'Aiguille, et l'on aurait eu le droit de récuser[2] les assertions de Beautrelet et de son père, de Valméras et de Mlle de Saint-Véran, si l'on n'avait fini par découvrir, dans une chambre contiguë à celle que la jeune fille occupait, une demi-douzaine de bouquets admirables auxquels était épinglée la carte d'Arsène Lupin. Bouquets dédaignés par elle, flétris, oubliés… L'un d'eux, outre la carte, portait une lettre que Raymonde n'avait pas vue. L'après-midi, quand cette lettre eut été décachetée par le juge d'instruction, on y trouva dix pages de prières, de supplications, de promesses, de menaces, de désespoir, toute la folie d'un amour qui n'a connu que

1. Camp volant : camp installé pour une courte durée.
2. Récuser : rejeter.

mépris et répulsion. Et la lettre se terminait ainsi : *Je viendrai mardi soir, Raymonde. D'ici là, réfléchissez. Pour moi, je suis résolu à tout.*

Mardi soir, c'était le soir même de ce jour où Beautrelet venait de délivrer Mlle de Saint-Véran.

On se rappelle la formidable explosion de surprise et d'enthousiasme qui éclata dans le monde entier à la nouvelle de ce dénouement imprévu : Mlle de Saint-Véran libre ! La jeune fille que convoitait Lupin, pour laquelle il avait machiné ses plus machiavéliques[1] combinaisons, arrachée à ses griffes ! Libre aussi le père de Beautrelet, celui que Lupin, dans son désir exagéré d'un armistice que nécessitaient les exigences de sa passion, celui que Lupin avait choisi comme otage. Libres tous deux, les deux prisonniers !

Et le secret de l'Aiguille, que l'on avait cru impénétrable, connu, publié, jeté aux quatre coins de l'univers !

Vraiment la foule s'amusa. On chansonna[2] l'aventurier vaincu. « Les amours de Lupin. » « Les sanglots d'Arsène !... » « Le cambrioleur amoureux. » « La complainte du pickpocket ! » Cela se criait sur les boulevards, cela se fredonnait à l'atelier.

Pressée de questions, poursuivie par les interviewers, Raymonde répondit avec la plus extrême réserve. Mais la lettre était là, et les bouquets de fleurs, et toute la pitoyable aventure ! Lupin, bafoué, ridiculisé,

1. Machiavéliques : diaboliques et ingénieuses.
2. Chansonna : se moqua par des chansons.

dégringola de son piédestal. Et Beautrelet fut l'idole. Il avait tout vu, tout prédit, tout élucidé. La déposition que Mlle de Saint-Véran fit devant le juge d'instruction au sujet de son enlèvement confirma l'hypothèse qu'avait imaginée le jeune homme. Sur tous les points, la réalité semblait se soumettre à ce qu'il la décrétait au préalable. Lupin avait trouvé son maître.

Beautrelet exigea que son père, avant de retourner dans ses montagnes de Savoie, prît quelques mois de repos au soleil, et il le conduisit lui-même, ainsi que Mlle de Saint-Véran, aux environs de Nice, où le comte de Gesvres et sa fille Suzanne étaient installés pour passer l'hiver. Le surlendemain, Valméras amenait sa mère auprès de ses nouveaux amis, et ils composèrent ainsi une petite colonie, groupée autour de la villa de Gesvres, et sur laquelle veillaient nuit et jour une demi-douzaine d'hommes engagés par le comte.

Au début d'octobre, Beautrelet, élève de rhétorique, alla reprendre à Paris le cours de ses études et préparer ses examens. Et la vie recommença, calme cette fois et sans incidents. Que pouvait-il d'ailleurs se passer ? La guerre n'était-elle pas finie ?

Lupin devait en avoir de son côté la sensation bien nette, et qu'il n'y avait plus pour lui qu'à se résigner au fait accompli, car un beau jour ses deux autres victimes, Ganimard et Herlock Sholmès, réapparurent. Leur retour à la vie de ce monde manqua, du reste, totalement de prestige. Ce fut un chiffonnier[1] qui les

1. Chiffonnier : personne qui fait le commerce de vieux chiffons.

ramassa, quai des Orfèvres, en face de la Préfecture de police, et tous deux endormis et ligotés.

Après une semaine de complet ahurissement, ils parvinrent à reprendre la direction de leurs idées et racontèrent – ou plutôt Ganimard raconta, car Sholmès s'enferma dans un mutisme farouche – qu'ils avaient accompli, à bord du yacht *L'Hirondelle*, un voyage de circumnavigation autour de l'Afrique, voyage charmant, instructif, où ils pouvaient se considérer comme libres, sauf à certaines heures qu'ils passaient à fond de cale, tandis que l'équipage descendait dans des ports exotiques. Quant à leur atterrissage au quai des Orfèvres, ils ne se souvenaient de rien, endormis sans doute depuis plusieurs jours.

Cette mise en liberté, c'était l'aveu de la défaite. Et, en ne luttant plus, Lupin la proclamait sans restriction.

Un événement, d'ailleurs, la rendit encore plus éclatante : ce furent les fiançailles de Louis Valméras et de Mlle de Saint-Véran. Dans l'intimité que créaient entre eux les conditions actuelles de leur existence, les deux jeunes gens s'éprirent l'un de l'autre. Valméras aima le charme mélancolique de Raymonde, et celle-ci, blessée par la vie, avide de protection, subit la force et l'énergie de celui qui avait contribué si vaillamment à son salut.

On attendit le jour du mariage avec une certaine anxiété. Lupin ne chercherait-il pas à reprendre l'offensive ? Accepterait-il de bonne grâce la perte irrémédiable de la femme qu'il aimait ? Deux ou trois fois on vit rôder autour de la villa des individus à mine suspecte, et Valméras eut même à se défendre, un soir, contre un soi-disant ivrogne qui tira sur lui un coup de pistolet, et traversa son chapeau d'une balle. Mais, somme toute, la cérémonie s'accomplit au jour et à l'heure fixés, et Raymonde de Saint-Véran devint Mme Louis Valméras.

C'était comme si le destin lui-même eût pris parti pour Beautrelet et contresigné le bulletin de victoire. La foule le sentit si bien que ce fut à ce moment que jaillit, parmi ses admirateurs, l'idée d'un grand banquet où l'on célébrerait son triomphe et l'écrasement de Lupin. Idée merveilleuse et qui suscita l'enthousiasme. En quinze jours, trois cents adhésions furent réunies. On lança des invitations aux lycées de Paris, à raison de deux élèves par classe de rhétorique. La presse entonna des hymnes. Et le banquet fut ce qu'il ne pouvait manquer d'être, une apothéose[1].

Mais une apothéose charmante et simple, parce que Beautrelet en était le héros. Sa présence suffit à remettre les choses au point. Il se montra modeste comme à l'ordinaire, un peu surpris des bravos excessifs, un peu gêné des éloges hyperboliques[2] où l'on affirmait sa supériorité sur les plus illustres policiers… un peu gêné, mais aussi très ému. Il le dit en quelques paroles qui plurent à tous et avec le trouble d'un enfant qui rougit d'être regardé. Il dit sa joie, il dit sa fierté.

1. Apothéose : triomphe.
2. Hyperboliques : exagérés.

Et vraiment, si raisonnable, si maître de lui qu'il fût, il connut là des minutes d'ivresse inoubliables. Il souriait à ses amis, à ses camarades de Janson, à Valméras, venu spécialement pour l'applaudir, à M. de Gesvres, à son père.

Or, comme il finissait de parler et qu'il tenait encore son verre en main, un bruit de voix se fit entendre à l'extrémité de la salle, et l'on vit quelqu'un qui gesticulait en agitant un journal. On rétablit le silence, l'importun se rassit, mais un frémissement de curiosité se propageait tout autour de la table, le journal passait de main en main, et chaque fois qu'un des convives jetait les yeux sur la page offerte, c'étaient des exclamations.

– Lisez ! lisez ! criait-on du côté opposé.

À la table d'honneur on se leva. Le père Beautrelet alla prendre le journal et le tendit à son fils.

– Lisez ! lisez ! cria-t-on plus fort.

Et d'autres proféraient :

– Écoutez donc ! il va lire… écoutez !

Beautrelet, debout, face au public, cherchait des yeux, dans le journal du soir que son père lui avait donné, l'article qui suscitait un tel vacarme, et soudain, ayant aperçu un titre souligné au crayon bleu, il leva la main pour réclamer le silence, et il lut d'une voix que l'émotion altérait de plus en plus ces révélations stupéfiantes qui réduisaient à néant tous ses efforts, bouleversaient ses idées sur l'Aiguille creuse et marquaient la vanité de sa lutte contre Arsène Lupin :

Lettre ouverte de M. Massiban, de l'Académie des inscriptions et belles-lettres.

Monsieur le directeur,

Le 17 mars 1679 – je dis bien 1679, c'est-à-dire sous Louis XIV –, un tout petit livre fut publié à Paris avec ce titre :

LE MYSTÈRE DE L'AIGUILLE CREUSE

Toute la vérité dénoncée pour la première fois.
Cent exemplaires imprimés par moi-même
et pour l'instruction de la Cour.

À neuf heures du matin, ce jour du 17 mars, l'auteur, un très jeune homme, bien vêtu, dont on ignore le nom, se mit à déposer ce livre chez les principaux personnages de la Cour. À dix heures, alors qu'il avait accompli quatre de ces démarches, il était arrêté par un capitaine des gardes, lequel l'amenait dans le cabinet du roi et repartait aussitôt à la recherche des quatre exemplaires distribués. Quand les cent exemplaires furent réunis, comptés, feuilletés avec soin et vérifiés, le roi les jeta lui-même au feu, sauf un qu'il conserva par-devers lui[1]. Puis il chargea le capitaine des gardes de conduire l'auteur du livre à M. de Saint-Mars, lequel Saint-Mars enferma son prisonnier d'abord à Pignerol, puis dans la forteresse de l'île Sainte-Marguerite. Cet

1. Par-devers lui : en sa possession.

homme n'était autre évidemment que le fameux homme au Masque de fer[1].

Jamais la vérité n'eût été connue, ou du moins une partie de la vérité, si le capitaine des gardes qui avait assisté à l'entrevue, profitant d'un moment où le roi s'était détourné, n'avait eu la tentation de retirer de la cheminée, avant que le feu ne l'atteignît, un autre des exemplaires. Six mois après, ce capitaine fut ramassé sur la grand-route de Gaillon à Mantes. Ses assassins l'avaient dépouillé de tous ses vêtements, oubliant toutefois dans sa poche droite un bijou que l'on y découvrit par la suite, un diamant de la plus belle eau[2]*, d'une valeur considérable.*

Dans ses papiers, on retrouva une note manuscrite. Il n'y parlait point du livre arraché aux flammes, mais il donnait un résumé des premiers chapitres. Il s'agissait d'un secret qui fut connu des rois d'Angleterre, perdu par eux au moment où la couronne du pauvre fou Henri VI passa sur la tête du duc d'York, dévoilé au roi de France Charles VII[3] *par Jeanne d'Arc*[4]*, et qui, devenu secret d'État, fut transmis de souverain en souverain par une lettre chaque fois recachetée, que l'on trouvait au lit de mort du défunt avec cette mention : « Pour le roy de France. » Ce secret concernait l'existence et déterminait l'emplacement d'un trésor formidable, possédé par les rois, et qui s'accroissait de siècle en siècle.*

1. Voir le carnet de lecture en fin d'ouvrage.
2. De la plus belle eau : le plus pur.
3. Henri VI est roi d'Angleterre de 1422 à 1461, le duc d'York lui succède de 1461 à 1470 sous le nom d'Édouard IV ; Charles VII : roi de France de 1422 à 1461.
4. Jeanne d'Arc (1412-1431) : célèbre héroïne et chef militaire qui combattit les Anglais au cours de la guerre de Cent Ans (1337-1453), brûlée vive à Rouen le 30 mai 1431.

Mais cent quatorze ans plus tard, Louis XVI, prisonnier au Temple, prit à part l'un des officiers qui étaient chargés de surveiller la famille royale et lui dit :

– Monsieur, vous n'aviez pas, sous mon aïeul, le grand roi, un ancêtre qui servait comme capitaine des gardes ?

– Oui, sire.

– Eh bien, seriez-vous homme... seriez-vous homme... ?

Il hésita. L'officier acheva la phrase.

– À ne pas vous trahir ? Oh ! sire...

– Alors, écoutez-moi.

Le roi tira de sa poche un petit livre dont il arracha l'une des dernières pages. Mais, se ravisant :

– Non, il vaut mieux que je copie...

Il prit une grande feuille de papier qu'il déchira de façon à ne garder qu'un petit espace rectangulaire sur lequel il copia cinq lignes de points, de lignes et de chiffres que portait la page imprimée. Puis, ayant brûlé celle-ci, il plia en quatre la feuille manuscrite, la cacheta de cire rouge et la donna.

– Monsieur, après ma mort, vous remettrez cela à la reine, et vous lui direz : « De la part du roi, Madame... pour Votre Majesté et pour son fils... » Si elle ne comprend pas...

– Si elle ne comprend pas ?...

– Vous ajouterez : « Il s'agit du secret de l'Aiguille. » La reine comprendra.

Ayant parlé, il jeta le livre parmi les braises qui rougissaient dans l'âtre.

Le 21 janvier, il montait sur l'échafaud.

Il fallut deux mois à l'officier, par suite du transfert de la reine à la Conciergerie[1]*, pour accomplir la mission dont il était chargé. Enfin, à force d'intrigues sournoises, il réussit un jour à se trouver en présence de* Marie-Antoinette*. Il lui dit de manière qu'elle pût tout juste entendre :*

– De la part du feu roi, Madame*, pour Votre Majesté et son fils.*

Et il lui offrit la lettre cachetée.

Elle s'assura que les gardiens ne pouvaient la voir, brisa les cachets, sembla surprise à la vue de ces lignes indéchiffrables, puis, tout de suite, parut comprendre. Elle sourit amèrement, et l'officier perçut ces mots :

– Pourquoi si tard ?

Elle hésita. Où cacher ce document dangereux ? Enfin, elle ouvrit son livre d'heures[2] et, dans une sorte de poche secrète pratiquée entre le cuir de reliure et le parchemin qui le recouvrait, elle glissa la feuille de papier.

« Pourquoi si tard ? » avait-elle dit.

Il est probable, en effet, que ce document, s'il avait pu lui apporter le salut, arrivait trop tard, car, au mois d'octobre suivant, la reine Marie-Antoinette*, à son tour, montait sur l'échafaud.*

Or, cet officier, en feuilletant les papiers de sa famille, trouva la note manuscrite de son arrière-grand-père, le capitaine des gardes de Louis XIV*. À partir de ce moment, il n'eut plus qu'une idée, c'est de consacrer ses loisirs à*

1. Le Temple, dans le quartier du Marais, et la Conciergerie, dans l'île de la Cité, sont deux prisons parisiennes où furent détenus Louis XVI et sa femme Marie-Antoinette après la chute de la monarchie (août 1792).
2. Livre d'heures : livre de prières destiné aux fidèles chrétiens laïcs.

élucider cet étrange problème. Il lut tous les auteurs latins, parcourut toutes les chroniques de France et celles des pays voisins, s'introduisit dans les monastères, déchiffra les livres de comptes, les cartulaires[1]*, les traités, et il put ainsi retrouver certaines citations éparses à travers les âges.*

Au livre III des Commentaires de César *sur la guerre des Gaules, il est raconté qu'après la défaite de Viridovix par G. Titulius Sabinus, le chef des Calètes*[2] *fut mené devant César et que, pour sa rançon, il dévoila le secret de l'Aiguille…*

Le traité de Saint-Clair-sur-Epte[3]*, entre Charles le Simple et Roll, chef des barbares du Nord*[4]*, fait suivre le nom de Roll de tous ses titres, parmi lesquels nous lisons : maître du secret de l'Aiguille.*

La Chronique saxonne[5] *(édition de Gibson, page 134) parlant de Guillaume-à-la-grande-vigueur* (Guillaume le Conquérant[6]) *raconte que la hampe de son étendard se terminait en pointe acérée et percée d'une fente à la façon d'une aiguille…*

Dans une phrase assez ambiguë de son interrogatoire, Jeanne d'Arc avoue qu'elle a encore une chose secrète à

1. Cartulaire : registre contenant les titres de propriétés et les privilèges d'une église ou d'un monastère.
2. Les Calètes : peuple gaulois vivant dans le pays de Caux qui combattit les légions romaines de César lors de la guerre des Gaules (58-51 av. J.-C.).
3. Traité de Saint-Clair-sur-Epte : traité conclu en 911 entre le roi de France Charles III le Simple et Rollon (Roll), chef viking, donnant à ce dernier la possession des territoires qui formeront le duché de Normandie.
4. Les barbares du Nord : les Vikings ou Normands.
5. La *Chronique anglo-saxonne* est constituée d'une série d'annales rédigées en anglais racontant les débuts de l'histoire de l'Angleterre entre 443 et 1154.
6. Guillaume le Conquérant : duc de Normandie (1035-1087) et roi d'Angleterre (1066-1087).

dire au roi de France, à quoi ses juges répondent : « Oui, nous savons de quoi il est question, et c'est pourquoi, Jeanne, vous périrez. »

« Par la vertu de l'Aiguille », jure quelquefois le bon roi Henri IV.

Auparavant, François Ier, haranguant les notables du Havre en 1520, prononça cette phrase que nous transmet le journal d'un bourgeois de Honfleur :

« Les rois de France portent des secrets qui règlent la conduite des choses et le sort des villes. »

Toutes ces citations, monsieur le directeur, tous les récits qui concernent le Masque de fer, le capitaine des gardes et son arrière-petit-fils, je les ai retrouvés aujourd'hui dans une brochure écrite précisément par cet arrière-petit-fils et publiée en juin 1815, la veille ou le lendemain de Waterloo[1]*, c'est-à-dire en une période de bouleversements où les révélations qu'elle contenait devaient passer inaperçues.*

Que vaut cette brochure ? Rien, me direz-vous, et nous ne devons lui accorder aucune créance. C'est là ma première impression ; mais quelle ne fut pas ma stupeur, en ouvrant les Commentaires de César au chapitre indiqué, d'y découvrir la phrase relevée dans la brochure ! Même constatation en ce qui concerne le traité de Saint-Clair-sur-Epte, La Chronique saxonne, *l'interrogatoire de Jeanne d'Arc, bref tout ce qu'il m'a été possible de vérifier jusqu'ici.*

Enfin, il est un fait plus précis encore que relate l'auteur

1. Waterloo : victoire des armées britannique et prussienne sur Napoléon Ier le 18 juin 1815 qui entraîne la chute de l'Empire.

de la brochure de 1815. Pendant la campagne de France[1], *officier de Napoléon, il sonna un soir, son cheval ayant crevé, à la porte d'un château où il fut reçu par un vieux chevalier de Saint-Louis*[2]. *Et il apprit coup sur coup en causant avec le vieillard que ce château, situé au bord de la Creuse, s'appelait le château de l'Aiguille, qu'il avait été construit et baptisé par Louis XIV, et que, sur son ordre exprès, il avait été orné de clochetons et d'une flèche qui figurait l'aiguille. Comme date il portait, il doit porter encore : 1680.*

1680 ! Un an après la publication du livre et l'emprisonnement du Masque de fer. Tout s'expliquait : Louis XIV, prévoyant que le secret pouvait s'ébruiter, avait construit et baptisé ce château pour offrir aux curieux une explication naturelle de l'antique mystère. L'Aiguille creuse ? Un château à clochetons pointus, situé au bord de la Creuse et appartenant au roi. Du coup on croyait connaître le mot de l'énigme et les recherches cessaient !

Le calcul était juste, puisque, plus de deux siècles après, M. Beautrelet est tombé dans le piège. Et c'est là, monsieur le directeur, que je voulais en venir en écrivant cette lettre. Si Lupin sous le nom d'Anfredi a loué à M. Valméras le château de l'Aiguille au bord de la Creuse, s'il a logé là ses deux prisonniers, c'est qu'il admettait le succès des inévitables recherches de M. Beautrelet, et que, dans le but

1. La campagne de France : campagne opposant l'armée napoléonienne aux armées coalisées (anglaise, autrichienne, prussienne…) qui ont envahi la France (1813-1814).
2. Chevalier de Saint-Louis : membre de l'ordre royal et militaire de Saint-Louis créé par Louis XIV en 1693.

d'obtenir la paix qu'il avait demandée, il tendait précisément à M. Beautrelet ce que nous pouvons appeler le piège historique de Louis XIV.

Et par là nous sommes amenés à ceci, conclusion irréfutable, c'est que lui, Lupin, avec ses seules lumières, sans connaître d'autres faits que ceux que nous connaissons, est parvenu, par le sortilège d'un génie vraiment extraordinaire, à déchiffrer l'indéchiffrable document ; c'est que Lupin, dernier héritier des rois de France, connaît le mystère royal de l'Aiguille creuse.

Là se terminait l'article. Mais depuis quelques minutes, depuis le passage concernant le château de l'Aiguille, ce n'était plus Beautrelet qui en faisait la lecture. Comprenant sa défaite, écrasé sous le poids de l'humiliation subie, il avait lâché le journal et s'était effondré sur sa chaise, le visage enfoui dans ses mains.

Haletante et secouée d'émotion par cette incroyable histoire, la foule s'était rapprochée peu à peu et maintenant se pressait autour de lui. On attendait avec une angoisse frémissante les mots qu'il allait répondre, les objections qu'il allait soulever.

Il ne bougea pas.

D'un geste doux, Valméras lui décroisa les mains et releva sa tête.

Isidore Beautrelet pleurait.

7
Le traité de l'Aiguille

Il est quatre heures du matin. Isidore n'est pas rentré au lycée. Il n'y rentrera pas avant la fin de la guerre sans merci qu'il a déclarée à Lupin. Cela, il se l'est juré tout bas, pendant que ses amis l'emportaient en voiture, tout défaillant et meurtri. Serment insensé ! Guerre absurde et illogique ! Que peut-il faire, lui, enfant isolé et sans armes, contre ce phénomène d'énergie et de puissance ? Par où l'attaquer ? Il est inattaquable. Où le blesser ? Il est invulnérable. Où l'atteindre ? Il est inaccessible.

Quatre heures du matin… Isidore a de nouveau accepté l'hospitalité de son camarade de Janson. Debout devant la cheminée de sa chambre, les coudes plantés droit sur le marbre, les deux poings au menton, il regarde son image que lui renvoie la glace.

Il ne pleure plus, il ne veut plus pleurer, ni se tordre sur son lit, ni se désespérer, comme il le fait depuis deux heures. Il veut réfléchir, réfléchir et comprendre.

Et ses yeux ne quittent pas ses yeux dans le miroir, comme s'il espérait doubler la force de sa pensée en contemplant son image pensive, et trouver au fond de cet être-là l'insoluble solution qu'il ne trouve pas en lui. Jusqu'à six heures il reste ainsi. Et c'est peu à peu que, dégagée de tous les détails qui la compliquent et l'obscurcissent, la question s'offre à son esprit toute sèche, toute nue, avec la rigueur d'une équation.

Oui, il s'est trompé. Oui, son interprétation du document est fausse. Le mot *aiguille* ne vise point le château des bords de la Creuse. Et, de même, le mot *demoiselles* ne peut pas s'appliquer à Raymonde de Saint-Véran et à sa cousine, puisque le texte du document remonte à des siècles.

Donc tout est à refaire. Comment ?

Une seule base de documentation serait solide : le livre publié sous Louis XIV. Or, des cent exemplaires imprimés par celui qui devait être le Masque de fer, deux seulement échappèrent aux flammes. L'un fut dérobé par le capitaine des gardes et perdu. L'autre fut conservé par Louis XIV, transmis à Louis XV, et brûlé par Louis XVI. Mais il reste une copie de la page essentielle, celle qui contient la solution du problème, ou du moins la solution cryptographique[1], celle qui fut portée à Marie-Antoinette et glissée par elle sous la couverture de son livre d'heures.

Qu'est devenu ce papier ? Est-ce celui que Beautrelet a tenu dans ses mains et que Lupin lui a fait reprendre

1. Cryptographique : qui concerne le déchiffrage d'un message secret, chiffré ou codé.

par le greffier Brédoux ? Ou bien se trouve-t-il encore dans le livre d'heures de Marie-Antoinette ?

Et la question revient à celle-ci : « Qu'est devenu le livre d'heures de la reine ? »

Après avoir pris quelques instants de repos, Beautrelet interrogea le père de son ami, collectionneur émérite, appelé souvent comme expert à titre officieux, et que, récemment encore, le directeur d'un de nos musées consultait pour l'établissement de son catalogue.

– Le livre d'heures de Marie-Antoinette ? s'écria-t-il, mais il fut légué par la reine à sa femme de chambre, avec mission secrète de le faire tenir au comte de Fersen[1]. Pieusement conservé dans la famille du comte, il se trouve depuis cinq ans dans une vitrine.

– Dans une vitrine ?

– Du musée Carnavalet[2], tout simplement.

– Et ce musée sera ouvert… ?

– D'ici vingt minutes.

À la minute précise où s'ouvrait la porte du vieil hôtel de Mme de Sévigné, Isidore sautait de voiture avec son ami.

– Tiens, monsieur Beautrelet !

Dix voix saluèrent son arrivée. À son grand étonnement, il reconnut toute la troupe des reporters qui

1. Comte de Fersen (1755-1810) : Axel von Fersen, comte suédois favori de la reine Marie-Antoinette.

2. Musée Carnavalet : musée parisien consacré à l'histoire de la capitale (IIIe arrondissement).

suivaient « l'affaire de l'Aiguille creuse ». Et l'un d'eux s'écria :

– C'est drôle, hein ! nous avons tous eu la même idée. Attention, Arsène Lupin est peut-être parmi nous.

Ils entrèrent ensemble. Le directeur, aussitôt prévenu, se mit à leur entière disposition, les mena devant la vitrine, et leur montra un pauvre volume, sans le moindre ornement, et qui n'avait certes rien de royal. Un peu d'émotion tout de même les envahit à l'aspect de ce livre que la reine avait touché en des jours si tragiques, que ses yeux rougis de larmes avaient regardé... Et ils n'osaient le prendre et le fouiller, comme s'ils avaient eu l'impression d'un sacrilège[1]...

– Voyons, monsieur Beautrelet, c'est une tâche qui vous incombe.

Il prit le livre d'un geste anxieux. La description correspondait bien à celle que l'auteur de la brochure en avait donnée. D'abord une couverture de parchemin, parchemin sali, noirci, usé par places, et, au-dessous, la vraie reliure, en cuir rigide.

Avec quel frisson Beautrelet s'enquit de la poche dissimulée ! Était-ce une fable ? Ou bien retrouverait-il encore le document écrit par Louis XVI, et légué par la reine à son ami fervent ?

À la première page, sur la partie supérieure du livre, pas de cachette.

– Rien, murmura-t-il.

1. Sacrilège : atteinte à quelque chose de sacré.

– Rien, redirent-ils en écho, palpitants.

Mais à la dernière page, ayant un peu forcé l'ouverture du livre, il vit tout de suite que le parchemin se décollait de la reliure. Il glissa les doigts… Quelque chose, oui, il sentit quelque chose… un papier…

– Oh ! fit-il victorieusement, voilà… est-ce possible !

– Vite ! Vite ! lui cria-t-on. Qu'attendez-vous ?

Il tira une feuille, pliée en deux.

– Eh bien, lisez !… il y a des mots à l'encre rouge… tenez… on dirait du sang… du sang tout pâle… lisez donc !

Il lut :

À vous, Fersen. Pour mon fils. 16 octobre 1793… Marie-Antoinette.

Et soudain, Beautrelet poussa une exclamation de stupeur. Sous la signature de la reine, il y avait… il y avait, à l'encre noire, deux mots soulignés d'un paraphe… deux mots : *Arsène Lupin.*

Tous, chacun à son tour, ils saisirent la feuille, et le même cri s'échappait aussitôt :

– Marie-Antoinette… Arsène Lupin.

Un silence les réunit. Cette double signature, ces deux noms accouplés, découverts au fond du livre d'heures, cette relique[1] où dormait, depuis plus d'un siècle, l'appel désespéré de la pauvre reine, cette date horrible, 16 octobre 1793, jour où tomba la tête royale, tout cela était d'un tragique morne et déconcertant.

1. Relique : objet sacré ayant appartenu à un saint ou à un martyr.

– Arsène Lupin, balbutia l'une des voix, soulignant ainsi ce qu'il y avait d'effarant à voir ce nom diabolique au bas de la feuille sacrée.

– Oui, Arsène Lupin, répéta Beautrelet. L'ami de la reine n'a pas su comprendre l'appel désespéré de la mourante. Il a vécu avec le souvenir que lui avait envoyé celle qu'il aimait, et il n'a pas deviné la raison de ce souvenir. Lupin a tout découvert, lui… et il a pris.

– Il a pris quoi ?

– Le document, parbleu ! le document écrit par Louis XVI, et c'est cela que j'ai tenu entre mes mains. Même apparence, même configuration, mêmes cachets rouges. Je comprends pourquoi Lupin n'a pas voulu me laisser un document dont je pouvais tirer parti par le seul examen du papier, des cachets, etc.

– Et alors ?

– Et alors, puisque le document dont je connais le texte est authentique, puisque j'ai vu la trace des cachets rouges, puisque Marie-Antoinette elle-même certifie, par ce mot de sa main, que tout le récit de la brochure reproduite par M. Massiban est authentique, puisqu'il existe vraiment un problème historique de l'Aiguille creuse, je suis sûr de réussir.

– Comment ? Authentique ou non, le document, si vous ne parvenez pas à le déchiffrer, ne sert à rien puisque Louis XVI a détruit le livre qui en donnait l'explication.

– Oui, mais l'autre exemplaire, arraché aux flammes par le capitaine des gardes du roi Louis XIV, n'a pas été détruit.

– Qu'en savez-vous ?

– Prouvez le contraire.

Beautrelet se tut, puis lentement, les yeux clos, comme s'il cherchait à préciser et à résumer sa pensée, il prononça :

– Possesseur du secret, le capitaine des gardes commence par en livrer des parcelles dans le journal que retrouve son arrière-petit-fils. Puis le silence. Le mot de l'énigme, il ne le donne pas. Pourquoi ? Parce que la tentation d'user du secret s'infiltre peu à peu en lui, et qu'il y succombe. La preuve ? Son assassinat. La preuve ? Le magnifique joyau découvert sur lui et que, indubitablement, il avait tiré de tel trésor royal dont la cachette, inconnue de tous, constitue précisément le mystère de l'Aiguille creuse. Lupin me l'a laissé entendre : Lupin ne mentait pas.

– De sorte, Beautrelet, que vous concluez ?

– Je conclus qu'il faut faire autour de cette histoire le plus de publicité possible, et qu'on sache par tous les journaux que nous recherchons un livre intitulé *Le Traité de l'Aiguille*. Peut-être le dénichera-t-on au fond de quelque bibliothèque de province.

Tout de suite la note fut rédigée, et tout de suite, sans même attendre qu'elle pût produire un résultat, Beautrelet se mit à l'œuvre.

Un commencement de piste se présentait : l'assassinat avait eu lieu aux environs de Gaillon. Le jour même il se rendit dans cette ville. Certes, il n'espérait point reconstituer un crime perpétré deux cents ans auparavant. Mais, tout de même, il est certains forfaits qui laissent des traces dans les souvenirs, dans les traditions des pays.

Les chroniques locales les recueillent. Un jour, tel érudit[1] de province, tel amateur de vieilles légendes, tel évocateur des petits incidents de la vie passée, en fait l'objet d'un article de journal ou d'une communication à l'Académie de son chef-lieu.

Il en vit trois ou quatre de ces érudits. Avec l'un d'eux, surtout, un vieux notaire, il fureta, il compulsa les registres de la prison, les registres des anciens bailliages[2] et des paroisses[3]. Aucune notice ne faisait allusion à l'assassinat d'un capitaine des gardes, au XVIIe siècle.

Il ne se découragea pas et continua ses recherches à Paris où peut-être avait eu lieu l'instruction de l'affaire. Ses efforts n'aboutirent pas.

Mais l'idée d'une autre piste le lança dans une direction nouvelle. Était-il impossible de connaître le nom de ce capitaine des gardes dont le petit-fils émigra, et dont l'arrière-petit-fils servit les armées de la République, en fut détaché au Temple pendant la détention de la famille royale, servit Napoléon, et fit la campagne de France ?

À force de patience, il finit par établir une liste où deux noms tout au moins offraient une similitude presque complète : M. de Larbeyrie, sous Louis XIV, le citoyen Larbrie, sous la Terreur.

1. Érudit : personne cultivée, savant.
2. Bailliage : sous l'Ancien Régime, circonscription judiciaire et administrative présidée par un bailli.
3. Paroisse : circonscription ecclésiastique confiée à un curé.

C'était déjà un point important. Il le précisa par un entrefilet qu'il communiqua aux journaux, demandant si on pouvait lui fournir des renseignements sur ce Larbeyrie ou sur ses descendants.

Ce fut M. Massiban, le Massiban de la brochure, le membre de l'Institut[1], qui lui répondit.

Monsieur,

Je vous signale un passage de Voltaire[2], *que j'ai relevé dans son manuscrit du* Siècle de Louis XIV *(chapitre* XXV *: « Particularités et anecdotes du règne »). Ce passage a été supprimé dans les diverses éditions.*

« J'ai entendu conter à feu M. de Caumartin[3], *intendant des Finances et ami du ministre Chamillard*[4], *que le roi partit un jour précipitamment dans son carrosse à la nouvelle que M. de Larbeyrie avait été assassiné et dépouillé de magnifiques bijoux. Il semblait dans une émotion très grande et répétait : "Tout est perdu… tout est perdu…" L'année suivante, le fils de ce Larbeyrie et sa fille, qui avait épousé le marquis de Vélines, furent exilés dans leurs terres de Provence et de Bretagne. Il ne faut pas douter qu'il y ait là quelque particularité. »*

Il faut en douter d'autant moins, ajouterai-je, que

1. L'Institut : l'Institut de France, regroupant les cinq académies chargées de perfectionner les lettres, les sciences et les arts.
2. Voltaire : François-Marie Arouet dit Voltaire, écrivain, philosophe, dramaturge français du XVIIIe siècle (1694-1778).
3. Louis Urbain Lefebvre de Caumartin (1653-1720), intendant des Finances sous le règne de Louis XIV.
4. Michel de Chamillart (1652-1721), secrétaire d'État à la Guerre et contrôleur général des Finances de Louis XIV.

M. Chamillard, d'après Voltaire, « fut le dernier ministre qui eut l'étrange secret du Masque de fer ».

Vous voyez, monsieur, le profit que l'on peut tirer de ce passage, et le lien évident qui s'établit entre les deux aventures. Je n'ose, quant à moi, imaginer des hypothèses trop précises sur la conduite, sur les soupçons, sur les appréhensions de Louis XIV en ces circonstances, mais n'est-il pas permis, d'autre part, puisque M. de Larbeyrie a laissé un fils qui fut probablement le grand-père du citoyen-officier Larbrie, et une fille, n'est-il pas permis de supposer qu'une partie des papiers laissés par Larbeyrie ait échu à la fille, et que, parmi ces papiers, se trouvait le fameux exemplaire que le capitaine des gardes sauva des flammes ?

*J'ai consulté l'*Annuaire des châteaux. *Il y a aux environs de Rennes un baron de Vélines. Serait-ce un descendant du marquis ? À tout hasard, hier, j'ai écrit à ce baron pour lui demander s'il n'avait pas en sa possession un vieux petit livre, dont le titre mentionnerait ce mot de l'*Aiguille. *J'attends sa réponse.*

J'aurais la plus grande satisfaction à parler de toutes ces choses avec vous. Si cela ne vous dérange pas trop, venez me voir. Agréez, monsieur, etc.

P.-S. : *Bien entendu, je ne communique pas aux journaux ces petites découvertes. Maintenant que vous approchez du but, la discrétion est de rigueur.*

C'était absolument l'avis de Beautrelet. Il alla même plus loin : deux journalistes le harcelant ce matin-là, il leur donna les informations les plus fantaisistes sur son état d'esprit et sur ses projets.

L'après-midi il courut en hâte chez Massiban, qui habitait au numéro 17 du quai Voltaire. À sa grande surprise, il apprit que Massiban venait de partir à l'improviste, lui laissant un mot au cas où il se présenterait. Isidore décacheta et lut :

Je reçois une dépêche qui me donne quelque espérance. Je pars donc et coucherai à Rennes. Vous pourriez prendre le train du soir et, sans vous arrêter à Rennes, continuer jusqu'à la petite station de Vélines. Nous nous retrouverions au château, situé à quatre kilomètres de cette station.

Le programme plut à Beautrelet et surtout l'idée qu'il arriverait au château en même temps que Massiban, car il redoutait quelque gaffe de la part de cet homme inexpérimenté. Il rentra chez son ami et passa le reste de la journée avec lui. Le soir il prenait l'express de Bretagne. À six heures il débarquait à Vélines. Il fit à pied, entre des bois touffus, les quatre kilomètres de route. De loin, il aperçut sur une hauteur un long manoir, construction assez hybride, mêlée de Renaissance et de Louis-Philippe[1], mais ayant grand air tout de même avec ses quatre tourelles et son pont-levis emmailloté de lierre.

1. Styles architecturaux et décoratifs des XV-XVIe siècles (Renaissance) et du règne de Louis-Philippe (1830-1848).

Isidore sentait son cœur battre en approchant. Touchait-il réellement au terme de sa course ? Le château contenait-il la clef du mystère ?

Il n'était pas sans crainte. Tout cela lui semblait trop beau, et il se demandait si, cette fois encore, il n'obéissait pas à un plan infernal, combiné par Lupin, si Massiban n'était pas, par exemple, un instrument entre les mains de son ennemi.

Il éclata de rire.

« Allons, je deviens comique. On croirait vraiment que Lupin est un monsieur infaillible qui prévoit tout, une sorte de Dieu tout-puissant, contre lequel il n'y a rien à faire. Que diable ! Lupin se trompe, Lupin, lui aussi, est à la merci des circonstances, Lupin fait des fautes, et c'est justement grâce à la faute qu'il a faite en perdant le document, que je commence à prendre barre sur lui. Tout découle de là. Et ses efforts, en somme, ne servent qu'à réparer la faute commise. » Et joyeusement, plein de confiance, Beautrelet sonna.

– Monsieur désire ? dit un domestique apparaissant sur le seuil.

– Le baron de Vélines peut-il me recevoir ?

Et il tendit sa carte.

– Monsieur le baron n'est pas encore levé, mais si monsieur veut l'attendre.

– Est-ce qu'il n'y a pas déjà quelqu'un qui l'a demandé, un monsieur à barbe blanche, un peu voûté ? fit Beautrelet qui connaissait Massiban par les photographies que les journaux avaient données.

– Oui, ce monsieur est arrivé il y a dix minutes, je l'ai introduit dans le parloir. Si monsieur veut bien me suivre également.

L'entrevue de Massiban et de Beautrelet fut tout à fait cordiale. Isidore remercia le vieillard des renseignements de premier ordre qu'il lui devait, et Massiban lui exprima son admiration de la façon la plus chaleureuse. Puis ils échangèrent leurs impressions sur le document, sur les chances qu'ils avaient de découvrir le livre, et Massiban répéta ce qu'il avait appris, relativement à M. de Vélines. Le baron était un homme de soixante ans qui, veuf depuis de longues années, vivait très retiré avec sa fille, Gabrielle de Villemon, laquelle venait d'être cruellement frappée par la perte de son mari et de son fils aîné, morts des suites d'un accident d'auto.

– M. le baron fait prier ces messieurs de vouloir bien monter.

Le domestique les conduisit au premier étage, dans une vaste pièce aux murs nus, et simplement meublée de secrétaires, de casiers et de tables couvertes de papiers et de registres. Le baron les accueillit avec beaucoup d'affabilité et ce grand besoin de parler qu'ont souvent les personnes trop solitaires. Ils eurent beaucoup de mal à exposer l'objet de leur visite.

– Ah ! oui, je sais, vous m'avez écrit à ce propos, monsieur Massiban. Il s'agit, n'est-ce pas, d'un livre où il est question d'une aiguille, et qui me viendrait d'un ancêtre ?

– En effet.

– Je vous dirai que mes ancêtres et moi nous sommes brouillés. On avait de drôles d'idées en ce temps-là. Moi, je suis de mon époque. J'ai rompu avec le passé.

– Oui, objecta Beautrelet, impatienté, mais n'avez-vous aucun souvenir d'avoir vu ce livre ?

– Mais si ! je vous l'ai télégraphié, s'écria-t-il en s'adressant à Massiban, qui, agacé, allait et venait dans la pièce et regardait par les hautes fenêtres, mais si !… ou du moins il semblait à ma fille qu'elle avait vu ce titre parmi les quelques milliers de bouquins qui encombrent la bibliothèque. Car, pour moi, messieurs, la lecture… Je ne lis même pas les journaux… Ma fille quelquefois, et encore ! Pourvu que son petit Georges, le fils qui lui reste, se porte bien ! et pourvu, moi, que mes fermages[1] rentrent, que mes baux soient en règle !… Vous voyez mes registres… je vis là-dedans, messieurs… et j'avoue que j'ignore absolument le premier mot de cette histoire, dont vous m'avez entretenu par lettre, monsieur Massiban…

Isidore Beautrelet, horripilé par ce bavardage, l'interrompit brusquement :

– Pardon, monsieur, mais alors ce livre…

– Ma fille l'a cherché. Elle le cherche depuis hier.

– Eh bien ?

– Eh bien, elle l'a retrouvé, elle l'a retrouvé il y a une heure ou deux. Quand vous êtes arrivés…

– Et où est-il ?

1. Fermage : redevance versée pour la location d'une terre.

– Où il est ? Mais elle l'a posé sur cette table… tenez… là-bas…

Isidore bondit. Au bout de la table, sur un fouillis de paperasses, il y avait un petit livre recouvert de maroquin rouge. Il y appliqua son poing violemment, comme s'il défendait que personne au monde y touchât… et un peu aussi comme si lui-même n'osait le prendre.

– Eh bien, s'écria Massiban, tout ému.

– Je l'ai… le voilà… maintenant, ça y est…

– Mais le titre… êtes-vous sûr ?…

– Eh parbleu ! tenez.

Il montra les lettres d'or gravées dans le maroquin : *Le Mystère de l'Aiguille creuse*.

– Êtes-vous convaincu ? Sommes-nous enfin les maîtres du secret ?

– La première page… Qu'y a-t-il en première page ?

– Lisez : *Toute la vérité dénoncée pour la première fois. – Cent exemplaires imprimés par moi-même et pour l'instruction de la Cour*.

– C'est cela, c'est cela, murmura Massiban, la voix altérée, c'est l'exemplaire arraché aux flammes ! C'est le livre même que Louis XIV a condamné.

Ils le feuilletèrent. La première moitié racontait les explications données par le capitaine de Larbeyrie dans son journal.

– Passons, passons, dit Beautrelet qui avait hâte d'arriver à la solution.

– Comment, passons ! Mais pas du tout. Nous savons déjà que l'homme au Masque de fer fut emprisonné parce qu'il connaissait et voulait divulguer le secret de la maison royale de France ! Mais comment le connaissait-il ? Et pourquoi voulait-il le divulguer ? Enfin, quel est cet étrange personnage ? Un demi-frère de Louis XIV, comme l'a prétendu Voltaire, ou le ministre italien Mattioli[1], comme l'affirme la critique moderne ? Bigre ! ce sont là des questions d'un intérêt primordial !

– Plus tard ! plus tard ! protesta Beautrelet, comme s'il avait peur que le livre ne s'envolât de ses mains avant qu'il ne connût l'énigme.

– Mais, objecta Massiban, que passionnaient ces détails historiques, nous avons le temps, après... Voyons d'abord l'explication.

Soudain Beautrelet s'interrompit. Le document ! Au milieu d'une page, à gauche, ses yeux voyaient les cinq lignes mystérieuses de points et de chiffres. D'un regard il constata que le texte était identique à celui qu'il avait tant étudié. Même disposition des signes... mêmes intervalles permettant d'isoler le mot *demoiselles* et de déterminer séparément l'un de l'autre les deux termes de l'Aiguille creuse.

Une petite note précédait : *Tous les renseignements nécessaires ont été réduits par le roi Louis XIII, paraît-il, en un petit tableau que je transcris ci-dessous.*

Suivait le tableau. Puis venait l'explication même du document.

Beautrelet lut d'une voix entrecoupée :

1. Voir le carnet de lecture en fin d'ouvrage.

Comme on voit, ce tableau, alors même qu'on a changé les chiffres en voyelles, n'apporte aucune lumière. On peut dire que, pour déchiffrer cette énigme, il faut d'abord la connaître. C'est tout au plus un fil qui est donné à ceux qui savent les sentiers du labyrinthe. Prenons ce fil et marchons, je vous guiderai.

La quatrième ligne d'abord. La quatrième ligne contient des mesures et des indications. En se conformant aux indications et en relevant les mesures inscrites, on arrive inévitablement au but, à condition, bien entendu, de savoir où l'on est et où l'on va, en un mot d'être éclairé sur le sens réel de l'Aiguille creuse. C'est ce que l'on peut apprendre par les trois premières lignes. La première est ainsi conçue de me venger du roi, je l'avais prévenu d'ailleurs…

Beautrelet s'arrêta, interloqué.

– Quoi ? Qu'y a-t-il ? fit Massiban.

– Le sens n'y est plus.

– En effet, reprit Massiban. « La première est ainsi conçue de me venger du roi… » Qu'est-ce que cela veut dire ?

– Nom de nom ! hurla Beautrelet.

– Eh bien ?

– Déchirées ! Deux pages ! les pages suivantes !… Regardez les traces !…

Il tremblait, tout secoué de rage et de déception. Massiban se pencha :

– C'est vrai… il reste les bribes de deux pages, comme des onglets. Les traces semblent assez fraîches.

Ça n'a pas été coupé, mais arraché… arraché violemment… Tenez, toutes les pages de la fin portent des marques de froissement.

– Mais qui ? qui ? gémissait Isidore, en se tordant les poings… un domestique ? un complice ?

– Cela peut remonter tout de même à quelques mois, observa Massiban.

– Quand même… il faut que quelqu'un ait déniché, ait pris ce livre… Voyons, vous, monsieur, s'écria Beautrelet, apostrophant le baron, vous ne savez rien ?… vous ne soupçonnez personne ?

– Nous pourrions interroger ma fille.

– Oui… oui… c'est cela… peut-être saura-t-elle…

M. de Vélines sonna son valet de chambre. Quelques minutes après, Mme de Villemon entrait. C'était une femme jeune, à la physionomie douloureuse et résignée. Tout de suite, Beautrelet lui demanda :

– Vous avez trouvé ce livre en haut, madame, dans la bibliothèque ?

– Oui, dans un paquet de volumes, qui n'était pas déficelé.

– Et vous l'avez lu ?

– Oui, hier soir.

– Quand vous l'avez lu, les deux pages qui sont là manquaient-elles ? Rappelez-vous bien, les deux pages qui suivent ce tableau de chiffres et de points ?

– Mais non, mais non, dit-elle très étonnée, il ne manquait aucune page.

– Cependant, on a déchiré…

– Mais le livre n'a pas quitté ma chambre cette nuit.

– Ce matin ?

– Ce matin, je l'ai descendu moi-même ici quand on a annoncé l'arrivée de M. Massiban.

– Alors ?

– Alors, je ne comprends pas… à moins que… mais non…

– Quoi ?

– Georges… mon fils… ce matin… Georges a joué avec ce livre.

Elle sortit précipitamment, accompagnée de Beautrelet, de Massiban et du baron. L'enfant n'était pas dans sa chambre. On le chercha de tous côtés. Enfin, on le trouva qui jouait derrière le château. Mais ces trois personnes semblaient si agitées, et on lui demandait des comptes avec tant d'autorité, qu'il se mit à pousser des hurlements. Tout le monde courait à droite, à gauche. On questionnait les domestiques. C'était un tumulte indescriptible. Et Beautrelet avait l'impression effroyable que la vérité se retirait de lui comme de l'eau qui filtre à travers les doigts. Il fit un effort pour se ressaisir, prit le bras de Mme de Villemon, et, suivi du baron et de Massiban, il la ramena dans le salon et lui dit :

– Le livre est incomplet, soit, deux pages sont arrachées… mais vous les avez lues, n'est-ce pas, madame ?

– Oui.

– Vous savez ce qu'elles contenaient ?

– Oui.

– Vous pourriez nous le répéter ?

– Parfaitement. J'ai lu tout le livre avec beaucoup

de curiosité, mais ces deux pages surtout m'ont frappée, étant donné l'intérêt des révélations, un intérêt considérable.

– Eh bien, parlez, madame, parlez, je vous en supplie. Ces révélations sont d'une importance exceptionnelle. Parlez, je vous en prie, les minutes perdues ne se retrouvent pas. L'Aiguille creuse…

– Oh ! c'est bien simple, l'Aiguille creuse veut dire…

À ce moment un domestique entra.

– Une lettre pour madame…

– Tiens… mais le facteur est passé.

– C'est un gamin qui me l'a remise.

Mme de Villemon décacheta, lut, et porta la main à son cœur, toute prête à tomber, soudain livide et terrifiée.

Le papier avait glissé à terre. Beautrelet le ramassa et, sans même s'excuser, il lut à son tour :

Taisez-vous… sinon votre fils ne se réveillera pas…

– Mon fils… mon fils…, bégayait-elle, si faible qu'elle ne pouvait même pas aller au secours de celui qu'on menaçait.

Beautrelet la rassura.

– Ce n'est pas sérieux… il y a là une plaisanterie… voyons, qui aurait intérêt ?

– À moins, insinua Massiban, que ce soit Arsène Lupin.

Beautrelet lui fit signe de se taire. Il le savait bien,

parbleu, que l'ennemi était là, de nouveau, attentif et résolu à tout, et c'est pourquoi justement il voulait arracher à Mme de Villemon les mots suprêmes, si longtemps attendus, et les arracher sur-le-champ, à la minute même.

– Je vous en supplie, madame, remettez-vous… Nous sommes tous là… Il n'y a aucun péril…

Allait-elle parler ? Il le crut, il l'espéra. Elle balbutia quelques syllabes. Mais la porte s'ouvrit encore. La bonne, cette fois, entra. Elle semblait bouleversée.

– M. Georges… madame… M. Georges.

D'un coup, la mère retrouva toutes ses forces. Plus vite que tous, et poussée par un instinct qui ne trompait pas, elle dégringola les marches de l'escalier, traversa le vestibule et courut vers la terrasse. Là, sur un fauteuil, le petit Georges était étendu, immobile.

– Eh bien quoi ! il dort !…

– Il s'est endormi subitement, madame, dit la bonne. J'ai voulu l'en empêcher, le porter dans sa chambre. Il dormait déjà, et ses mains… ses mains étaient froides.

– Froides ! balbutia la mère… oui, c'est vrai… ah ! mon Dieu, mon Dieu… *pourvu qu'il se réveille !*

Beautrelet glissa ses doigts dans une de ses poches, saisit la crosse de son revolver, de l'index agrippa la gâchette, sortit brusquement l'arme, et fit feu sur Massiban.

D'avance, pour ainsi dire, comme s'il épiait les gestes du jeune homme, Massiban avait esquivé le coup. Mais déjà Beautrelet s'était élancé sur lui en criant aux domestiques :

– À moi ! c'est Lupin !…

Sous la violence du choc, Massiban fut renversé sur un des fauteuils d'osier.

Au bout de sept ou huit secondes, il se releva, laissant Beautrelet étourdi, suffoquant et tenant dans ses mains le revolver du jeune homme.

– Bien… parfait… ne bouge pas… t'en as pour deux ou trois minutes… pas davantage… Mais vrai, t'as mis le temps à me reconnaître. Faut-il que je lui aie bien pris sa tête, au Massiban ?…

Il se redressa, et d'aplomb maintenant sur ses jambes, le torse solide, l'attitude redoutable, il ricana en regardant les trois domestiques pétrifiés et le baron ahuri.

– Isidore, t'as fait une boulette. Si tu ne leur avais pas dit que j'étais Lupin, ils me sautaient dessus. Et des gaillards comme ceux-là, bigre, que serais-je devenu, mon Dieu ! Un contre quatre !

Il s'approcha d'eux :

– Allons, mes enfants, n'ayez pas peur… je ne vous ferai pas de bobo… tenez, voulez-vous un bout de sucre d'orge ? Ça vous remontera. Ah ! toi, par exemple, tu vas me rendre mon billet de cent francs. Oui, oui, je te reconnais. C'est toi que j'ai payé tout à l'heure pour porter la lettre à ta maîtresse… Allons, vite, mauvais serviteur…

Il prit le billet bleu que lui tendit le domestique et le déchira en petits morceaux.

– L'argent de la trahison… ça me brûle les doigts.

Il enleva son chapeau, et s'inclinant très bas devant Mme de Villemon :

– Me pardonnez-vous, madame ? Les hasards de la vie – de la mienne surtout – obligent souvent à des cruautés dont je suis le premier à rougir. Mais soyez sans crainte pour votre fils, c'est une simple piqûre, une petite piqûre au bras que je lui ai faite, pendant qu'on l'interrogeait. Dans une heure, tout au plus, il n'y paraîtra pas… Encore une fois, toutes mes excuses. Mais j'ai besoin de votre silence.

Il salua de nouveau, remercia M. de Vélines de son aimable hospitalité, prit sa canne, alluma une cigarette, en offrit une au baron, donna un coup de chapeau circulaire, cria d'un petit ton protecteur à Beautrelet : « Adieu, bébé ! » et s'en alla tranquillement en lançant des bouffées de cigarette dans le nez des domestiques…

Beautrelet attendit quelques minutes. Mme de Villemon, plus calme, veillait son fils. Il s'avança vers elle dans le but de lui adresser un dernier appel. Leurs yeux se croisèrent. Il ne dit rien. Il avait compris que jamais, maintenant, quoi qu'il arrivât, elle ne parlerait. Là encore, dans ce cerveau de mère, le secret de l'Aiguille creuse était enseveli aussi profondément que dans les ténèbres du passé.

Alors il renonça et partit.

Il était dix heures et demie. Il y avait un train à onze heures cinquante. Lentement il suivit l'allée du parc et s'engagea sur le chemin qui le menait à la gare.

– Eh bien, qu'en dis-tu, de celle-là ?

C'était Massiban, ou plutôt Lupin, qui surgissait du bois contigu à la route.

– Est-ce bien combiné ? Est-ce que ton vieux camarade sait danser sur la corde raide ? Je suis sûr que t'en reviens pas, hein ? et que tu te demandes si le nommé Massiban, membre de l'Académie des inscriptions et belles-lettres, a jamais existé ? Mais oui, il existe. On te le fera voir même, si t'es sage. Mais d'abord, que je te rende ton revolver… Tu regardes s'il est chargé ? Parfaitement, mon petit. Cinq balles qui restent, dont une seule suffirait à m'envoyer *ad patres*[1]… Eh bien, tu le mets dans ta poche ?… À la bonne heure… J'aime mieux ça que ce que tu as fait là-bas… Vilain ton petit geste ! Mais, quoi, on est jeune, on s'aperçoit tout à coup – un éclair ! – qu'on a été roulé une fois de plus par ce sacré Lupin, et qu'il est là devant vous à trois pas… pfffft, on tire… Je ne t'en veux pas, va… La preuve, c'est que je t'invite à prendre place dans ma cent chevaux. Ça colle ?

Il mit ses doigts dans sa bouche et siffla.

Le contraste était délicieux entre l'apparence vénérable du vieux Massiban, et la gaminerie de gestes et d'accent que Lupin affectait. Beautrelet ne put s'empêcher de rire.

– Il a ri ! il a ri ! s'écria Lupin en sautant de joie. Vois-tu, ce qui te manque, bébé, c'est le sourire… tu es un peu grave pour ton âge… Tu es très sympathique, tu as un grand charme de naïveté et de simplicité… mais vrai, t'as pas le sourire.

Il se planta devant lui.

1. *Ad patres* : « vers ses pères », dans l'autre monde (latin).

– Tiens, j'parie que je vais te faire pleurer. Sais-tu comment j'ai suivi ton enquête ? comment j'ai connu la lettre que Massiban t'a écrite et le rendez-vous qu'il avait pris pour ce matin au château de Vélines ? Par les bavardages de ton ami, celui chez qui tu habites… Tu te confies à cet imbécile-là, et il n'a rien de plus pressé que de tout confier à sa petite amie… Et sa petite amie n'a pas de secrets pour Lupin. Qu'est-ce que je te disais ? Te voilà tout chose… Tes yeux se mouillent… l'amitié trahie, hein ? ça te chagrine… Tiens, tu es délicieux, mon petit… Pour un rien je t'embrasserais… tu as toujours des regards étonnés qui me vont droit au cœur… Je me rappellerai toujours, l'autre soir, à Gaillon, quand tu m'as consulté… Mais oui, c'était moi, le vieux notaire… Mais ris donc, gosse… Vrai, je te répète, t'as pas le sourire. Tiens, tu manques… comment dirais-je ? tu manques de « primesaut[1] ». Moi, j'ai le « primesaut ».

On entendait le halètement d'un moteur tout proche. Lupin saisit brusquement le bras de Beautrelet et, d'un ton froid, les yeux dans les yeux :

– Tu vas te tenir tranquille maintenant, hein ? tu vois bien qu'il n'y a rien à faire. Alors à quoi bon user tes forces et perdre ton temps ? Il y a assez de bandits dans le monde… Cours après, et lâche-moi… sinon… C'est convenu, n'est-ce pas ?

Il le secouait pour lui imposer sa volonté. Puis il ricana :

1. Primesaut : spontanéité.

– Imbécile que je suis ! Toi me ficher la paix ? T'es pas de ceux qui flanchent… Ah ! je ne sais pas ce qui me retient… En deux temps et trois mouvements, tu serais ficelé, bâillonné… et dans deux heures, à l'ombre pour quelques mois… Et je pourrais me tourner les pouces en toute sécurité, me retirer dans la paisible retraite que m'ont préparée mes aïeux, les rois de France, et jouir des trésors qu'ils ont eu la gentillesse d'accumuler pour moi… Mais non, il est dit que je ferai la gaffe jusqu'au bout… Qu'est-ce que tu veux ? on a ses faiblesses… Et j'en ai une pour toi… Et puis quoi, c'est pas encore fait. D'ici à ce que tu aies mis le doigt dans le creux de l'Aiguille, il passera de l'eau sous le pont… Que diable ! Il m'a fallu dix jours à moi, Lupin. Il te faudra bien dix ans. Il y a de l'espace, tout de même, entre nous deux.

L'automobile arrivait, une immense voiture à carrosserie fermée. Il ouvrit la portière, Beautrelet poussa un cri. Dans la limousine il y avait un homme et cet homme c'était Lupin ou plutôt Massiban.

Il éclata de rire, comprenant soudain.

Lupin lui dit :

– Te retiens pas, il dort bien. Je t'avais promis que tu le verrais. Tu t'expliques maintenant les choses ? Vers minuit, je savais votre rendez-vous au château. À sept heures du matin, j'étais là. Quand Massiban est passé, je n'ai eu qu'à le cueillir… Et puis, une petite piqûre… ça y était ! Dors, mon bonhomme… On va te déposer sur le talus… En plein soleil, pour n'avoir pas froid… Allons-y… bien… parfait… À merveille… Et notre chapeau à la main !… un p'tit sou[1], s'il vous plaît… Ah ! mon vieux Massiban, tu t'occupes de Lupin !

C'était vraiment d'une bouffonnerie énorme que de voir l'un en face de l'autre les deux Massiban, l'un endormi et branlant la tête, l'autre sérieux, plein d'attentions et de respect.

– Ayez pitié d'un pauvre aveugle… Tiens, Massiban, voilà deux sous et ma carte de visite…

– Et maintenant, les enfants, filons en quatrième vitesse… Tu entends, le mécano, du cent vingt à l'heure. En voiture, Isidore… Il y a séance plénière de l'Institut aujourd'hui, et Massiban doit lire, à trois heures et demie, un petit mémoire sur je ne sais pas quoi. Eh bien, il le leur lira, son petit mémoire. Je vais leur servir un Massiban complet, plus vrai que le vrai, avec mes idées à moi sur les inscriptions lacustres. Pour une fois où je suis de l'Institut. Plus vite, mécano, nous ne faisons que du cent quinze… T'as peur, t'oublies donc que t'es avec Lupin ?… Ah ! Isidore, et l'on ose dire que la vie est monotone, mais la vie est une chose adorable, mon petit, seulement il faut savoir… et moi, je sais… Si tu crois que c'était pas à crever de joie tout à l'heure, au château, quand tu bavardais avec le vieux Vélines et que moi, collé contre la fenêtre, je déchirais les pages du livre historique ! Et après, quand t'interrogeais la dame de Villemon sur l'Aiguille creuse ! Allait-elle parler ? Oui, elle parlerait… non, elle ne parlerait

1. Sou : pièce de monnaie valant le vingtième de l'ancien franc (avant 1960), soit cinq centimes.

pas… oui… non… J'en avais la chair de poule… Si elle parlait, c'était ma vie à refaire, tout l'échafaudage détruit… Le domestique arriverait-il à temps ? Oui… non… le voilà… Mais Beautrelet va me démasquer ? Jamais ! trop gourde ! Si… non… voilà, ça y est… non, ça y est pas… si… il me reluque… ça y est… il va prendre son revolver… Ah ! quelle volupté !… Isidore, tu parles trop… Dormons, veux-tu ? Moi, je tombe de sommeil… bonsoir…

Beautrelet le regarda. Il semblait presque dormir déjà. Il dormait.

L'automobile, lancée à travers l'espace, se ruait vers un horizon sans cesse atteint et toujours fuyant. Il n'y avait plus ni villes, ni villages, ni champs, ni forêts, rien que de l'espace, de l'espace dévoré, englouti. Longtemps Beautrelet regarda son compagnon de voyage avec une curiosité ardente, et aussi avec le désir de pénétrer, à travers le masque qui la couvrait, jusqu'à sa réelle physionomie. Et il songeait aux circonstances qui les enfermaient ainsi l'un près de l'autre dans l'intimité de cette automobile.

Mais, après les émotions et les déceptions de cette matinée, fatigué à son tour, il s'endormit.

Quand il se réveilla, Lupin lisait. Beautrelet se pencha pour voir le titre du livre. C'était *Les Lettres à Lucilius*, de Sénèque[1] le philosophe.

1. Sénèque : philosophe, homme d'État, dramaturge romain (1 ou 4 av. J.-C. – 65 apr. J.-C.).

8
De César à Lupin

« *Que diable ! Il m'a fallu dix jours, à moi Lupin… il te faudra bien dix ans !* »

Cette phrase, prononcée par Lupin au sortir du château de Vélines, eut une influence considérable sur la conduite de Beautrelet. Très calme au fond et toujours maître de lui, Lupin avait néanmoins de ces moments d'exaltation, de ces expansions un peu romantiques, théâtrales à la fois et bon enfant, où il lui échappait certains aveux, certaines paroles dont un garçon comme Beautrelet pouvait tirer profit.

À tort ou à raison, Beautrelet croyait voir dans cette phrase un de ces aveux involontaires. Il était en droit de conclure que, si Lupin mettait en parallèle ses efforts et les siens dans la poursuite de la vérité sur l'Aiguille creuse, c'est que tous deux possédaient des moyens identiques pour arriver au but, c'est que lui, Lupin, n'avait pas eu des éléments de réussite différents de ceux que possédait son adversaire. Les chances étaient les mêmes. Or, avec ces mêmes chances, avec ces mêmes éléments de réussite, il avait suffi à Lupin de dix jours. Quels étaient ces éléments, ces moyens et ces chances ? Cela se réduisait en définitive à la connaissance de la brochure publiée en 1815, brochure que Lupin avait sans doute, comme Massiban, trouvée par hasard, et grâce à laquelle il était arrivé à découvrir, dans le missel[1] de Marie-Antoinette, l'indispensable document. Donc, la brochure et le document, voilà les deux seules bases sur lesquelles Lupin s'était appuyé. Avec cela, il avait reconstruit tout l'édifice. Pas de secours étrangers. L'étude de la brochure et l'étude du document, un point, c'est tout.

Eh bien, Beautrelet ne pouvait-il se cantonner sur le même terrain ? À quoi bon une lutte impossible ? À quoi bon ces vaines enquêtes où il était sûr, si tant est qu'il évitât les embûches multipliées sous ses pas, de parvenir, en fin de compte, au plus pitoyable des résultats ?

Sa décision fut nette et immédiate, et, tout en s'y conformant, il avait l'intuition heureuse qu'il était sur la bonne voie. Tout d'abord il quitta sans inutiles récriminations son camarade de Janson-de-Sailly, et, prenant sa valise, il alla s'installer, après beaucoup de tours et de détours, dans un petit hôtel situé au centre même de Paris. De cet hôtel il ne sortit point pendant des journées entières. Tout au plus mangeait-il à la table d'hôte[2]. Le reste du temps, enfermé à clef, les rideaux de la chambre hermétiquement clos, il songeait.

1. Missel : livre de prières pour la messe.
2. Table d'hôte : table commune où l'on mange à prix fixe.

« Dix jours », avait dit Arsène Lupin. Beautrelet s'efforçant d'oublier tout ce qu'il avait fait et de ne se rappeler que les éléments de la brochure et du document, ambitionnait ardemment de rester dans les limites de ces dix jours. Le dixième cependant passa, et le onzième et le douzième, mais le treizième jour une lueur se fit en son cerveau, et très vite, avec la rapidité déconcertante de ces idées qui se développent en nous comme des plantes miraculeuses, la vérité surgit, s'épanouit, se fortifia. Le soir de ce treizième jour, il ne savait certes pas le mot du problème, mais il connaissait en toute certitude une des méthodes qui pouvaient en provoquer la découverte, la méthode féconde que Lupin sans aucun doute avait utilisée.

Méthode fort simple et qui découlait de cette unique question : existe-t-il un lien entre tous les événements historiques, plus ou moins importants, auxquels la brochure rattache le mystère de l'Aiguille creuse ?

La diversité des événements rendait la réponse difficile. Cependant, de l'examen approfondi auquel se livra Beautrelet, il finit par se dégager un caractère essentiel à tous ces événements. Tous, sans exception, se passaient dans les limites de l'ancienne Neustrie[1], lesquelles correspondent à peu près à l'actuelle Normandie. Tous les héros de la fantastique aventure sont normands, ou le deviennent, ou agissent en pays normand.

1. Neustrie : ancien royaume des Francs occidentaux situé à l'ouest de la Meuse et au nord de la Loire (VIe-VIIIe siècle), dont une partie restreinte est parfois assimilée à la Normandie.

Quelle passionnante chevauchée à travers les âges ! Quel émouvant spectacle que celui de tous ces barons, ducs et rois, partant de points si opposés et se donnant rendez-vous en ce coin du monde !

Au hasard, Beautrelet feuilleta l'histoire. C'est Roll, ou Rollon, premier duc *normand*, qui est maître du secret de l'Aiguille après le traité de Saint-Clair-sur-Epte !

C'est Guillaume le Conquérant, duc de *Normandie*, roi d'Angleterre, dont l'étendard est percé à la façon d'une aiguille !

C'est à *Rouen* que les Anglais brûlent Jeanne d'Arc, maîtresse du secret !

Et tout à l'origine de l'aventure, qu'est-ce que ce chef des Calètes qui paye sa rançon à César avec le secret de l'Aiguille, sinon le chef des hommes du pays de Caux, du pays de Caux situé au cœur même de la *Normandie* ?

L'hypothèse se précise. Le champ se rétrécit. Rouen, les rives de la Seine, le pays de Caux… il semble vraiment que toutes les routes convergent de ce côté. Si l'on cite plus particulièrement deux rois de France, maintenant que le secret, perdu pour les ducs de Normandie et pour leurs héritiers les rois d'Angleterre, est devenu le secret royal de la France, c'est Henri IV, Henri IV qui fit le siège de Rouen et gagna la bataille d'Arques, aux portes de Dieppe. Et c'est François Ier, qui fonda Le Havre et prononça cette phrase révélatrice : « Les rois de France portent des secrets qui règlent souvent le sort des villes ! » Rouen,

Dieppe, Le Havre… les trois sommets du triangle, les trois grandes villes qui occupent les trois pointes. Au centre, le pays de Caux.

Le XVIIe siècle arrive. Louis XIV brûle le livre où l'inconnu révèle la vérité. Le capitaine de Larbeyrie s'empare d'un exemplaire, profite du secret qu'il a violé, dérobe un certain nombre de bijoux et, surpris par des voleurs de grand chemin, meurt assassiné. Or, quel est le lieu où se produit le guet-apens ? Gaillon ! Gaillon, petite ville située sur la route qui mène du Havre, de Rouen ou de Dieppe à Paris.

Un an après, Louis XIV achète un domaine et construit le château de l'Aiguille. Quel emplacement choisit-il ? Le centre de la France. De la sorte les curieux sont dépistés. On ne cherche pas en Normandie.

Rouen… Dieppe… Le Havre… Le triangle cauchois… Tout est là… D'un côté la mer. D'un autre la Seine. D'un autre les deux vallées qui conduisent de Rouen à Dieppe.

Un éclair illumina l'esprit de Beautrelet. Cet espace de terrain, cette contrée des hauts plateaux qui vont des falaises de la Seine aux falaises de la Manche, c'était toujours, presque toujours là, le champ même des opérations où évoluait Lupin.

Depuis dix ans, c'était précisément cette région qu'il mettait en coupe réglée, comme s'il avait eu son repaire au centre même du pays où se rattachait le plus étroitement la légende de l'Aiguille creuse.

L'affaire du baron de Cahorn ? Sur les bords de la Seine, entre Rouen et Le Havre. L'affaire de

Tibermesnil ? À l'autre extrémité du plateau, entre Rouen et Dieppe. Les cambriolages de Gruchet, de Montigny, de Crasville ? En plein pays de Caux. Où Lupin se rendait-il quand il fut attaqué et ligoté dans son compartiment par Pierre Onfrey, l'assassin de la rue Lafontaine[1] ? À Rouen. Où Herlock Sholmès, prisonnier de Lupin, fut-il embarqué[2] ? Près du Havre.

Et tout le drame actuel, quel en fut le théâtre ? Ambrumésy, sur la route du Havre à Dieppe.

Rouen, Dieppe, Le Havre, toujours le triangle cauchois.

Donc, quelques années auparavant, Arsène Lupin, possesseur de la brochure et connaissant la cachette où Marie-Antoinette avait dissimulé le document, Arsène Lupin finissait par mettre la main sur le fameux livre d'heures. Possesseur du document, il partait en campagne, *trouvait*, et s'établissait là, en pays conquis.

Beautrelet partit en campagne.

Il partit avec une véritable émotion, en songeant à ce même voyage que Lupin avait effectué, à ces mêmes espoirs dont il avait dû palpiter quand il s'en allait ainsi à la découverte du formidable secret qui devait l'armer d'une telle puissance. Ses efforts à lui, Beautrelet, auraient-ils le même résultat victorieux ?

Il quitta Rouen de bonne heure, à pied, la figure

1. Pour ces trois affaires, lire *Arsène Lupin, gentleman-cambrioleur*.
2. *Arsène Lupin contre Herlock Sholmès. La Dame blonde*.

très maquillée, et son sac au bout d'un bâton, sur le dos, comme un apprenti qui fait son tour de France[1].

Il alla droit à Duclair où il déjeuna. Au sortir de ce bourg, il suivit la Seine et ne la quitta pour ainsi dire plus. Son instinct, renforcé, d'ailleurs, par bien des présomptions, le ramenait toujours aux rives sinueuses du beau fleuve. Le château de Cahorn cambriolé, c'est par la Seine que filent les collections. La Chapelle-Dieu enlevée, c'est vers la Seine que sont convoyées les vieilles pierres sculptées. Il imaginait comme une flottille de péniches faisant le service régulier de Rouen au Havre et drainant les œuvres d'art et les richesses d'une contrée pour les expédier de là vers le pays des milliardaires[2].

– Je brûle !... Je brûle !..., murmurait le jeune homme, tout pantelant sous les coups de la vérité qui le heurtait par grands chocs successifs.

L'échec des premiers jours ne le découragea point. Il avait une foi profonde, inébranlable dans la justesse de l'hypothèse qui le dirigeait. Hardie, excessive, n'importe ! elle était digne de l'ennemi poursuivi. L'hypothèse valait la réalité prodigieuse qui avait nom Lupin. Avec cet homme-là, devait-on chercher en dehors de l'énorme, de l'exagéré, du surhumain ? Jumièges, La Mailleraye, Saint-Wandrille[3], Caudebec, Tancarville,

1. Tour de France : périple effectué par un apprenti chez des maîtres de métiers d'art et d'artisanat afin de se perfectionner avant de devenir compagnon, puis maître de métier lui-même.
2. Le pays des milliardaires : les États-Unis.
3. Jumièges et Saint-Wandrille sont des abbayes en partie en ruine, situées sur la rive droite de la Seine en aval de Rouen (Seine-Maritime).

Quillebeuf, localités toutes pleines de son souvenir ! Que de fois il avait dû contempler la gloire de leurs clochers gothiques ou la splendeur de leurs vastes ruines !

Mais Le Havre, les environs du Havre attiraient Isidore comme les feux d'un phare.

« Les rois de France portent des secrets qui règlent souvent le sort des villes. »

Paroles obscures et tout à coup, pour Beautrelet, rayonnantes de clarté ! N'était-ce pas l'exacte déclaration des motifs qui avait décidé François Ier à créer une ville à cet endroit, et le sort du Havre de Grâce n'était-il pas lié au secret même de l'Aiguille ?

– C'est cela… c'est cela…, balbutia Beautrelet avec ivresse… Le vieil estuaire normand, l'un des points essentiels, l'un des noyaux primitifs autour desquels s'est formée la nationalité française, le vieil estuaire se complète par ces deux forces, l'une en plein ciel, vivante, connue, port nouveau qui commande l'Océan et qui s'ouvre sur le monde ; l'autre ténébreuse, ignorée et d'autant plus inquiétante qu'elle est invisible et impalpable. Tout un côté de l'histoire de France et de la maison royale s'explique par l'Aiguille, de même que toute l'histoire de Lupin. Les mêmes ressources d'énergie et de pouvoir alimentent et renouvellent la fortune des rois et celle de l'aventurier.

De bourgade en bourgade, du fleuve à la mer, Beautrelet fureta, le nez au vent, l'oreille aux écoutes et tâchant d'arracher aux choses mêmes leur signification profonde. Était-ce ce coteau qu'il fallait interroger ? Cette forêt ? Les maisons de ce village ? Était-ce parmi les paroles insignifiantes de ce paysan qu'il récolterait le petit mot révélateur ?

Un matin, il déjeunait dans une auberge, en vue de Honfleur, antique cité de l'estuaire. En face de lui, mangeait un de ces maquignons normands, rouges et lourds, qui font les foires de la région, le fouet à la main, une longue blouse sur le dos. Au bout d'un instant, il parut à Beautrelet que cet homme le regardait avec une certaine attention, comme s'il le connaissait ou du moins comme s'il cherchait à le reconnaître.

« Bah ! pensa-t-il, je me trompe, je n'ai jamais vu ce marchand de chevaux et il ne m'a jamais vu. »

En effet, l'homme sembla ne plus s'occuper de lui. Il alluma sa pipe, demanda du café et du cognac, fuma et but. Son repas achevé, Beautrelet paya et se leva. Un groupe d'individus entrant au moment où il allait sortir, il dut rester debout quelques secondes auprès de la table où le maquignon était assis, et il l'entendit qui disait à voix basse :

– Bonjour, monsieur Beautrelet.

Isidore n'hésita pas. Il prit place auprès de l'homme et lui dit :

– Oui, c'est moi… mais vous, qui êtes-vous ? Comment m'avez-vous reconnu ?

– Pas difficile… Et pourtant je n'ai jamais vu que votre portrait dans les journaux. Mais vous êtes si mal… comment dites-vous en français ?… si mal grimé[1].

1. Grimé : le visage maquillé, comme au théâtre.

Il avait un accent étranger très net, et Beautrelet crut discerner, en l'examinant, que lui aussi, il avait un masque qui altérait sa physionomie.

– Qui êtes-vous ? répéta-t-il. Qui êtes-vous ?

L'étranger sourit :

– Vous ne me reconnaissez pas ?

– Non. Je ne vous ai jamais vu.

– Pas plus que moi. Mais rappelez-vous… Moi aussi, on publie mon portrait dans les journaux… et souvent. Eh bien, ça y est ?

– Non.

– Herlock Sholmès.

La rencontre était originale. Elle était significative aussi. Tout de suite le jeune homme en saisit la portée. Après un échange de compliments, il dit à Sholmès :

– Je suppose que si vous êtes ici… c'est à cause de lui ?

– Oui…

– Alors… alors… vous croyez que nous avons des chances… de ce côté…

– J'en suis sûr.

La joie que Beautrelet ressentit à constater que l'opinion de Sholmès coïncidait avec la sienne ne fut pas sans mélange. Si l'Anglais arrivait au but, c'était la victoire partagée, et qui sait même s'il n'arriverait pas avant lui ?

– Vous avez des preuves ? des indices ?

– N'ayez pas peur, ricana l'Anglais, comprenant son inquiétude, je ne marche pas sur vos brisées. Vous, c'est le document, la brochure… des choses qui ne m'inspirent pas grande confiance.

– Et vous ?

– Moi ce n'est pas cela.

– Est-il indiscret ?…

– Nullement. Vous vous rappelez l'histoire du diadème, l'histoire du duc de Charmerace[1] ?

– Oui.

– Vous n'avez pas oublié Victoire, la vieille nourrice de Lupin, celle que mon bon ami Ganimard a laissée échapper dans une fausse voiture cellulaire ?

– Non.

– J'ai retrouvé la piste de Victoire. Elle habite une ferme non loin de la route nationale numéro 25. La route nationale numéro 25, c'est la route du Havre à Lille. Par Victoire, j'irai facilement jusqu'à Lupin.

– Ce sera long.

– Qu'importe ! J'ai lâché toutes mes affaires. Il n'y a plus que celle-là qui compte. Entre Lupin et moi c'est une lutte… une lutte à mort.

Il prononça ces mots avec une sorte de sauvagerie où l'on sentait toute la rancœur des humiliations senties, toute une haine féroce contre le grand ennemi qui l'avait joué si cruellement.

– Allez-vous-en, murmura-t-il, on nous regarde… c'est dangereux… Mais rappelez-vous mes paroles : le jour où Lupin et moi nous serons l'un en face de l'autre, ce sera… ce sera tragique.

1. *Arsène Lupin*, pièce en quatre actes de Maurice Leblanc et Francis de Croisset.

Beautrelet quitta Sholmès tout à fait rassuré : il n'y avait pas à craindre que l'Anglais le gagnât de vitesse.

Et quelle preuve encore lui apportait le hasard de cette entrevue ! La route du Havre à Lille passe par Dieppe. C'est la grande route côtière du pays de Caux ! la route maritime qui commande les falaises de la Manche ! Et c'est dans une ferme voisine de cette route que Victoire était installée. Victoire, c'est-à-dire Lupin, puisque l'un n'allait pas sans l'autre, le maître sans la servante, toujours aveuglément dévouée.

« Je brûle… Je brûle…, se répétait le jeune homme… Dès que les circonstances m'apportent un élément nouveau d'information, c'est pour confirmer ma supposition. D'un côté, certitude absolue des bords de la Seine ; de l'autre, certitude de la route nationale. Les deux voies de communication se rejoignent au Havre, à la ville de François Ier, la ville du secret. Les limites se resserrent. Le pays de Caux n'est pas grand, et ce n'est encore que la partie ouest du pays que je dois fouiller. »

Il se remit à l'œuvre avec acharnement.

« Ce que Lupin a trouvé, il n'y a aucune raison pour que je ne le trouve pas », ne cessait-il de dire en lui-même. Certes, Lupin devait avoir sur lui quelques gros avantages, peut-être la connaissance approfondie de la région, des données précises sur les légendes locales, moins que cela, un souvenir – avantage précieux, puisque lui, Beautrelet, ne savait rien, et qu'il ignorait totalement ce pays, l'ayant parcouru pour la première fois lors du cambriolage d'Ambrumésy, et rapidement, sans s'y attarder.

Mais qu'importe !

Dût-il consacrer dix ans de sa vie à cette enquête, il la mènerait à bout. Lupin était là. Il le voyait. Il le devinait. Il l'attendait à ce détour de route, à la lisière de ce bois, au sortir de ce village. Et chaque fois déçu, il semblait qu'il trouvât en chaque déception une raison plus forte de s'obstiner encore.

Souvent, il se jetait sur le talus de la route et s'enfonçait éperdument dans l'examen du document tel qu'il en portait toujours sur lui la copie, c'est-à-dire avec la substitution des voyelles aux chiffres :

e.a.a..e..e.a.
.a..a...e.e. .e.oi.e..e.
.ou..e.o...e..e.o..e
D $\overline{DF}$ ▭ 19 F+44 ▷ 357 ◁
ai.ui..e ..eu.e

Souvent aussi, selon son habitude, il se couchait à plat ventre dans l'herbe haute et songeait des heures. Il avait le temps. L'avenir lui appartenait.

Avec une patience admirable, il allait de la Seine à la mer, et de la mer à la Seine, s'éloignant par degrés, revenant sur ses pas, et n'abandonnant le terrain que lorsqu'il n'y avait plus théoriquement aucune chance d'y puiser le moindre renseignement.

Il étudia, il scruta Montivilliers, Saint-Romain, Octeville et Gonneville, et Criquetot.

Il frappait le soir chez les paysans et leur demandait

le gîte. Après dîner, on fumait ensemble et l'on devisait. Et il leur faisait raconter des histoires qu'ils se racontaient aux longues veillées d'hiver.

Et toujours cette question sournoise :

– Et l'Aiguille ? La légende de l'Aiguille creuse... Vous ne la savez pas ?

– Ma foi, non... je ne vois pas ça...

– Cherchez bien... un conte de vieille bonne femme... quelque chose où il s'agit d'une aiguille... Une aiguille enchantée peut-être... que sais-je ?

Rien. Aucune légende, aucun souvenir. Et le lendemain, il repartait avec allégresse.

Un jour il passa par le joli village de Saint-Jouin qui domine la mer, et descendit parmi le chaos de rocs qui s'est éboulé de la falaise.

Puis il remonta sur le plateau et s'en alla vers la valleuse[1] de Bruneval, vers le cap d'Antifer, vers la petite crique de Belle-Plage. Il marchait gaiement et légèrement, un peu las, mais si heureux de vivre ! si heureux même qu'il oubliait Lupin et le mystère de l'Aiguille creuse et Victoire et Sholmès, et qu'il s'intéressait au spectacle des choses, au ciel bleu, à la grande mer d'émeraude, tout éblouissante de soleil.

Des talus rectilignes, des restes de murs en brique, où il crut reconnaître les vestiges d'un camp romain, l'intriguèrent. Puis il aperçut une espèce de petit castel, bâti à l'imitation d'un fort ancien, avec tourelles

1. Valleuse : petite vallée suspendue des falaises crayeuses du pays de Caux permettant l'accès à la mer.

lézardées, hautes fenêtres gothiques, et qui était situé sur un promontoire déchiqueté, montueux, rocailleux, et presque détaché de la falaise. Une grille, flanquée de garde-fous et de broussailles de fer, en défendait l'étroit passage.

Non sans peine, Beautrelet réussit à le franchir. Au-dessus de la porte ogivale, que fermait une vieille serrure rouillée, il lut ces mots :

Fort de Fréfossé[1].

Il n'essaya pas d'entrer, et, tournant à droite, il aborda, après avoir descendu une petite pente, un sentier qui courait sur une arête de terre munie d'une rampe en bois. Tout au bout, il y avait une grotte de proportions exiguës, formant comme une guérite[2] à la pointe du roc où elle était creusée, un roc abrupt tombant dans la mer.

On pouvait tout juste tenir debout au centre de la grotte. Des multitudes d'inscriptions s'entrecroisaient sur ses murs. Un trou presque carré percé à même la pierre s'ouvrait en lucarne du côté de la terre, exactement face au fort de Fréfossé dont on apercevait à trente ou quarante mètres la couronne crénelée. Beautrelet jeta son sac et s'assit. La journée avait été lourde et fatigante. Il s'endormit un instant.

1. Le fort de Fréfossé portait le nom d'un domaine voisin dont il dépendait. Sa destruction, qui eut lieu quelques années plus tard, fut exigée par l'autorité militaire, à la suite des révélations consignées dans ce livre. (*Note de Maurice Leblanc.*)
2. Guérite : abri pour un garde ou une sentinelle.

Le vent frais qui circulait dans la grotte l'éveilla. Il resta quelques minutes immobile et distrait, les yeux vagues. Il essayait de réfléchir, de reprendre sa pensée encore engourdie. Et déjà, plus conscient, il allait se lever, quand il eut l'impression que ses yeux soudain fixes, soudain agrandis, regardaient… Un frisson l'agita. Ses mains se crispèrent, et il sentit que des gouttes de sueur se formaient à la racine de ses cheveux.

– Non… non…, balbutia-t-il, c'est un rêve, une hallucination[1]… Voyons, serait-ce possible ?

Il s'agenouilla brusquement et se pencha. Deux lettres énormes, d'un pied[2] chacune peut-être, apparaissaient, gravées en relief dans le granit du sol.

Ces deux lettres, sculptées grossièrement, mais nettement, et dont l'usure des siècles avait arrondi les angles et patiné la surface, ces deux lettres, c'étaient un D et un F.

Un D et un F ! miracle bouleversant ! Un D et un F, précisément, deux lettres du document ! Les deux seules lettres du document !

Ah ! Beautrelet n'avait même pas besoin de le consulter pour évoquer ce groupe de lettres à la quatrième ligne, la ligne des mesures et des indications !

Il les connaissait bien ! Elles étaient inscrites à jamais au fond de ses prunelles, incrustées à jamais dans la substance même de son cerveau !

Il se releva, descendit le chemin escarpé, remonta

1. Hallucination : trouble de la vue, perception d'objets qui n'existent pas.
2. Pied : ancienne mesure de longueur valant un peu plus de trente centimètres.

le long de l'ancien fort, de nouveau s'accrocha, pour passer, aux piquants du garde-fou, et marcha rapidement vers un berger dont le troupeau paissait au long sur une ondulation du plateau.

– Cette grotte, là-bas… cette grotte…

Ses lèvres tremblaient et il cherchait des mots qu'il ne trouvait pas. Le berger le contemplait avec stupeur. Enfin il répéta :

– Oui, cette grotte… qui est là… à droite du fort… A-t-elle un nom ?

– Dame ! Tous ceux d'Étretat[1] disent comme ça que c'est les Demoiselles.

– Quoi ?… quoi ?… Que dites-vous ?

– Eh ben oui… la chambre des Demoiselles…

Isidore fut sur le point de lui sauter à la gorge, comme si toute la vérité résidait en cet homme, et qu'il espérât la lui prendre d'un coup, la lui arracher…

Les *demoiselles* ! Un des mots, un des deux seuls mots connus du document !

Un vent de folie ébranla Beautrelet sur ses jambes. Et cela s'enflait autour de lui, soufflait comme une bourrasque impétueuse qui venait du large, qui venait de la terre, qui venait de toutes parts et le fouettait à grands coups de vérité… Il comprenait ! Le document lui apparaissait avec son sens véritable ! La chambre des Demoiselles… Étretat…

« C'est cela…, pensa-t-il, l'esprit envahi de lumière,

1. Étretat : commune du pays de Caux sur le littoral de la Manche, ancien village de pêcheurs devenu une station balnéaire renommée dans la seconde moitié du XIXe siècle.

ce ne peut être que cela. Mais comment ne l'ai-je pas deviné plus tôt ? »

Il dit au berger, à voix basse :

– Bien… va-t'en… tu peux t'en aller… merci…

L'homme, interdit, siffla son chien et s'éloigna.

Une fois seul, Beautrelet retourna vers le fort. Il l'avait déjà presque dépassé, quand tout à coup il s'abattit à terre et resta blotti contre un pan de mur. Et il songeait en se tordant les mains :

« Suis-je fou ! Et *s'il* me voit ? Si *ses* complices me voient ? Depuis une heure, je vais… je viens… »

Il ne bougea plus. Le soleil s'était couché. La nuit peu à peu se mêlait au jour, estompant la silhouette des choses.

Alors, par menus gestes insensibles, à plat ventre, se glissant, rampant, il s'avança sur une des pointes du promontoire, jusqu'au bout extrême de la falaise. Il y parvint. Du bout de ses mains étendues, il écarta des touffes d'herbe, et sa tête émergea au-dessus de l'abîme.

En face de lui, presque au niveau de la falaise, en pleine mer, se dressait un roc énorme, haut de plus de quatre-vingts mètres, obélisque colossal, d'aplomb sur sa large base de granit que l'on apercevait au ras de l'eau et qui s'effilait ensuite jusqu'au sommet, ainsi que la dent gigantesque d'un monstre marin. Blanc comme la falaise, d'un blanc gris et sale, l'effroyable monolithe était strié de lignes horizontales marquées par du silex, et où l'on voyait le lent travail des siècles accumulant les unes sur les autres les couches calcaires et les couches de galets.

De place en place une fissure, une anfractuosité, et tout de suite, là, un peu de terre, de l'herbe, des feuilles.

Et tout cela puissant, solide, formidable, avec un air de chose indestructible contre quoi l'assaut furieux des vagues et des tempêtes ne pouvait prévaloir. Tout cela, définitif, immanent, grandiose malgré la grandeur du rempart de falaises qui le dominait, immense malgré l'immensité de l'espace où cela s'érigeait.

Les ongles de Beautrelet s'enfonçaient dans le sol comme les griffes d'une bête prête à bondir sur sa proie. Ses yeux pénétraient dans l'écorce rugueuse du roc, dans sa peau, lui semblait-il, dans sa chair. Il le touchait, il le palpait, il en prenait connaissance et possession... Il se l'assimilait...

L'horizon s'empourprait de tous les feux du soleil disparu, et de longs nuages embrasés, immobiles dans le ciel, formaient des paysages magnifiques, des lagunes[1] irréelles, des plaines en flammes, des forêts d'or, des lacs de sang, toute une fantasmagorie[2] ardente et paisible.

L'azur du ciel s'assombrit. Vénus rayonnait d'un éclat merveilleux, puis des étoiles s'allumèrent, timides encore.

Et Beautrelet, soudain, ferma les yeux et serra convulsivement contre son front ses bras repliés. Là-bas – oh ! il pensa en mourir de joie, tellement l'émotion fut cruelle qui étreignit son cœur –, là-bas presque en

1. Lagune : étendue d'eau saumâtre peu profonde séparée de la mer par une bande de sable.
2. Fantasmagorie : spectacle irréel, féerique.

haut de l'Aiguille d'Étretat, en dessous de la pointe extrême autour de laquelle voltigeaient des mouettes, un peu de fumée qui suintait d'une crevasse, ainsi que d'une cheminée invisible, un peu de fumée montait en lentes spirales dans l'air calme du crépuscule.

9

Sésame, ouvre-toi !

L'Aiguille d'Étretat est creuse !

Phénomène naturel ? Excavation produite par des cataclysmes intérieurs ou par l'effort insensible de la mer qui bouillonne, de la pluie qui s'infiltre ? Ou bien œuvre surhumaine, exécutée par des humains, Celtes, Gaulois, hommes préhistoriques ? Questions insolubles sans doute. Et qu'importait ? L'essentiel résidait en ceci : l'Aiguille était creuse.

À quarante ou cinquante mètres de cette arche imposante qu'on appelle la porte d'Aval[1] et qui s'élance du haut de la falaise, ainsi que la branche colossale d'un arbre, pour prendre racine dans les rocs sous-marins, s'érige un cône calcaire démesuré, et ce cône n'est qu'un bonnet d'écorce pointu posé sur du vide !

Révélation prodigieuse ! Après Lupin, voilà que Beautrelet découvrait le mot de la grande énigme, qui

1. Porte d'Aval : grande arche de calcaire à silex percée par l'érosion dans la falaise ouest d'Étretat.

a plané sur plus de vingt siècles ! mot d'une importance suprême pour celui qui le possédait jadis, aux lointaines époques où des hordes de barbares chevauchaient[1] le vieux monde ! mot magique qui ouvre l'antre cyclopéen[2] à des tribus entières fuyant devant l'ennemi ! mot mystérieux qui garde la porte de l'asile le plus inviolable ! mot prestigieux qui donne le pouvoir et assure la prépondérance !

Pour l'avoir connu, ce mot, César peut asservir la Gaule. Pour l'avoir connu, les Normands s'imposent au pays, et de là, plus tard, adossés à ce point d'appui, conquièrent l'île voisine, conquièrent la Sicile, conquièrent l'Orient, conquièrent le Nouveau Monde !

Maîtres du secret, les rois d'Angleterre dominent la France, l'humilient, la dépècent, se font couronner rois à Paris. Ils le perdent, et c'est la déroute.

Maîtres du secret, les rois de France grandissent, débordent les limites étroites de leur domaine[3], fondent peu à peu la grande nation et rayonnent de gloire et de puissance – ils l'oublient ou ne savent point en user, et c'est la mort, l'exil, la déchéance.

Un royaume invisible, au sein des eaux et à dix brasses[4] de la terre !... Une forteresse ignorée, plus haute que les tours de Notre-Dame et construite sur

1. Chevauchaient : parcouraient.
2. Cyclopéen : gigantesque.
3. Domaine royal : ensemble des terres relevant directement du pouvoir royal au sein du royaume de France.
4. Brasse : ancienne mesure de longueur maritime valant 1,66 mètre.

une base de granit plus large qu'une place publique… Quelle force et quelle sécurité ! De Paris à la mer, par la Seine. Là, Le Havre, ville nouvelle, ville nécessaire. Et à sept lieues de là, l'Aiguille creuse, n'est-ce pas l'asile inexpugnable[1] ?

C'est l'asile et c'est aussi la formidable cachette. Tous les trésors des rois, grossis de siècle en siècle, tout l'or de France, tout ce qu'on extrait du peuple, tout ce qu'on arrache au clergé, tout le butin ramassé sur les champs de bataille de l'Europe, c'est dans la caverne royale qu'on l'entasse. Vieux sous d'or, écus reluisants, doublons, ducats, florins, guinées[2], et les pierreries, et les diamants, et tous les joyaux, et toutes les parures, tout est là. Qui le découvrirait ? Qui saurait jamais le secret impénétrable de l'Aiguille ? Personne.

Si, Lupin.

Et Lupin devient cette sorte d'être vraiment disproportionné que l'on connaît, ce miracle impossible à expliquer tant que la vérité demeure dans l'ombre. Si infinies que soient les ressources de son génie, elles ne peuvent suffire à la lutte qu'il soutient contre la Société. Il en faut d'autres plus matérielles. Il faut la retraite sûre, il faut la certitude de l'impunité[3], la paix qui permet l'exécution des plans.

Sans l'Aiguille creuse, Lupin est incompréhensible, c'est un mythe, un personnage de roman, sans rapport avec la réalité. Maître du secret, et de quel secret !

1. Inexpugnable : imprenable.
2. Écu, doublon, ducat, florin, guinée : anciennes monnaies d'or européennes.
3. La certitude de l'impunité : la certitude de ne pas être puni.

c'est un homme comme les autres, tout simplement, mais qui sait manier de façon supérieure l'arme extraordinaire dont le destin l'a doté.

Donc, l'Aiguille est creuse, c'est là un fait indiscutable. Restait à savoir comment l'on y pouvait accéder.

Par la mer évidemment. Il devait y avoir, du côté du large, quelque fissure abordable pour les barques à certaines heures de la marée. Mais du côté de la terre ?

Jusqu'au soir, Beautrelet resta suspendu au-dessus de l'abîme, les yeux rivés à la masse d'ombre que formait la pyramide, et songeant, méditant de tout l'effort de son esprit.

Puis il descendit vers Étretat, choisit l'hôtel le plus modeste, dîna, monta dans sa chambre et déplia le document.

Pour lui, maintenant, c'était un jeu que d'en préciser la signification. Tout de suite il s'aperçut que les trois voyelles du mot Étretat se retrouvaient à la première ligne, dans leur ordre et aux intervalles voulus. Cette première ligne s'établissait dès lors ainsi :

e.a.a..étretat.a..

Quels mots pouvaient précéder Étretat ? Des mots sans doute qui s'appliquaient à la situation de l'Aiguille par rapport au village. Or, l'Aiguille se dressait à gauche, à l'ouest… Il chercha et, se souvenant que les vents d'ouest s'appelaient sur les côtes vents d'*aval* et que la porte était justement dénommée d'*Aval*, il inscrivit :

En aval d'Étretat.a..

La seconde ligne était celle du mot *Demoiselles*, et, constatant aussitôt, avant ce mot, la série de toutes les voyelles qui composent les mots *la chambre des*, il nota les deux phrases :

En aval d'Étretat – La chambre des Demoiselles

Il eut plus de mal pour la troisième ligne, et ce n'est qu'après avoir tâtonné que, se rappelant la situation, non loin de la chambre des Demoiselles, du castel construit à la place du fort de Fréfossé, il finit par reconstituer ainsi le document presque complet :

En aval d'Étretat – La chambre des Demoiselles
– Sous le fort de Fréfossé – Aiguille creuse

Cela, c'était les quatre grandes formules, les formules essentielles et générales. Par elles, on se dirigeait en aval d'Étretat, on entrait dans la chambre des Demoiselles, on passait selon toutes probabilités sous le fort de Fréfossé et l'on arrivait à l'Aiguille.

Comment ? Par les indications et les mesures qui formaient la quatrième ligne :

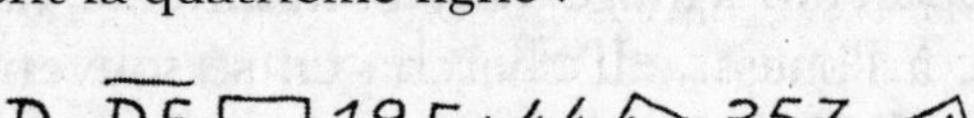

Cela, c'était évidemment les formules plus spéciales, destinées à la recherche de l'issue par où l'on pénétrait, et du chemin qui conduisait à l'Aiguille.

Beautrelet supposa aussitôt – et son hypothèse était la conséquence logique du document – que, s'il y avait réellement une communication directe entre la terre et l'obélisque de l'Aiguille, le souterrain devait partir de la chambre des Demoiselles, passer sous le fort de Fréfossé, descendre à pic les cent mètres de la falaise, et, par un tunnel pratiqué sous les rocs de la mer, aboutir à l'Aiguille creuse.

L'entrée du souterrain ? N'était-ce pas les deux lettres D et F, si nettement découpées, qui la désignaient, qui la livraient peut-être aussi grâce à quelque mécanisme ingénieux ?

Toute la matinée du lendemain, Isidore flâna dans Étretat et bavarda de droite et de gauche pour tâcher de recueillir quelque renseignement utile. Enfin, l'après-midi, il monta sur la falaise. Déguisé en matelot, il s'était rajeuni encore, et il avait l'air d'un gamin de douze ans, avec sa culotte trop courte et son maillot de pêcheur.

À peine entré dans la grotte, il s'agenouilla devant les lettres. Une déception l'attendait. Il eut beau frapper dessus, les pousser, les manipuler dans tous les sens, elles ne bougèrent pas. Et il se rendit compte assez rapidement qu'elles ne pouvaient réellement pas bouger et, par conséquent, qu'elles ne commandaient aucun mécanisme. Pourtant… pourtant elles signifiaient quelque chose ! Des informations qu'il avait prises dans le village, il résultait que personne n'avait jamais pu en expliquer la présence, et que l'abbé Cochet[1], en son précieux livre sur Étretat[2], s'était lui aussi penché vainement sur ce petit rébus. Mais Isidore savait ce qu'ignorait le savant archéologue normand, c'est-à-dire la présence des deux mêmes lettres sur le document, à la ligne des indications. Coïncidence fortuite ? Impossible. Alors ?…

Une idée lui vint brusquement, et si rationnelle, si simple, qu'il ne douta pas une seconde de sa justesse. Ce D et cet F, n'était-ce pas les initiales de deux des mots les plus importants du document ? mots qui représentaient – avec l'Aiguille – les stations essentielles de la route à suivre : la chambre des *Demoiselles* et le fort de *Fréfossé*. Le D de *Demoiselles*, le F de *Fréfossé*, il y avait là un rapport trop étrange pour être le fait du hasard.

En ce cas le problème s'offrait ainsi : le groupe DF représente la relation qui existe entre la chambre des Demoiselles et le fort de Fréfossé ; la lettre isolée D, qui commence la ligne, représente les Demoiselles, c'est-à-dire la grotte où il faut tout d'abord se poster ; et la lettre isolée F, qui se place au milieu de la ligne, représente Fréfossé, c'est-à-dire l'entrée probable du souterrain.

1. Jean Benoît Désiré Cochet (1812-1875), prêtre, archéologue et inspecteur des monuments historiques dans la Seine-Inférieure (Seine-Maritime).
2. *Les Origines d'Étretat*. En fin de compte, l'abbé Cochet semble conclure que les deux lettres sont les initiales d'un passant. Les révélations que nous apportons démontrent l'erreur d'une telle supposition. (*Note de Maurice Leblanc*.)

Entre ces divers signes, il en reste deux : une sorte de rectangle inégal, marqué d'un trait sur la gauche, en bas, et le chiffre 19, signes qui, en toute évidence, indiquent à ceux qui se trouvent dans la grotte, le moyen de pénétrer sous le fort.

La forme de ce rectangle intriguait Isidore. Y aurait-il autour de lui, sur les murs, ou tout au moins à portée du regard, une inscription, une chose quelconque affectant une forme rectangulaire ?

Il chercha longtemps, et il était sur le point d'abandonner cette piste, quand ses yeux rencontrèrent la petite ouverture percée dans le roc et qui était comme la fenêtre de la chambre. Or les bords de cette ouverture dessinaient précisément un rectangle rugueux, inégal, grossier, mais tout de même un rectangle, et aussitôt Beautrelet constata qu'en posant les deux pieds sur le D et sur le F gravés dans le sol – et ainsi s'expliquait la barre qui surmontait les deux lettres du document –, on se trouvait exactement à la hauteur de la fenêtre !

Il prit position à cet endroit et regarda. La fenêtre étant dirigée, nous l'avons dit, vers la terre ferme, on voyait d'abord le sentier qui reliait la grotte à la terre, sentier suspendu entre deux abîmes, puis on apercevait la base même du monticule qui portait le fort. Pour essayer de voir le fort, Beautrelet se pencha vers la gauche, et c'est alors qu'il comprit la signification du trait arrondi, de la virgule qui marquait le document en bas, à gauche : en bas, à gauche de la fenêtre, un morceau de silex formait saillie, et l'extrémité de ce morceau se recourbait comme une griffe. On eût dit un véritable point de mire. Et si l'on appliquait l'œil à ce point de mire, le regard découpait, sur la pente du monticule opposé, une superficie de terrain assez restreinte et presque entièrement occupée par un vieux mur de brique, vestige de l'ancien fort de Fréfossé ou de l'ancien oppidum[1] romain construit à cet endroit.

Beautrelet courut vers ce pan de mur, long peut-être de dix mètres et dont la surface était tapissée d'herbes et de plantes. Il ne releva aucun indice.

Et cependant, ce chiffre 19 ?

Il revint à la grotte, sortit de sa poche un peloton de ficelle et un mètre en étoffe dont il s'était muni, noua la ficelle à l'angle de silex, attacha un caillou au dix-neuvième mètre et le lança du côté de la terre. Le caillou atteignit à peine l'extrémité du sentier.

« Triple idiot, pensa Beautrelet. Est-ce que l'on comptait par mètres à cette époque ? 19 signifie 19 toises[2] ou ne signifie rien. »

Le calcul effectué, il compta trente-sept mètres sur la ficelle, fit un nœud, et, à tâtons, chercha sur le pan du mur le point exact et forcément unique où le nœud, formé à trente-sept mètres de la fenêtre des Demoiselles, toucherait le mur de Fréfossé. Après quelques instants le point de contact s'établit. De sa main restée libre, il écarta des feuilles de molène[3] poussées entre les interstices.

1. Oppidum : fortification romaine.
2. Toise : ancienne mesure de longueur valant 1,949 mètre.
3. Molène : plante à fleurs jaunes pouvant dépasser deux mètres poussant sur les sols calcaires.

Un cri lui échappa. Le nœud, qu'il tenait appliqué du bout de son index, était posé sur le centre d'une petite croix sculptée en relief sur une brique.

Or, le signe qui suivait le chiffre 19 sur le document était une croix !

Il lui fallut toute sa volonté pour dominer l'émotion qui l'envahit. Hâtivement, de ses doigts crispés, il saisit la croix et, tout en appuyant, la tourna comme il eût tourné les rayons d'une roue. La brique oscilla. Il redoubla son effort : elle ne bougea plus. Alors, sans tourner, il appuya davantage. Il la sentit aussitôt qui cédait. Et tout à coup, il y eut comme un déclenchement, un bruit de serrure qui s'ouvre ; et, à droite de la brique, sur une largeur d'un mètre, le pan du mur pivota et découvrit l'orifice d'un souterrain.

Comme un fou, Beautrelet empoigna la porte de fer dans laquelle les briques étaient scellées, la ramena violemment, et la ferma. L'étonnement, la joie, la peur d'être surpris convulsaient sa figure jusqu'à la rendre méconnaissable. Il eut la vision effarante de tout ce qui s'était passé là, devant cette porte, depuis vingt siècles, de tous les personnages initiés au grand secret, qui avaient pénétré par cette issue… Celtes, Gaulois, Romains, Normands, Anglais, Français, barons, ducs, rois, et, après eux tous, Arsène Lupin… et après Lupin, lui, Beautrelet… Il sentit que son cerveau lui échappait. Ses paupières battirent. Il tomba évanoui et roula jusqu'au bas de la rampe, au bord même du précipice.

Sa tâche était finie, du moins la tâche qu'il pouvait accomplir seul, avec les seules ressources dont il disposait.

Le soir, il écrivit au chef de la Sûreté une longue lettre, où il rapportait fidèlement les résultats de son enquête et livrait le secret de l'Aiguille creuse. Il demandait du secours pour achever l'œuvre et donnait son adresse.

En attendant la réponse, il passa deux nuits consécutives dans la chambre des Demoiselles. Il les passa, transi de peur, les nerfs secoués d'une épouvante qu'exaspéraient les bruits nocturnes... Il croyait à tout instant voir des ombres qui s'avançaient vers lui. On savait sa présence dans la grotte... on venait... on l'égorgeait... Son regard pourtant, éperdument fixe, soutenu par toute sa volonté, s'accrochait au pan de mur.

La première nuit rien ne bougea, mais la seconde, à la clarté des étoiles et d'un mince croissant de lune, il vit la porte s'ouvrir et des silhouettes qui émergeaient des ténèbres. Il en compta deux, trois, quatre, cinq...

Il lui sembla que ces cinq hommes portaient des fardeaux assez volumineux. Ils coupèrent droit par les champs jusqu'à la route du Havre et il discerna le bruit d'une automobile qui s'éloignait.

Il revint sur ses pas, il côtoya une grande ferme. Mais au détour du chemin qui la bordait, il n'eut que le temps d'escalader un talus et de se dissimuler derrière des arbres. Des hommes encore passèrent, quatre...

cinq… et tous chargés de paquets. Et deux minutes après, une autre automobile gronda. Cette fois, il n'eut pas la force de retourner à son poste et il rentra se coucher.

À son réveil, le garçon d'hôtel lui apporta une lettre. Il la décacheta. C'était la carte de Ganimard.

– Enfin ! s'écria Beautrelet, qui sentait vraiment, après une campagne aussi dure, le besoin d'un secours.

Il se précipita les mains tendues. Ganimard les prit, le contempla un moment et lui dit :

– Vous êtes un rude type, mon garçon.

– Bah ! fit-il, le hasard m'a servi.

– Il n'y a pas de hasard avec *lui*, affirma l'inspecteur, qui parlait toujours de Lupin d'un air solennel et sans prononcer son nom.

Il s'assit.

– Alors nous le tenons ?

– Comme on l'a déjà tenu plus de vingt fois, dit Beautrelet en riant.

– Oui, mais aujourd'hui…

– Aujourd'hui, en effet, le cas diffère. Nous connaissons sa retraite, son château fort, ce qui fait, somme toute, que Lupin est Lupin. Il peut s'échapper. L'Aiguille d'Étretat ne le peut pas.

– Pourquoi supposez-vous qu'il s'échappera ? demanda Ganimard inquiet.

– Pourquoi supposez-vous qu'il ait besoin de s'échapper ? répondit Beautrelet. Rien ne prouve qu'il soit dans l'Aiguille actuellement. Cette nuit, onze de ses complices en sont sortis. Il était peut-être l'un de ces onze.

Ganimard réfléchit.

– Vous avez raison. L'essentiel, c'est l'Aiguille creuse. Pour le reste, espérons que la chance nous favorisera. Et maintenant, causons.

Il prit de nouveau sa voix grave, son air d'importance convaincue, et prononça :

– Mon cher Beautrelet, j'ai ordre de vous recommander, à propos de cette affaire, la discrétion la plus absolue.

– Ordre de qui ? fit Beautrelet plaisantant. Du préfet de police ?

– Plus haut.

– Le président du Conseil[1] ?

– Plus haut.

– Bigre !

Ganimard baissa la voix.

– Beautrelet, j'arrive de l'Élysée. On considère cette affaire comme un secret d'État, d'une extrême gravité. Il y a des raisons sérieuses pour que l'on tienne ignorée cette citadelle invisible… des raisons stratégiques surtout… Cela peut devenir un centre de ravitaillement, un magasin de poudres nouvelles, de projectiles récemment inventés, que sais-je ? l'arsenal inconnu de la France.

– Mais comment espère-t-on garder un tel secret ? Jadis, un seul homme le détenait, le roi. Aujourd'hui,

1. Président du Conseil : chef du gouvernement sous la IIIe République.

nous sommes déjà quelques-uns à le savoir, sans compter la bande à Lupin.

– Eh ! Quand on ne gagnerait que dix ans, que cinq ans de silence ! Ces cinq années peuvent être le salut…

– Mais, pour s'emparer de cette citadelle, de ce futur arsenal, il faut bien l'attaquer, il faut bien en déloger Lupin. Et tout cela ne se fait pas sans bruit.

– Évidemment, on devinera quelque chose, mais on ne saura pas. Et puis quoi, essayons.

– Soit, quel est votre plan ?

– En deux mots, voilà. Tout d'abord vous n'êtes pas Isidore Beautrelet, et il n'est pas question non plus d'Arsène Lupin. Vous êtes et vous restez un gamin d'Étretat, lequel en flânant a surpris des individus qui sortaient d'un souterrain. Vous supposez, n'est-ce pas, l'existence d'un escalier qui perce la falaise du haut en bas ?

– Oui, il y a plusieurs de ces escaliers le long de la côte. Tenez, tout près, on m'a signalé, en face de Bénouville, l'escalier du Curé[1], connu de tous les baigneurs. Et je ne parle pas des trois ou quatre tunnels destinés aux pêcheurs.

– Donc, la moitié de mes hommes et moi nous marchons guidés par vous. J'entre seul, ou accompagné, ceci est à voir. Toujours est-il que l'attaque a lieu par là. Si Lupin n'est pas dans l'Aiguille, nous établissons

1. L'escalier du Curé : escalier de deux cent qautre-vingt-trois marches conduisant à la plage, creusé à l'intérieur de la falaise dans la valleuse du Curé, à l'initiative de l'abbé Desson de Saint-Aignan en 1883. Effondré en 2001.

une souricière[1], où un jour ou l'autre il se fera pincer. S'il est là…

– S'il est là, monsieur Ganimard, il s'enfuira de l'Aiguille par la face postérieure, celle qui regarde la mer.

– En ce cas, il sera immédiatement arrêté par l'autre moitié de mes hommes.

– Oui, mais si, comme je le suppose, vous avez choisi le moment où la mer s'est retirée, laissant à découvert la base de l'Aiguille, la chasse sera publique, puisqu'elle aura lieu devant tous les pêcheurs et pêcheuses de moules, de crevettes et de coquillages qui pullulent sur les rochers avoisinants.

– C'est pourquoi je choisirai justement l'heure où la mer sera pleine.

– En ce cas il s'enfuira sur une barque.

– Et comme j'aurai là, moi, une douzaine de barques de pêche dont chacune sera commandée par un de mes hommes, il sera cueilli.

– S'il ne passe pas entre votre douzaine de barques, ainsi qu'un poisson à travers les mailles.

– Soit. Mais alors je le coule à fond.

– Fichtre ! Vous aurez donc des canons ?

– Mon Dieu, oui. Il y a en ce moment un torpilleur[2] au Havre. Sur un coup de téléphone de moi, il se trouvera à l'heure dite aux environs de l'Aiguille.

– Ce que Lupin sera fier ! Un torpilleur !… Allons, je

1. Souricière : piège tendu par la police pour arrêter un malfaiteur.
2. Torpilleur : petit navire de guerre utilisant comme arme principale la torpille.

vois, monsieur Ganimard, que vous avez tout prévu. Il n'y a plus qu'à marcher. Quand donnons-nous l'assaut ?

– Demain.

– La nuit ?

– En plein jour, à marée montante, sur le coup de dix heures.

– Parfait.

Sous ses apparences de gaieté, Beautrelet cachait une véritable angoisse. Jusqu'au lendemain, il ne dormit pas, agitant tour à tour les plans les plus impraticables. Ganimard l'avait quitté pour se rendre à une dizaine de kilomètres d'Étretat, à Yport, où, par prudence, il avait donné rendez-vous à ses hommes et où il fréta douze barques de pêche, en vue, soi-disant, de sondages le long de la côte.

À neuf heures trois quarts, escorté de douze gaillards solides, il rencontrait Isidore au bas du chemin qui monte sur la falaise. À dix heures précises, ils arrivaient devant le pan de mur. Et c'était l'instant décisif.

– Qu'est-ce que tu as donc, Beautrelet ? Tu es vert ? ricana Ganimard, tutoyant le jeune homme en manière de moquerie.

– Et toi, monsieur Ganimard, riposta Beautrelet, on croirait que ta dernière heure est venue.

Ils durent s'asseoir et Ganimard avala quelques gorgées de rhum.

– Ce n'est pas le trac, dit-il, mais, sapristi, quelle émotion ! Chaque fois que je dois le pincer, ça me prend comme ça aux entrailles. Un peu de rhum ?

– Non.

– Et si vous restez en route ?

– C'est que je serai mort.

– Bigre ! Enfin, nous verrons. Et maintenant, ouvrez. Pas de danger d'être vu, hein ?

– Non. L'Aiguille est plus basse que la falaise, et en outre nous sommes dans un repli de terrain.

Beautrelet s'approcha du mur et pesa sur la brique. Le déclenchement se produisit, et l'entrée du souterrain apparut. À la lueur des lanternes qu'ils allumèrent, ils virent qu'il était percé en forme de voûte et que cette voûte, ainsi d'ailleurs que le sol lui-même, était entièrement recouverte de briques.

Ils marchèrent pendant quelques secondes, et tout de suite un escalier se présenta. Beautrelet compta quarante-cinq marches, marches en brique, mais que l'action lente des pas avait affaissées par le milieu.

– Sacré nom ! jura Ganimard qui tenait la tête, et qui s'arrêta subitement comme s'il avait heurté quelque chose.

– Qu'y a-t-il ?

– Une porte !

– Bigre, murmura Beautrelet en la regardant, et pas commode à démolir. Un bloc de fer, tout simplement.

– Nous sommes fichus, dit Ganimard, il n'y a même pas de serrure.

– Justement, c'est ce qui me donne de l'espoir.

– Et pourquoi ?

– Une porte est faite pour s'ouvrir, et si celle-là n'a pas de serrure, c'est qu'il y a un secret pour l'ouvrir.

– Et comme nous ne connaissons pas ce secret…

– Je vais le connaître.

– Par quel moyen ?

– Par le moyen du document. La quatrième ligne n'a pas d'autre raison que de résoudre les difficultés au moment où elles s'offrent. Et la solution est relativement facile, puisqu'elle est inscrite, non pour dérouter, mais pour aider ceux qui cherchent.

– Relativement facile ! je ne suis pas de votre avis, s'écria Ganimard qui avait déplié le document. Le nombre 44 et un triangle marqué d'un point à gauche, c'est plutôt obscur.

– Mais non, mais non. Examinez la porte. Vous verrez qu'elle est renforcée, aux quatre coins, de plaques de fer en forme de triangles et que ces plaques sont maintenues par de gros clous. Prenez la plaque de gauche, tout en bas, et faites jouer le clou qui est à l'angle… Il y a neuf chances contre une, pour que nous tombions juste.

– Vous êtes tombé sur la dixième, dit Ganimard après avoir essayé.

– Alors, c'est que le chiffre 44…

À voix basse, tout en réfléchissant, Beautrelet continua :

– Voyons… Ganimard et moi, nous sommes là, tous les deux, à la dernière marche de l'escalier… il y en a 45… Pourquoi 45, tandis que le chiffre du document est 44 ?… Coïncidence ? non… Dans toute cette affaire, il n'y a jamais eu de coïncidence, du moins involontaire. Ganimard, ayez la bonté de remonter d'une marche…

C'est cela, ne quittez pas cette 44e marche. Et maintenant, je fais jouer le clou de fer. Et la bobinette cherra[1]… Sans quoi j'y perds mon latin…

La lourde porte en effet tourna sur ses gonds. Une caverne assez spacieuse s'offrit à leurs regards.

– Nous devons être exactement sous le fort de Fréfossé, dit Beautrelet. Maintenant les couches de terre sont traversées. C'est fini de la brique. Nous sommes en pleine masse calcaire.

La salle était confusément éclairée par un jet de lumière qui provenait de l'autre extrémité. En s'approchant ils virent que c'était une fissure de la falaise, pratiquée dans un ressaut de la paroi, et qui formait comme une sorte d'observatoire. En face d'eux, à cinquante mètres, surgissait des flots le bloc impressionnant de l'Aiguille. À droite, tout près, c'était l'arc-boutant de la porte d'Aval, et, à gauche, très loin, fermant la courbe harmonieuse d'une vaste crique, une autre arche, plus imposante encore, se découpait dans la falaise, la Manneporte[2] (*magna porta*), si grande qu'un navire y aurait trouvé passage, ses mâts dressés et toutes voiles dehors. Au fond, partout, la mer.

– Je ne vois pas notre flottille, dit Beautrelet.

– Impossible, fit Ganimard, la porte d'Aval nous cache toute la côte d'Étretat et d'Yport. Mais tenez, là-bas, au large, cette ligne noire, au ras de l'eau…

1. « Tire la chevillette et la bobinette cherra », Charles Perrault, *Le Petit Chaperon rouge*.

2. La Manneporte (*magna porta* : « la grande porte ») : grande arche de calcaire à silex percée dans la falaise d'Étretat à proximité de celle d'Aval.

– Eh bien ?…

– Eh bien, c'est notre flotte de guerre, le torpilleur numéro 25. Avec ça, Lupin peut s'évader… s'il veut connaître les paysages sous-marins.

Une rampe marquait l'orifice de l'escalier, près de la fissure. Ils s'y engagèrent. De temps à autre, une petite fenêtre trouait la paroi, et chaque fois ils apercevaient l'Aiguille, dont la masse leur semblait de plus en plus colossale. Un peu avant d'arriver au niveau de l'eau, les fenêtres cessèrent, et ce fut l'obscurité.

Isidore comptait les marches à haute voix. À la trois cent cinquante-huitième, ils débouchèrent dans un couloir plus large que barrait encore une porte en fer, renforcée de plaques et de clous.

– Nous connaissons ça, dit Beautrelet. Le document nous donne le nombre 357 et un triangle pointé à droite. Nous n'avons qu'à recommencer l'opération.

La seconde porte obéit comme la première. Un long, très long tunnel se présenta, éclairé de place en place par la lueur vive de lanternes, suspendues à la voûte. Les murs suintaient, et des gouttes d'eau tombaient sur le sol, de sorte que, d'un bout à l'autre, on avait disposé, pour faciliter la marche, un véritable trottoir en planches.

– Nous passons sous la mer, dit Beautrelet. Vous venez, Ganimard ?

L'inspecteur s'aventura dans le tunnel, suivit la passerelle en bois et s'arrêta devant une lanterne qu'il décrocha :

– Les ustensiles datent peut-être du Moyen Âge,

mais le mode d'éclairage est moderne. Ces messieurs s'éclairent avec des manchons à incandescence[1].

Il continua son chemin. Le tunnel aboutissait à une autre grotte de proportions plus spacieuses, où l'on apercevait, en face, les premières marches d'un escalier qui montait.

– Maintenant, c'est l'ascension de l'Aiguille qui commence, dit Ganimard, ça devient plus grave.

Mais un de ses hommes l'appela.

– Patron, un autre escalier, là, sur la gauche.

Et tout de suite après, ils en découvrirent un troisième sur la droite.

– Fichtre, murmura l'inspecteur, la situation se complique. Si nous passons par ici, ils fileront par là, eux.

– Séparons-nous, proposa Beautrelet.

– Non, non… ce serait nous affaiblir… Il est préférable que l'un de nous parte en éclaireur.

– Moi, si vous voulez…

– Vous, Beautrelet, soit. Je resterai avec mes hommes… comme ça, rien à craindre. Il peut y avoir d'autres chemins que celui que nous avons suivi dans la falaise, et plusieurs chemins aussi à travers l'Aiguille. Mais, pour sûr, entre la falaise et l'Aiguille, il n'y a pas d'autre communication que le tunnel. Donc, il faut qu'on passe par cette grotte. Donc je m'y installe jusqu'à votre retour. Allez, Beautrelet, et de la prudence… À la moindre alerte, rappliquez…

1. Manchon à incandescence : gaine de tissu permettant d'augmenter la luminosité d'une lampe à gaz ou à pétrole.

Vivement Isidore disparut par l'escalier du milieu. À la trentième marche, une porte, une véritable porte en bois l'arrêta. Il saisit le bouton de la serrure et tourna. Elle n'était pas fermée.

Il entra dans une salle qui lui sembla très basse, tellement elle était immense. Éclairée par de fortes lampes, soutenue par des piliers trapus, entre lesquels s'ouvraient de profondes perspectives, elle devait presque avoir les mêmes dimensions que l'Aiguille. Des caisses l'encombraient, et une multitude d'objets, des meubles, des sièges, des bahuts, des crédences, des coffrets, tout un fouillis comme on en voit au sous-sol des marchands d'antiquités. À sa droite et à sa gauche, Beautrelet aperçut l'orifice de deux escaliers, les mêmes sans doute que ceux qui partaient de la grotte inférieure. Il eût donc pu redescendre et avertir Ganimard. Mais, en face de lui, un nouvel escalier montait, et il eut la curiosité de poursuivre seul ses investigations.

Trente marches encore. Une porte, puis une salle un peu moins vaste, sembla-t-il à Beautrelet. Et toujours, en face, un escalier qui montait.

Trente marches encore. Une porte. Une salle plus petite…

Beautrelet comprit le plan des travaux exécutés à l'intérieur de l'Aiguille. C'était une série de salles superposées les unes au-dessus des autres, et par conséquent, de plus en plus restreintes. Toutes servaient de magasins.

À la quatrième, il n'y avait plus de lampe. Un peu

de jour filtrait par des fissures, et Beautrelet aperçut la mer à une dizaine de mètres au-dessous de lui.

À ce moment, il se sentit si éloigné de Ganimard qu'une certaine angoisse commença à l'envahir, et il lui fallut dominer ses nerfs pour ne pas se sauver à toutes jambes. Aucun danger ne le menaçait cependant, et même, autour de lui, le silence était tel qu'il se demandait si l'Aiguille entière n'avait pas été abandonnée par Lupin et ses complices.

« Au prochain étage, se dit-il, je m'arrêterai. »

Trente marches, toujours, puis une porte, celle-ci plus légère, d'aspect plus moderne. Il la poussa doucement, tout prêt à la fuite. Personne. Mais la salle différait des autres comme destination. Aux murs, des tapisseries ; sur le sol, des tapis. Deux dressoirs magnifiques se faisaient vis-à-vis, chargés d'orfèvrerie. Les petites fenêtres, pratiquées dans les fentes étroites et profondes, étaient garnies de vitres.

Au milieu de la pièce, une table richement servie avec une nappe en dentelle, des compotiers de fruits et de gâteaux, du champagne en carafes, et des fleurs, des amoncellements de fleurs.

Autour de la table, trois couverts.

Beautrelet s'approcha. Sur les serviettes il y avait des cartes avec les noms des convives.

Il lut d'abord : *Arsène Lupin.*

En face : *Mme Arsène Lupin.*

Il prit la troisième carte et tressauta d'étonnement. Celle-là portait son nom : *Isidore Beautrelet* !

10

Le trésor des rois de France

Un rideau s'écarta.

– Bonjour, mon cher Beautrelet, vous êtes un peu en retard. Le déjeuner était fixé à midi. Mais, enfin, à quelques minutes près… Qu'y a-t-il donc ? Vous ne me reconnaissez pas ? Je suis donc si changé !

Au cours de sa lutte contre Lupin, Beautrelet avait connu bien des surprises, et il s'attendait encore, à l'heure du dénouement, à passer par bien d'autres émotions, mais le choc cette fois fut imprévu. Ce n'était pas de l'étonnement, mais de la stupeur, de l'épouvante.

L'homme qu'il avait en face de lui, l'homme que toute la force brutale des événements l'obligeait à considérer comme Arsène Lupin, cet homme, c'était Valméras. Valméras ! le propriétaire du château de l'Aiguille. Valméras ! celui-là même auquel il avait demandé secours contre Arsène Lupin. Valméras ! son compagnon d'expédition à Crozant. Valméras ! le courageux ami qui avait rendu possible l'évasion de Raymonde en frappant ou en affectant de frapper, dans l'ombre du vestibule, un complice de Lupin !

– Vous… vous… C'est donc vous ! balbutia-t-il.

– Et pourquoi pas ? s'écria Lupin. Pensiez-vous donc me connaître définitivement parce que vous m'aviez vu sous les traits d'un clergyman ou sous l'apparence de M. Massiban ? Hélas ! quand on a choisi la situation sociale que j'occupe, il faut bien se servir de ses petits talents de société. Si Lupin ne pouvait être, à sa guise, pasteur de l'Église réformée et membre de l'Académie des inscriptions et des belles-lettres, ce serait à désespérer d'être Lupin. Or, Lupin, le vrai Lupin, Beautrelet, le voici ! Regarde de tous tes yeux, Beautrelet…

– Mais alors… si c'est vous… alors… mademoiselle…

– Eh oui, Beautrelet, tu l'as dit…

Il écarta de nouveau la tenture, fit un signe et annonça :

– Mme Arsène Lupin.

– Ah ! murmura le jeune homme malgré tout confondu[1]… Mlle de Saint-Véran.

– Non, non, protesta Lupin, Mme Arsène Lupin ! ou plutôt, si vous préférez, Mme Louis Valméras, mon épouse en justes noces, selon les formes légales les plus rigoureuses. Et grâce à vous, mon cher Beautrelet.

Il lui tendit la main.

– Tous mes remerciements… et, de votre part, je l'espère, sans rancune.

Chose bizarre, Beautrelet n'en éprouvait point de la

1. Confondu : troublé, déconcerté.

rancune. Aucun sentiment d'humiliation. Nulle amertume. Il subissait si fortement l'énorme supériorité de son adversaire qu'il ne rougissait pas d'avoir été vaincu par lui. Il serra la main qu'on lui offrait.

– Madame est servie.

Un domestique avait déposé sur la table un plateau chargé de mets.

– Vous nous excuserez, Beautrelet, mon chef est en congé, et nous serons contraints de manger froid.

Beautrelet n'avait guère envie de manger. Il s'assit cependant, prodigieusement intéressé par l'attitude de Lupin. Que savait-il au juste ? Se rendait-il compte du danger qu'il courait ? Ignorait-il la présence de Ganimard et de ses hommes ?... Et Lupin continuait :

– Oui, grâce à vous, mon cher ami. Certainement, Raymonde et moi, nous nous sommes aimés le premier jour. Parfaitement, mon petit... L'enlèvement de Raymonde, sa captivité, des blagues, tout cela : nous nous aimions... Mais elle, pas plus que moi, d'ailleurs, quand nous fûmes libres de nous aimer, nous n'avons pu admettre qu'il s'établît entre nous un de ces liens passagers qui sont à la merci du hasard. La situation était donc insoluble pour Lupin. Mais elle ne l'était pas si je redevenais le Louis Valméras que je n'ai pas cessé d'être depuis le jour de mon enfance. C'est alors que j'eus l'idée, puisque vous ne lâchiez pas prise et que vous aviez trouvé ce château de l'Aiguille, de profiter de votre obstination.

– Et de ma niaiserie.

– Bah ! qui ne s'y fût laissé prendre ?

– De sorte que c'est sous mon couvert, avec mon appui, que vous avez pu réussir ?

– Parbleu ! Comment aurait-on soupçonné Valméras d'être Lupin, puisque Valméras était l'ami de Beautrelet, et que Valméras venait d'arracher à Lupin celle que Lupin aimait ? Et ce fut charmant. Oh ! les jolis souvenirs ! L'expédition à Crozant ! les bouquets de fleurs trouvés : ma soi-disant lettre d'amour à Raymonde ! et, plus tard, les précautions que moi, Valméras, j'eus à prendre contre moi, Lupin, avant mon mariage ! Et, le soir de votre fameux banquet, quand vous défaillîtes entre mes bras ! Les jolis souvenirs !...

Il y eut un silence. Beautrelet observa Raymonde. Elle écoutait Lupin sans mot dire, et elle le regardait avec des yeux où il y avait de l'amour, de la passion, et autre chose aussi, que le jeune homme n'aurait pu définir, une sorte de gêne inquiète et comme une tristesse confuse. Mais Lupin tourna les yeux vers elle et elle lui sourit tendrement. À travers la table, leurs mains se joignirent.

– Que dis-tu de ma petite installation, Beautrelet ? s'écria Lupin. De l'allure, n'est-ce pas ? Je ne prétends point que ce soit du dernier confortable... Cependant, quelques-uns s'en sont contentés, et non des moindres... Regarde la liste de quelques personnages qui furent les propriétaires de l'Aiguille, et qui tinrent à honneur d'y laisser la marque de leur passage.

Sur les murs, les uns au-dessous des autres, ces mots étaient gravés :

César. Charlemagne. Roll. Guillaume le Conquérant. Richard, roi d'Angleterre. Louis le Onzième. François Ier. Henri IV. Louis XIV. Arsène Lupin.

– Qui s'inscrira désormais ? reprit-il. Hélas ! la liste est close. De César à Lupin, et puis c'est tout. Bientôt, ce sera la foule anonyme qui viendra visiter l'étrange citadelle. Et dire que, sans Lupin, tout cela restait à jamais inconnu des hommes ! Ah ! Beautrelet, le jour où j'ai mis le pied sur ce sol abandonné, quelle sensation d'orgueil ! Retrouver le secret perdu, en devenir le maître, le seul maître ! Hériter d'un pareil héritage ! Après tant de rois, habiter l'Aiguille !...

Un geste de sa femme l'interrompit. Elle paraissait très agitée.

– Du bruit..., dit-elle, du bruit en dessous de nous... vous entendez...

– C'est le clapotement de l'eau, fit Lupin.

– Mais non... mais non... Le bruit des vagues, je le connais... c'est autre chose...

– Que voulez-vous que ce soit, ma chère amie, dit Lupin en riant. Je n'ai invité que Beautrelet à déjeuner.

Et, s'adressant au domestique :

– Charolais, tu as fermé les portes des escaliers derrière monsieur ?

– Oui, et j'ai mis les verrous.

Lupin se leva :

– Allons, Raymonde, ne tremblez pas ainsi... Ah ! mais vous êtes toute pâle !

Il lui dit quelques mots à voix basse, ainsi qu'au domestique, souleva le rideau et les fit sortir tous deux.

En bas, le bruit se précisait. C'étaient des coups sourds qui se répétaient à intervalles égaux. Beautrelet pensa :

« Ganimard a perdu patience, et il brise les portes. »

Très calme, et comme si, véritablement, il n'eût pas entendu, Lupin reprit :

– Par exemple, rudement endommagée, l'Aiguille, quand j'ai réussi à la découvrir ! On voyait bien que nul n'avait possédé le secret depuis un siècle, depuis Louis XVI et la Révolution. Le tunnel menaçait ruine. Les escaliers s'effritaient. L'eau coulait à l'intérieur. Il m'a fallu étayer, consolider, reconstruire.

Beautrelet ne put s'empêcher de dire :

– À votre arrivée, était-ce vide ?

– À peu près. Les rois n'ont pas dû utiliser l'Aiguille, ainsi que je l'ai fait, comme entrepôt…

– Comme refuge, alors ?

– Oui, sans doute, au temps des invasions, au temps des guerres civiles, également. Mais sa véritable destination, ce fut d'être… comment dirais-je ?… le coffre-fort des rois de France.

Les coups redoublaient, moins sourds maintenant. Ganimard avait dû briser la première porte, et il s'attaquait à la seconde.

Un silence, puis d'autres coups plus rapprochés encore. C'était la troisième porte. Il en restait deux.

Par une des fenêtres, Beautrelet aperçut les barques

qui cinglaient autour de l'Aiguille, et, non loin, flottant comme un gros poisson noir, le torpilleur.

– Quel vacarme ! s'exclama Lupin, on ne s'entend pas ! Montons, veux-tu ? Peut-être cela t'intéressera-t-il de visiter l'Aiguille.

Ils passèrent à l'étage au-dessus, lequel était défendu, comme les autres, par une porte que Lupin referma derrière lui.

– Ma galerie de tableaux, dit-il.

Les murs étaient couverts de toiles, où Beautrelet lut aussitôt les signatures les plus illustres. Il y avait la *Vierge à l'Agnus Dei* de Raphaël, le *Portrait de Lucrezia Fede* d'André del Sarto, la *Salomé* du Titien, la *Vierge et les Anges* de Botticelli, des Tintoret, des Carpaccio, des Rembrandt, des Vélasquez[1].

– De belles copies ! approuva Beautrelet.

Lupin le regarda d'un air stupéfait :

– Quoi ! Des copies ! Es-tu fou ! Les copies sont à Madrid, mon cher, à Florence, à Venise, à Munich, à Amsterdam.

– Alors, ça ?

– Les toiles originales, collectionnées avec patience dans tous les musées d'Europe, où je les ai remplacées honnêtement par d'excellentes copies.

– Mais, un jour ou l'autre…

– Un jour ou l'autre, la fraude sera découverte ? Eh bien, l'on trouvera ma signature sur chacune des toiles

1. Grands peintres italiens, hollandais et espagnol de la Renaissance et du XVIIe siècle.

– par-derrière –, et l'on saura que c'est moi qui ai doté mon pays de chefs-d'œuvre originaux. Après tout, je n'ai fait que ce qu'a fait Napoléon en Italie… Ah ! tiens, Beautrelet, voici les quatre Rubens de M. de Gesvres…

Les coups ne discontinuaient pas au creux de l'Aiguille.

– Ce n'est plus tenable ! dit Lupin. Montons encore.

Un nouvel escalier. Une nouvelle porte.

– La salle des tapisseries, annonça Lupin.

Elles n'étaient pas suspendues, mais roulées, ficelées, étiquetées, et mêlées, d'ailleurs, à des paquets d'étoffes anciennes, que Lupin déplia : brocarts[1] merveilleux, velours admirables, soies souples aux tons fanés, chasubles[2], tissus d'or et d'argent…

Ils montèrent encore et Beautrelet vit la salle des horloges et des pendules, la salle des livres (oh ! les magnifiques reliures, et les volumes précieux introuvables, uniques exemplaires dérobés aux grandes bibliothèques !), la salle des dentelles, la salle des bibelots.

Et, chaque fois, le cercle de la salle diminuait. Et, chaque fois, maintenant, le bruit des coups s'éloignait. Ganimard perdait du terrain.

– La dernière, dit Lupin, la salle du trésor.

Celle-ci était toute différente. Ronde, aussi, mais très haute, de forme conique, elle occupait le sommet

1. Brocart : étoffe de soie brodée d'or ou d'argent.
2. Chasuble : vêtement liturgique sans manches revêtu par le prêtre pour célébrer la messe.

de l'édifice, et sa base devait se trouver à quinze ou vingt mètres de la pointe extrême de l'Aiguille.

Du côté de la falaise, point de lucarne. Mais, du côté de la mer, comme nul regard indiscret n'était à craindre, deux baies vitrées s'ouvraient, par où la lumière entrait abondamment. Le sol était couvert d'un plancher de bois rare, à dessins concentriques. Contre les murs, des vitrines, quelques tableaux.

– Les perles de mes collections, dit Lupin. Tout ce que tu as vu jusque-là est à vendre. Des objets s'en vont, d'autres arrivent. C'est le métier. Ici, dans ce sanctuaire, tout est sacré. Rien que du choix, de l'essentiel, le meilleur du meilleur, de l'inappréciable. Regarde ces bijoux, Beautrelet, amulettes chaldéennes[1], colliers égyptiens, bracelets celtiques, chaînes arabes… Regarde ces statuettes, Beautrelet, cette Vénus grecque, cet Apollon de Corinthe… Regarde ces tanagras[2], Beautrelet ! Tous les vrais tanagras sont ici. Hors de cette vitrine, il n'y en a pas un seul au monde qui soit authentique. Quelle jouissance de se dire cela ! Beautrelet, tu te rappelles les pilleurs d'églises dans le Midi, la bande Thomas et compagnie – des agents à moi, soit dit en passant –, eh bien, voici la châsse d'Ambazac[3], la véritable, Beautrelet ! Tu te rappelles le scandale du Louvre, la tiare reconnue fausse, imaginée, fabriquée par un artiste

1. Amulette chaldéenne : bijou, objet protecteur originaire de la Chaldée, ancienne région d'Asie Mineure.
2. Tanagra : petite figurine de terre cuite aux formes simples et gracieuses fabriquée dans la Grèce antique.
3. Châsse d'Ambazac : reliquaire précieux du XIIe siècle, volé en 1907 par des pilleurs d'églises, puis retrouvé.

moderne… Voici la tiare de Saïtapharnès[1], la véritable, Beautrelet ! Regarde, regarde bien, Beautrelet ! Voici la merveille des merveilles, l'œuvre suprême, la pensée d'un dieu, voici la *Joconde* de Vinci, la véritable. À genoux, Beautrelet, toute la femme est devant toi !

Un long silence entre eux. En bas, les coups se rapprochaient. Deux ou trois portes, pas davantage, les séparaient de Ganimard.

Au large, on apercevait le dos noir du torpilleur et les barques qui croisaient. Le jeune homme demanda :

– Et le trésor ?

– Ah ! petit, c'est cela, surtout, qui t'intéresse ! Tous ces chefs-d'œuvre de l'art humain, n'est-ce pas ? ça ne vaut pas, pour ta curiosité, la contemplation du trésor… Et toute la foule sera comme toi !… Allons, sois satisfait !

Il frappa violemment du pied, fit ainsi basculer un des disques qui composaient le parquet, et, le soulevant comme le couvercle d'une boîte, il découvrit une sorte de cuve, toute ronde, creusée à même le roc. Elle était vide. Un peu plus loin, il exécuta la même manœuvre. Une autre cuve apparut. Vide également. Trois fois encore, il recommença. Les trois autres cuves étaient vides.

– Hein ! ricana Lupin, quelle déception ! Sous Louis XI, sous Henri IV, sous Richelieu, les cinq cuves devaient être pleines. Mais, pense donc à Louis XIV, à

1. Tiare de Saïtapharnès : coiffure d'apparat en or censée appartenir au roi scythe Saïtapharnès, achetée par le Louvre en avril 1896 et qui se révéla être un faux.

la folie de Versailles, aux guerres, aux grands désastres du règne ! Et pense à Louis XV, le roi prodigue, à la Pompadour, à la du Barry[1] ! Ce qu'on a dû puiser alors ! Avec quels ongles crochus on a dû gratter la pierre ! Tu vois, plus rien…

Il s'arrêta :

– Si, Beautrelet, quelque chose encore, la sixième cachette ! Intangible[2], celle-là… Nul d'entre eux n'osa jamais y toucher. C'était la ressource suprême… disons le mot : la poire pour la soif[3]. Regarde, Beautrelet.

Il se baissa et souleva le couvercle. Un coffret de fer emplissait la cuve. Lupin sortit de sa poche une clef à gorge et à rainures compliquées, et il ouvrit.

Ce fut un éblouissement. Toutes les pierres précieuses étincelaient, toutes les couleurs flamboyaient, l'azur des saphirs, le feu des rubis, le vert des émeraudes, le soleil des topazes.

– Regarde, regarde, petit Beautrelet. Ils ont dévoré toute la monnaie d'or, toute la monnaie d'argent, tous les écus, et tous les ducats, et tous les doublons, mais le coffre des pierres précieuses est intact ! Regarde les montures. Il y en a de toutes les époques, de tous les siècles, de tous les pays. Les dots des reines sont là. Chacune apporta sa part, Marguerite d'Écosse et Charlotte de Savoie, Marie d'Angleterre et Catherine de Médicis et toutes les archiduchesses d'Autriche, Éléonore,

1. La marquise de Pompadour (1721-1764) et la comtesse du Barry (1743-1793) sont deux favorites de Louis XV, roi de France de 1715 à 1774.
2. Intangible : intouchable.
3. Poire pour la soif : ce qu'on conserve pour des besoins à venir.

Élisabeth, Marie-Thérèse, Marie-Antoinette[1]… Regarde ces perles, Beautrelet ! et ces diamants ! l'énormité de ces diamants ! Aucun d'eux qui ne soit digne d'une impératrice ! Le Régent de France[2] n'est pas plus beau !

Il se releva et tendit la main en signe de serment :

– Beautrelet, tu diras à l'univers que Lupin n'a pas pris une seule des pierres qui se trouvaient dans le coffre royal, pas une seule, je le jure sur l'honneur ! Je n'en avais pas le droit. C'était la fortune de la France…

En bas, Ganimard se hâtait. À la répercussion des coups, il était facile de juger que l'on attaquait l'avant-dernière porte, celle qui donnait accès à la salle des bibelots.

– Laissons le coffre ouvert, dit Lupin, et toutes les cuves aussi, tous ces petits sépulcres[3] vides…

Il fit le tour de la pièce, examina certaines vitrines, contempla certains tableaux et, se promenant d'un air pensif :

– Comme c'est triste de quitter tout cela ! Quel déchirement ! Mes plus belles heures, je les ai passées ici, seul en face de ces objets que j'aimais… Et mes yeux ne les verront plus, et mes mains ne les toucheront plus.

Il y avait sur son visage contracté une telle expression de lassitude que Beautrelet en éprouva une pitié confuse. La douleur, chez cet homme, devait prendre

1. Reines de France, du XVe au XVIIIe siècle.
2. Le Régent de France : diamant acheté par le régent Philippe d'Orléans en 1717.
3. Sépulcre : tombeau.

des proportions plus grandes que chez un autre, de même que la joie, de même que l'orgueil ou l'humiliation.

Près de la fenêtre, maintenant, et le doigt tendu vers l'horizon, il disait :

– Ce qui est plus triste encore, c'est cela, tout cela qu'il me faut abandonner. Est-ce beau ? la mer immense… le ciel… À droite et à gauche les falaises d'Étretat, avec leurs trois portes, la porte d'Amont[1], la porte d'Aval, la Manneporte… autant d'arcs de triomphe pour le maître… Et le maître c'était moi ! Roi de l'aventure ! Roi de l'Aiguille creuse ! Royaume étrange et surnaturel ! de César à Lupin… Quelle destinée !

Il éclata de rire.

– Roi de féerie ? et pourquoi cela ? disons tout de suite roi d'Yvetot ! Quelle blague ! Roi du monde, oui, voilà la vérité ! De cette pointe d'Aiguille, je dominais l'univers ! Je le tenais dans mes griffes comme une proie ! Soulève la tiare de Saïtapharnès, Beautrelet… Tu vois ce double appareil téléphonique… À droite, c'est la communication avec Paris – ligne spéciale. À gauche, avec Londres, ligne spéciale. Par Londres j'ai l'Amérique, j'ai l'Asie, j'ai l'Australie ! Dans tous ces pays, des comptoirs, des agents de vente, des rabatteurs[2]. C'est le trafic international. C'est le grand marché de l'art et de

1. Porte d'Amont : arche naturelle dans la falaise est d'Étretat.
2. Rabatteur : personne chargée de trouver des acheteurs, des clients.

l'antiquité, la foire du monde. Ah ! Beautrelet, il y a des moments où ma puissance me tourne la tête. Je suis ivre de force et d'autorité…

La porte en dessous céda. On entendit Ganimard et ses hommes qui couraient et qui cherchaient… Après un instant, Lupin reprit, à voix basse :

– Et voilà, c'est fini… Une petite fille a passé, qui a des cheveux blonds, de beaux yeux tristes, et une âme honnête, oui, honnête, et c'est fini… moi-même je démolis le formidable édifice… tout le reste me paraît absurde et puéril… il n'y a plus que ses cheveux qui comptent… ses yeux tristes… et sa petite âme honnête.

Les hommes montaient l'escalier. Un coup ébranla la porte, la dernière… Lupin empoigna brusquement le bras du jeune homme.

– Comprends-tu, Beautrelet, pourquoi je t'ai laissé le champ libre, alors que, tant de fois, depuis des semaines, j'aurais pu t'écraser ? Comprends-tu que tu aies réussi à parvenir jusqu'ici ? Comprends-tu que j'aie délivré à chacun de mes hommes leur part de butin et que tu les aies rencontrés l'autre nuit sur la falaise ? Tu le comprends, n'est-ce pas ? L'Aiguille creuse, c'est l'Aventure. Tant qu'elle est à moi, je reste l'Aventurier. L'Aiguille reprise, c'est tout le passé qui se détache de moi, c'est l'avenir qui commence, un avenir de paix et de bonheur où je ne rougirai plus quand les yeux de Raymonde me regarderont, un avenir…

Il se retourna furieux, vers la porte :

– Mais tais-toi donc, Ganimard, je n'ai pas fini ma tirade !

Les coups se précipitaient. On eût dit le choc d'une poutre projetée contre la porte. Debout en face de Lupin, Beautrelet, éperdu de curiosité, attendait les événements, sans comprendre le manège de Lupin. Qu'il eût livré l'Aiguille, soit, mais pourquoi se livrait-il lui-même ? Quel était son plan ? Espérait-il échapper à Ganimard ? Et d'un autre côté, où donc se trouvait Raymonde ?

Lupin cependant murmurait, songeur :

– Honnête... Arsène Lupin honnête... plus de vol... mener la vie de tout le monde... Et pourquoi pas ? il n'y a aucune raison pour que je ne retrouve pas le même succès... Mais fiche-moi donc la paix, Ganimard ! Tu ignores donc, triple idiot, que je suis en train de prononcer des paroles historiques, et que Beautrelet les recueille pour nos petits-fils !

Il se mit à rire :

– Je perds mon temps. Jamais Ganimard ne saisira l'utilité de mes paroles historiques.

Il prit un morceau de craie rouge, approcha du mur un escabeau, et il inscrivit en grosses lettres :

Arsène Lupin lègue à la France tous les trésors de l'Aiguille creuse, à la seule condition que ces trésors soient installés au musée du Louvre, dans des salles qui porteront le nom de « salles Arsène Lupin ».

– Maintenant, dit-il, ma conscience est en paix. La France et moi nous sommes quittes.

Les assaillants frappaient à tour de bras. Un des

panneaux fut éventré. Une main passa, cherchant la serrure.

– Tonnerre, dit Lupin, Ganimard est capable d'arriver au but, pour une fois.

Il sauta sur la serrure et enleva la clef.

– Crac, mon vieux, cette porte-là est solide… J'ai tout mon temps… Beautrelet, je te dis adieu… Et merci !… car vraiment tu aurais pu me compliquer l'attaque… mais tu es un délicat, toi !

Il s'était dirigé vers un grand triptyque de Van der Weyden[1], qui représentait les Rois mages. Il replia le volet de droite et découvrit ainsi une petite porte dont il saisit la poignée.

– Bonne chasse, Ganimard, et bien des choses chez toi !

Un coup de feu retentit. Il bondit en arrière.

– Ah ! canaille, en plein cœur ! T'as donc pris des leçons ? Fichu, le Roi mage ! En plein cœur ! Fracassé comme une pipe à la foire…

– Rends-toi, Lupin ! hurla Ganimard dont le revolver surgissait hors du panneau brisé et dont on apercevait les yeux brillants… Rends-toi, Lupin !

– Et la garde, est-ce qu'elle se rend ?

– Si tu bouges, je te brûle[2]…

– Allons donc, tu ne peux pas m'avoir d'ici !

De fait, Lupin s'était éloigné, et si Ganimard, par la brèche pratiquée dans la porte, pouvait tirer droit

1. Triptyque de Van der Weyden : œuvre en trois panneaux du peintre flamand Rogier Van der Weyden (1399-1464).
2. Je te brûle : je te tire une balle.

devant lui, il ne pouvait tirer ni surtout viser du côté où se trouvait Lupin… La situation de celui-ci n'en était pas moins terrible, puisque l'issue sur laquelle il comptait, la petite porte du triptyque, s'ouvrait en face de Ganimard. Essayer de s'enfuir, c'était s'exposer au feu du policier… et il restait cinq balles dans le revolver.

– Fichtre, dit-il en riant, mes actions sont en baisse. C'est bien fait, mon vieux Lupin, t'as voulu avoir une dernière sensation et t'as trop tiré sur la corde. Fallait pas tant bavarder.

Il s'aplatit contre le mur. Sous l'effort des hommes, un pan du panneau encore avait cédé, et Ganimard était plus à l'aise. Trois mètres, pas davantage, séparaient les deux adversaires. Mais une vitrine en bois doré protégeait Lupin.

– À moi donc, Beautrelet, s'écria le vieux policier, qui grinçait de rage, tire donc dessus, au lieu de reluquer[1] comme ça !…

Isidore, en effet, n'avait pas remué, spectateur passionné, mais indécis jusque-là. De toutes ses forces, il eût voulu se mêler à la lutte et abattre la proie qu'il tenait à sa merci. Un sentiment obscur l'en empêchait.

L'appel de Ganimard le secoua. Sa main se crispa à la crosse de son revolver.

« Si je prends parti, pensa-t-il, Lupin est perdu… et j'en ai le droit… c'est mon devoir… »

Leurs yeux se rencontrèrent. Ceux de Lupin étaient

1. Reluquer : regarder avec attention (familier).

calmes, attentifs, presque curieux, comme si, dans l'effroyable danger qui le menaçait, il ne se fût intéressé qu'au problème moral qui étreignait le jeune homme. Isidore se déciderait-il à donner le coup de grâce à l'ennemi vaincu ?... La porte craqua du haut en bas.

– À moi, Beautrelet, nous le tenons, vociféra Ganimard.

Isidore leva son revolver.

Ce qui se passa fut si rapide qu'il n'en eut pour ainsi dire conscience que par la suite. Il vit Lupin se baisser, courir le long du mur, raser la porte, au-dessous de l'arme même que brandissait vainement Ganimard, et il se sentit soudain, lui, Beautrelet, projeté à terre, ramassé aussitôt, et soulevé par une force invincible.

Lupin le tenait en l'air, comme un bouclier vivant, derrière lequel il se cachait.

– Dix contre un que je m'échappe, Ganimard ! Avec Lupin, vois-tu, il y a toujours de la ressource...

Il avait reculé rapidement vers le triptyque. Tenant d'une main Beautrelet plaqué contre sa poitrine, de l'autre il dégagea l'issue et referma la petite porte. Il était sauvé... Tout de suite un escalier s'offrit à eux, qui descendait brusquement.

– Allons, dit Lupin, en poussant Beautrelet devant lui, l'armée de terre est battue... occupons-nous de la flotte française. Après Waterloo, Trafalgar[1]... T'en auras pour ton argent, hein, petit !... Ah ! que c'est

1. Trafalgar : défaite de la flotte franco-espagnole face à la flotte britannique commandée par l'amiral Nelson le 21 octobre 1805.

drôle, les voilà qui cognent le triptyque maintenant… Trop tard, les enfants… Mais file donc, Beautrelet…

L'escalier, creusé dans la paroi de l'Aiguille, dans son écorce même, tournait tout autour de la pyramide, l'encerclant comme la spirale d'un toboggan.

L'un pressant l'autre, ils dégringolaient les marches deux par deux, trois par trois. De place en place un jet de lumière giclait à travers une fissure, et Beautrelet emportait la vision des barques de pêche qui évoluaient à quelques dizaines de brasses, et du torpilleur noir…

Ils descendaient, ils descendaient, Isidore silencieux, Lupin toujours exubérant.

– Je voudrais bien savoir ce que fait Ganimard ? Dégringole-t-il les autres escaliers pour me barrer l'entrée du tunnel ? Non, il n'est pas si bête… Il aura laissé là quatre hommes… et quatre hommes suffisent.

Il s'arrêta.

– Écoute… ils crient là-haut… c'est ça, ils auront ouvert la fenêtre et ils appellent leur flotte… Regarde, on se démène sur les barques… on échange des signaux… le torpilleur bouge… Brave torpilleur ! je te reconnais, tu viens du Havre… Canonniers, à vos postes… Bigre, voilà le commandant… Bonjour, Duguay-Trouin[1].

Il passa son bras par une fenêtre et agita son mouchoir. Puis il se remit en marche.

– La flotte ennemie fait force de rames, dit-il. L'abordage est imminent. Dieu que je m'amuse !

1. René Duguay-Trouin (1673-1736) : corsaire et amiral français.

Ils perçurent des bruits de voix au-dessous d'eux. À ce moment, ils approchaient du niveau de la mer, et ils débouchèrent presque aussitôt dans une vaste grotte où deux lanternes allaient et venaient parmi l'obscurité. Une ombre surgit et une femme se jeta au cou de Lupin !

– Vite ! vite ! j'étais inquiète !… Qu'est-ce que vous faisiez ?… Mais vous n'êtes pas seul ?…

Lupin la rassura.

– C'est notre ami Beautrelet… Figure-toi que notre ami Beautrelet a eu la délicatesse… mais je te raconterai cela… nous n'avons pas le temps… Charolais, tu es là ?… Ah ! bien… Le bateau ?…

Charolais répondit :

– Le bateau est prêt.

– Allume, fit Lupin.

Au bout d'un instant le bruit d'un moteur crépita, et Beautrelet dont le regard s'habituait peu à peu aux demi-ténèbres, finit par se rendre compte qu'ils se trouvaient sur une sorte de quai, au bord de l'eau, et que, devant eux, flottait un canot.

– Un canot automobile, dit Lupin, complétant les observations de Beautrelet. Hein, tout ça t'épate, mon vieil Isidore… Tu ne comprends pas ?… Comme l'eau que tu vois n'est autre que l'eau de la mer qui s'infiltre à chaque marée dans cette excavation, il en résulte que j'ai là une petite rade invisible et sûre…

– Mais fermée, objecta Beautrelet. Personne ne peut y entrer, et personne en sortir.

– Si, moi, fit Lupin, et je vais te le prouver.

Il commença par conduire Raymonde, puis revint chercher Beautrelet. Celui-ci hésita.

– Tu as peur ? dit Lupin.

– De quoi ?

– D'être coulé à fond par le torpilleur ?

– Non.

– Alors tu te demandes si ton devoir n'est pas de rester côté Ganimard, justice, société, morale, au lieu d'aller côté Lupin, honte, infamie, déshonneur ?

– Précisément.

– Par malheur, mon petit, tu n'as pas le choix… Pour l'instant, il faut qu'on nous croie morts tous les deux… et qu'on me fiche la paix que l'on doit à un futur honnête homme. Plus tard, quand je t'aurai rendu ta liberté, tu parleras à ta guise… je n'aurai plus rien à craindre.

À la manière dont Lupin lui étreignit le bras, Beautrelet sentit que toute résistance était inutile. Et puis, pourquoi résister ? N'avait-il pas le droit de s'abandonner à la sympathie irrésistible que, malgré tout, cet homme lui inspirait ? Ce sentiment fut si net en lui qu'il eut envie de dire à Lupin :

« Écoutez, vous courez un autre danger plus grave : Sholmès est sur vos traces… »

– Allons, viens, lui dit Lupin, avant qu'il se fût résolu à parler.

Il obéit et se laissa mener jusqu'au bateau, dont la forme lui parut singulière et l'aspect tout à fait imprévu.

Une fois sur le pont, ils descendirent les degrés d'un petit escalier abrupt, d'une échelle plutôt, qui était accrochée à une trappe, laquelle trappe se referma sur eux.

Au bas de l'échelle, il y avait, vivement éclairé par une lampe, un réduit de dimensions très exiguës où se trouvait déjà Raymonde, et où ils eurent exactement la place de s'asseoir tous les trois. Lupin décrocha un cornet acoustique et ordonna :

– En route, Charolais.

Isidore eut l'impression désagréable que l'on éprouve à descendre dans un ascenseur, l'impression du sol, de la terre qui se dérobe sous vous, l'impression du vide. Cette fois, c'était l'eau qui se dérobait, et du vide s'entrouvrait, lentement…

– Hein, nous coulons ? ricana Lupin. Rassure-toi… le temps de passer de la grotte supérieure où nous sommes à une petite grotte située tout en bas, à demi ouverte à la mer, et où l'on peut entrer à marée basse… tous les ramasseux de coquillages la connaissent… Ah ! dix secondes d'arrêt !… nous passons… et le passage est étroit ! juste la grandeur du sous-marin…

– Mais, interrogea Beautrelet, comment se fait-il que les pêcheurs qui entrent dans la grotte d'en bas ne sachent pas qu'elle est percée en haut et communique avec une autre grotte d'où part un escalier qui traverse l'Aiguille ? La vérité est à la disposition du premier venu.

– Erreur, Beautrelet ! La voûte de la petite grotte publique est fermée, à marée basse, par un plafond mobile, couleur de roche, que la mer en montant déplace et élève avec elle, et que la mer en redescendant rapplique hermétiquement sur la petite grotte. C'est pourquoi, à marée haute, je puis passer… Hein ! c'est ingénieux… Une idée à Bibi ça… Il est vrai que ni César, ni Louis XIV, bref qu'aucun de mes aïeux ne pouvait l'avoir puisqu'ils ne jouissaient pas du sous-marin… Ils se contentaient de l'escalier qui descendait alors jusqu'à la petite grotte du bas… Moi, j'ai supprimé les dernières marches et imaginé ce plafond mobile. Un cadeau que je fais à la France… Raymonde, ma chérie, éteignez la lampe qui est à côté de vous… nous n'en avons plus besoin… au contraire.

En effet, une clarté pâle, qui semblait la couleur même de l'eau, les avait accueillis au sortir de la grotte et pénétrait dans la cabine par les deux hublots dont elle était munie et par une grosse calotte de verre qui dépassait le plancher du pont et permettait d'inspecter les couches supérieures de la mer.

Et tout de suite une ombre glissa au-dessus d'eux.

– L'attaque va se produire. La flotte ennemie cerne l'Aiguille… Mais si creuse que soit cette Aiguille, je me demande comment ils vont y pénétrer…

Il prit le cornet acoustique :

– Ne quittons pas les fonds, Charolais… Où allons-nous ? Mais je te l'ai dit… À Port-Lupin… et à toute vitesse, hein ? Il faut qu'il y ait de l'eau pour aborder… nous avons une dame avec nous.

Ils rasaient la plaine de rocs. Les algues, soulevées, se dressaient comme une lourde végétation noire, et les courants profonds les faisaient onduler gracieusement, se détendre, et s'allonger comme des chevelures qui flottent. Une ombre encore, plus longue…

– C'est le torpilleur, dit Lupin, le canon va donner de la voix… Que va faire Duguay-Trouin ? Bombarder l'Aiguille ? Ce que nous perdons, Beautrelet, en n'assistant pas à la rencontre de Duguay-Trouin et de Ganimard ! La réunion des forces terrestres et des forces navales !… Hé, Charolais ! nous dormons…

On filait vite, cependant. Les champs de sable avaient succédé aux rochers, puis ils virent presque aussitôt d'autres rochers qui marquaient la pointe droite d'Étretat, la porte d'Amont. Des poissons s'enfuyaient à leur approche. L'un d'eux plus hardi s'accrocha au hublot, et il les regardait de ses gros yeux immobiles et fixes.

– À la bonne heure, nous marchons, s'écria Lupin. Que dis-tu de ma coquille de noix[1], Beautrelet ? Pas mauvaise, n'est-ce pas ?… Tu te rappelles l'aventure du Sept-de-cœur[2], la fin misérable de l'ingénieur Lacombe, et comment, après avoir puni ses meurtriers, j'ai offert à l'État ses papiers et ses plans pour la construction d'un nouveau sous-marin – encore un cadeau à la France. Eh bien, parmi ces plans, j'avais gardé ceux d'un canot automobile submersible, et voilà comment tu as l'honneur de naviguer en ma compagnie…

Il appela Charolais.

– Fais-nous monter, plus de danger…

1. Coquille de noix : petite embarcation.
2. *Arsène Lupin, gentleman-cambrioleur.*

Ils bondirent jusqu'à la surface et la cloche de verre émergea... Ils se trouvaient à un mille[1] des côtes, hors de vue par conséquent, et Beautrelet put alors se rendre un compte plus juste de la rapidité vertigineuse avec laquelle ils avançaient.

Fécamp d'abord passa devant eux, puis toutes les plages normandes, Saint-Pierre, les Petites-Dalles, Veulettes, Saint-Valery, Veules, Quiberville.

Lupin plaisantait toujours, et Isidore ne se lassait pas de le regarder et de l'entendre, émerveillé par la verve de cet homme, sa gaieté, sa gaminerie, son insouciance ironique, sa joie de vivre.

Il observait aussi Raymonde. La jeune femme demeurait silencieuse, serrée contre celui qu'elle aimait. Elle avait pris ses mains entre les siennes et souvent levait les yeux sur lui, et plusieurs fois Beautrelet remarqua que ses mains se crispaient un peu et que la tristesse de ses yeux s'accentuait. Et, chaque fois, c'était comme une réponse muette et douloureuse aux boutades de Lupin. On eût dit que cette légèreté de paroles, cette vision sarcastique[2] de la vie lui causaient une souffrance.

– Tais-toi..., murmura-t-elle, c'est défier le destin que de rire... Tant de malheurs peuvent encore nous atteindre !

En face de Dieppe, on dut plonger pour n'être pas aperçu des embarcations de pêche. Et vingt minutes

1. Mille (marin) : mesure de distance maritime valant 1 852 mètres.
2. Sarcastique : ironique, moqueuse.

plus tard, ils obliquèrent vers la côte, et le bateau entra dans un petit port sous-marin formé par une coupure irrégulière entre les rochers, se rangea le long d'un môle[1] et remonta doucement à la surface.

– Port-Lupin, annonça Lupin.

L'endroit situé à cinq lieues de Dieppe, à trois lieues du Tréport, protégé à droite et à gauche par deux éboulements de falaise, était absolument désert. Un sable fin tapissait les pentes de la menue plage.

– À terre, Beautrelet… Raymonde, donnez-moi la main… Toi, Charolais, retourne à l'Aiguille voir ce qui se passe entre Ganimard et Duguay-Trouin, et tu viendras me le dire à la fin du jour. Ça me passionne, cette affaire-là.

Beautrelet se demandait avec une certaine curiosité comment ils allaient sortir de cette anse emprisonnée qui s'appelait Port-Lupin, quand il avisa au pied même de la falaise les montants d'une échelle de fer.

– Isidore, dit Lupin, si tu connaissais ta géographie et ton histoire, tu saurais que nous sommes au bas de la gorge de Parfonval, sur la commune de Biville. Il y a plus d'un siècle, dans la nuit du 23 août 1803, Georges Cadoudal[2] et six complices débarqués en France avec l'intention d'enlever le premier consul Bonaparte, se hissèrent jusqu'en haut par le chemin que je vais te montrer. Depuis, des éboulements ont démoli ce chemin.

1. Môle : jetée, digue.
2. Georges Cadoudal (1771-1804) : opposant à Bonaparte, commandant de l'armée catholique de Vendée et de Bretagne (les chouans), arrêté et guillotiné en 1804.

Mais Valméras, plus connu sous le nom d'Arsène Lupin, l'a fait restaurer à ses frais, et il a acheté la ferme de la Neuvillette, où les conjurés ont passé leur première nuit, et où, retiré des affaires, désintéressé des choses de ce monde, il va vivre, entre sa mère et sa femme, la vie respectable du hobereau[1]. Le gentleman-cambrioleur est mort, vive le gentleman-farmer !

Après l'échelle, c'était comme un étranglement, une ravine abrupte creusée par les eaux de pluie, et au fond de laquelle on s'accrochait à un simulacre d'escalier garni d'une rampe. Ainsi que l'expliqua Lupin, cette rampe avait été mise en lieu et place de « l'estamperche », longue cordée fixée à des pieux dont s'aidaient jadis les gens du pays pour descendre à la plage… Une demi-heure d'ascension et ils débouchèrent sur le plateau non loin d'une de ces huttes creusées en pleine terre, et qui servent d'abri aux douaniers de la côte. Et précisément, au détour de la sente, un douanier apparut.

– Rien de nouveau, Gomel ? lui dit Lupin.

– Rien, patron.

– Personne de suspect ?

– Non, patron… cependant…

– Quoi ?

– Ma femme… qui est couturière à la Neuvillette…

– Oui, je sais… Césarine… Eh bien ?

– Il paraît qu'un matelot rôdait ce matin dans le village.

1. Hobereau : gentilhomme campagnard de petite noblesse.

– Quelle tête avait-il, ce matelot ?

– Pas naturelle… Une tête d'Anglais.

– Ah ! fit Lupin préoccupé. Et tu as donné l'ordre à Césarine…

– D'ouvrir l'œil, oui, patron.

– C'est bien, surveille le retour de Charolais d'ici deux, trois heures… S'il y a quelque chose, je suis à la ferme.

Il reprit son chemin et dit à Beautrelet :

– C'est inquiétant… Est-ce Sholmès ? Ah ! si c'est lui, exaspéré comme il doit l'être, tout est à craindre.

Il hésita un moment :

– Je me demande si nous ne devrions pas rebrousser chemin… oui, j'ai de mauvais pressentiments…

Des plaines légèrement ondulées se déroulaient à perte de vue. Un peu sur la gauche, de belles allées d'arbres menaient vers la ferme de la Neuvillette dont on apercevait les bâtiments… C'était la retraite qu'il avait préparée, l'asile de repos promis à Raymonde. Allait-il, pour d'absurdes idées, renoncer au bonheur à l'instant même où il atteignait le but ?

Il saisit le bras d'Isidore, et lui montrant Raymonde qui les précédait :

– Regarde-la. Quand elle marche, sa taille a un petit balancement que je ne puis voir sans trembler… Mais, tout en elle me donne ce tremblement de l'émotion et de l'amour, ses gestes aussi bien que son immobilité, son silence comme le son de sa voix. Tiens, le fait seul de marcher sur la trace de ses pas me cause un véritable bien-être. Ah ! Beautrelet, oubliera-t-elle jamais que je fus Lupin ? Tout ce passé qu'elle exècre[1], parviendrai-je à l'effacer de son souvenir ?

Il se domina et, avec une assurance obstinée :

– Elle oubliera ! affirma-t-il. Elle oubliera parce que je lui ai fait tous les sacrifices. J'ai sacrifié le refuge inviolable de l'Aiguille creuse, j'ai sacrifié mes trésors, ma puissance, mon orgueil… je sacrifierai tout… Je ne veux plus être rien… plus rien qu'un homme qui aime… un homme honnête puisqu'elle ne peut aimer qu'un homme honnête… Après tout, qu'est-ce que ça me fait d'être honnête ? Ce n'est pas plus déshonorant qu'autre chose…

La boutade lui échappa pour ainsi dire à son insu. Sa voix demeura grave et sans ironie. Et il murmurait avec une violence contenue :

– Ah ! vois-tu, Beautrelet, de toutes les joies effrénées que j'ai goûtées dans ma vie d'aventures, il n'en est pas une qui vaille la joie que me donne son regard quand elle est contente de moi… Je me sens tout faible alors… et j'ai envie de pleurer…

Pleurait-il ? Beautrelet eut l'intuition que des larmes mouillaient ses yeux. Des larmes dans les yeux de Lupin ! des larmes d'amour !

Ils approchaient d'une vieille porte qui servait d'entrée à la ferme. Lupin s'arrêta une seconde et balbutia :

1. Exècre : a en horreur.

– Pourquoi ai-je peur ?… C'est comme une oppression… Est-ce que l'aventure de l'Aiguille creuse n'est pas finie ? Est-ce que le destin n'accepte pas le dénouement que j'ai choisi ?

Raymonde se retourna, tout inquiète.

– Voilà Césarine. Elle court…

La femme du douanier, en effet, arrivait de la ferme en toute hâte. Lupin se précipita.

– Quoi ! qu'y a-t-il ? Parlez donc !

Suffoquée, à bout de souffle, Césarine bégaya :

– Un homme… j'ai vu un homme dans le salon.

– L'Anglais de ce matin ?

– Oui… mais déguisé autrement…

– Il vous a vue ?

– Non. Il a vu votre mère. Mme Valméras l'a surpris comme il s'en allait.

– Eh bien ?

– Il lui a dit qu'il cherchait Louis Valméras, qu'il était votre ami.

– Alors ?

– Alors madame a répondu que son fils était en voyage… pour des années…

– Et il est parti ?…

– Non. Il a fait des signes par la fenêtre qui donne sur la plaine… comme s'il appelait quelqu'un.

Lupin semblait hésiter. Un grand cri déchira l'air. Raymonde gémit :

– C'est ta mère… je reconnais…

Il se jeta sur elle, et l'entraînant dans un élan de passion farouche :

– Viens… fuyons… toi d'abord…

Mais tout de suite il s'arrêta, éperdu, bouleversé.

– Non, je ne peux pas… c'est abominable… Pardonne-moi… Raymonde… la pauvre femme là-bas… Reste ici… Beautrelet, ne la quitte pas.

Il s'élança le long du talus qui environne la ferme, tourna, et le suivit, en courant, jusqu'auprès de la barrière qui s'ouvre sur la plaine… Raymonde, que Beautrelet n'avait pu retenir, arriva presque en même temps que lui, et Beautrelet, dissimulé derrière les arbres, aperçut, dans l'allée déserte qui menait de la ferme à la barrière, trois hommes, dont l'un, le plus grand, marchait en tête, et dont deux autres tenaient sous les bras une femme qui essayait de résister et qui poussait des gémissements de douleur.

Le jour commençait à baisser. Cependant Beautrelet reconnut Herlock Sholmès. La femme était âgée. Des cheveux blancs encadraient son visage livide. Ils approchaient tous les quatre. Ils atteignaient la barrière. Sholmès ouvrit un battant. Alors Lupin s'avança et se planta devant lui.

Le choc parut d'autant plus effroyable qu'il fut silencieux, presque solennel. Longtemps les deux ennemis se mesurèrent du regard. Une haine égale convulsait leurs visages. Ils ne bougeaient pas.

Lupin prononça avec un calme terrifiant :

– Ordonne à tes hommes de laisser cette femme.

– Non !

On eût pu croire que l'un et l'autre ils redoutaient d'engager la lutte suprême et que l'un et l'autre ils ramassaient toutes leurs forces. Et plus de paroles inutiles cette fois, plus de provocations railleuses. Le silence, un silence de mort.

Folle d'angoisse, Raymonde attendait l'issue du duel. Beautrelet lui avait saisi les bras et la maintenait immobile. Au bout d'un instant, Lupin répéta :

– Ordonne à tes hommes de laisser cette femme.

– Non !

Lupin prononça :

– Écoute, Sholmès…

Mais il s'interrompit, comprenant la stupidité des mots. En face de ce colosse d'orgueil et de volonté qui s'appelait Sholmès, que signifiaient les menaces ?

Décidé à tout, brusquement il porta la main à la poche de son veston. L'Anglais le prévint, et, bondissant vers sa prisonnière, il lui colla le canon de son revolver à deux pouces[1] de la tempe.

– Pas un geste, Lupin, ou je tire.

En même temps ses deux acolytes[2] sortirent leurs armes et les braquèrent sur Lupin… Celui-ci se raidit, dompta la rage qui le soulevait, et, froidement, les deux mains dans ses poches, la poitrine offerte à l'ennemi, il recommença :

– Sholmès, pour la troisième fois, laisse cette femme tranquille.

L'Anglais ricana :

– On n'a pas droit d'y toucher, peut-être ! Allons,

1. Pouce : mesure de longueur équivalant à 2,5 centimètres environ.
2. Acolyte : complice.

allons, assez de blagues ! Tu ne t'appelles pas plus Valméras que tu ne t'appelles Lupin, c'est un nom que tu as volé, comme tu avais volé le nom de Charmerace. Et celle que tu fais passer pour ta mère, c'est Victoire, ta vieille complice, celle qui t'a élevé…

Sholmès eut un tort. Emporté par son désir de vengeance, il regarda Raymonde, que ces révélations frappaient d'horreur. Lupin profita de l'imprudence. D'un mouvement rapide, il fit feu.

– Damnation ! hurla Sholmès, dont le bras, transpercé, retomba le long de son corps.

Et apostrophant ses hommes :

– Tirez donc, vous autres ! Tirez donc !

Mais Lupin avait sauté sur eux, et il ne s'était pas écoulé deux secondes que celui de droite roulait à terre, la poitrine démolie, tandis que l'autre, la mâchoire fracassée, s'écroulait contre la barrière.

– Débrouille-toi, Victoire… attache-les… Et maintenant, à nous deux, l'Anglais…

Il se baissa en jurant :

– Ah ! canaille…

Sholmès avait ramassé son arme de la main gauche et le visait.

Une détonation… un cri de détresse… Raymonde s'était précipitée entre les deux hommes, face à l'Anglais. Elle chancela, porta la main à sa gorge, se redressa, tournoya, et s'abattit aux pieds de Lupin.

– Raymonde !… Raymonde !

Il se jeta sur elle et la pressa contre lui.

– Morte, fit-il.

Il y eut un moment de stupeur. Sholmès semblait confondu de son acte. Victoire balbutiait :

– Mon petit… mon petit…

Beautrelet s'avança vers la jeune femme et se pencha pour l'examiner. Lupin répétait : « Morte… morte… » d'un ton réfléchi, comme s'il ne comprenait pas encore.

Mais sa figure se creusa, transformée soudain, ravagée de douleur. Et il fut alors secoué d'une sorte de folie, fit des gestes irraisonnés, se tordit les poings, trépigna comme un enfant qui souffre trop.

– Misérable ! cria-t-il tout à coup, dans un accès de haine.

Et d'un choc formidable, renversant Sholmès, il le saisit à la gorge et lui enfonça ses doigts crispés dans la chair. L'Anglais râla, sans même se débattre.

– Mon petit, mon petit…, supplia Victoire.

Beautrelet accourut. Mais Lupin déjà avait lâché prise, et, près de son ennemi étendu à terre, il sanglotait.

Spectacle pitoyable ! Beautrelet ne devait jamais en oublier l'horreur tragique, lui qui savait tout l'amour de Lupin pour Raymonde, et tout ce que le grand aventurier avait immolé de lui-même pour animer d'un sourire le visage de sa bien-aimée.

La nuit commençait à recouvrir d'un linceul d'ombre le champ de bataille. Les trois Anglais ficelés et bâillonnés gisaient dans l'herbe haute. Des chansons bercèrent le vaste silence de la plaine. C'était les gens de la Neuvillette qui revenaient du travail.

Lupin se dressa. Il écouta les voix monotones. Puis il considéra la ferme heureuse où il avait espéré vivre paisiblement auprès de Raymonde. Puis il la regarda, elle, la pauvre amoureuse, que l'amour avait tuée, et qui dormait, toute blanche, de l'éternel sommeil.

Les paysans approchaient cependant. Alors Lupin se pencha, saisit la morte dans ses bras puissants, la souleva d'un coup, et, ployé en deux, l'étendit sur son dos.

– Allons-nous-en, Victoire.

– Allons-nous-en, mon petit.

– Adieu, Beautrelet, dit-il.

Et, chargé du précieux et horrible fardeau, suivi de sa vieille servante, silencieux, farouche, il partit du côté de la mer, et s'enfonça dans l'ombre profonde…

Carnet de lecture

Qui êtes-vous, monsieur Leblanc ?

Une enfance normande

Maurice Leblanc, le créateur ou, comme il aimait le laisser entendre, l'historiographe d'Arsène Lupin, est né à Rouen le 11 décembre 1864 dans une famille aisée. Il a deux sœurs, Jehanne, née un an avant lui, et Georgette, née en 1869, qui sera cantatrice et comédienne. Il fait ses études au lycée Corneille de Rouen et se crée ses meilleurs souvenirs d'enfance durant ses vacances chez sa tante Ernestine, dans une maison voisine des ruines de l'abbaye de Jumièges. C'est là qu'il découvre « toute la beauté de la nature qui se mêle aux ruines, et du passé qui s'entrelace au présent ». Passionné de bicyclette, à laquelle il consacrera en 1897 un récit intitulé *Voici des ailes*, il sillonne le pays de Caux et la côte normande, autant de lieux qui serviront de cadre à de nombreuses aventures d'Arsène Lupin.

Des débuts difficiles

À vingt-quatre ans, Maurice Leblanc refuse la carrière que lui propose son père dans l'industrie textile et s'installe à Paris. Passionné de littérature, il est décidé à vivre de sa plume. En 1889, il épouse Marie-Ernestine Lalanne, dont l'aisance financière lui permet de se consacrer à l'écriture. Il écrit des nouvelles et des contes à la manière de Flaubert et de Maupassant, ses deux modèles. Son premier roman, *Une femme*, paraît en feuilleton dans la revue *Gil Blas* en 1893. Suivent d'autres recueils de contes, salués par des écrivains renommés, comme Alphonse Daudet, Léon Bloy et Jules Renard, mais qui ne rencontrent pas leur public. Dépressif à cause de ses échecs littéraires, de son divorce (1895) et de son remariage qui tarde avec Marguerite Wormser (1906), il écrit pour gagner sa vie des contes sportifs dans le journal *L'Auto*.

Le succès vient avec Lupin

En juillet 1905, à la demande de l'éditeur Pierre Lafitte, Maurice Leblanc écrit pour son magazine *Je sais tout* une courte nouvelle intitulée « L'Arrestation d'Arsène Lupin ». Convaincu que Maurice Leblanc est le Conan Doyle français et qu'il possède toutes les qualités pour réussir dans le roman d'aventures, Pierre Lafitte pousse l'écrivain à lui donner une suite. *Arsène Lupin, gentleman-cambrioleur*, publié en 1907, connaît un succès foudroyant. Grâce à son héros, la notoriété de Maurice Leblanc dépasse bientôt les frontières pour s'étendre en Europe, en Amérique, puis un peu partout dans le monde. Dès 1908, les aventures d'Arsène Lupin sont adaptées au cinéma aux États-Unis (*Une aventure d'Arsène Lupin*). La même année, Maurice Leblanc écrit une pièce de théâtre avec Francis de Croisset intitulée *Arsène Lupin*. Représentée au théâtre de l'Athénée à Paris, elle remporte un énorme succès.

Durant les années qui précèdent le premier conflit mondial, Maurice Leblanc va enchaîner les réussites avec les aventures de son héros : *Arsène Lupin contre Herlock Sholmès* (1908), *L'Aiguille creuse* (1909), *813* (1910), *Le Bouchon de cristal* (1912), *Les Confidences d'Arsène Lupin* (1913). Ces titres paraissent dans la collection des romans d'aventures et d'action de Pierre Lafitte, une collection populaire à bon marché, dont les couvertures dessinées par Léo Fontan imposent une image durable d'Arsène Lupin avec chapeau haut de forme, canne à pommeau et monocle.

Cependant, Maurice Leblanc désespère d'une célébrité qu'il ne doit qu'au seul Lupin, héros d'une littérature populaire qu'il méprise. À la fin de *813*, il va même jusqu'à faire mourir son personnage, avant de le ressusciter dans *Le Bouchon de cristal*. Il tente aussi de profiter du succès du gentleman-cambrioleur pour faire rééditer ses premiers livres et continue d'écrire des romans et des contes sentimentaux qui ne remportent toujours pas le succès escompté.

La guerre, un tournant dans la vie de Maurice Leblanc et dans celle de son héros

La Grande Guerre marque une évolution dans la vie de Maurice Leblanc comme dans celle d'Arsène Lupin. Plutôt proche, comme son héros, des idées socialistes et rebelle à toute forme d'autorité, il devient nationaliste et partisan de la guerre. Trop âgé pour être mobilisé, il contribue aux œuvres d'assistance aux veuves, mutilés et orphelins de guerre. Les trois aventures d'Arsène Lupin éditées pendant et après la guerre : *L'Éclat d'obus* (1916), *Le Triangle d'or* (1918) et *L'Île aux trente cercueils* (1919), récits très hostiles à l'Allemagne, nous présentent un gentleman-cambrioleur patriote, avant tout préoccupé de servir son pays. Durant toute la durée du conflit, Maurice Leblanc passe les mois d'été à Étretat dans la villa *Le Sphinx*, qu'il finit par racheter en février 1919 et rebaptiser *Le Clos Lupin* (qui existe toujours et que l'on peut visiter).

Le retour du gentleman-cambrioleur

Après la guerre, le romancier semble s'être réconcilié avec son héros auquel il consacre de nombreux romans. Un héros moins infaillible (*Les Dents du tigre*, 1921), plus détective que cambrioleur (*Les Huit Coups de l'horloge*, 1923) et au service de la veuve et de l'orphelin (*La Demoiselle aux yeux verts*, 1927, *La Barre-y-va*, 1931). Parallèlement, Maurice Leblanc écrit des romans d'anticipation et tente de faire vivre de nouveaux héros et de nouvelles héroïnes d'aventures policières, genre qui conquiert ses lettres de noblesse à la fin des années 1920. L'écrivain considère alors le gentleman-cambrioleur avec de plus en plus d'affection, confiant à un journaliste en 1932 : « Il fut pour moi un excellent ami, cet Arsène. »

De santé fragile, il vit alors essentiellement dans sa villa d'Étretat. Il doit cependant la quitter au début de la Seconde Guerre mondiale pour se réfugier à Perpignan, où il meurt d'une pneumonie en 1941.

Le roman policier au début du XXe siècle

Voleurs et policiers à la Belle Époque

Les trois grands cycles de la littérature policière de la Belle Époque (1890-1914), Arsène Lupin, Rouletabille (Gaston Leroux) et Fantômas (Pierre Souvestre et Marcel Allain), voient le jour à quelques années d'intervalle, entre 1905 et 1911. Cette époque, que l'on qualifiera plus tard de « belle » après les terribles ravages de la Première Guerre mondiale, apparaît comme une période de prospérité, de progrès scientifiques et d'optimisme. Un optimisme que l'on retrouve dans l'œuvre de Leblanc et la personnalité même d'Arsène Lupin. La prospérité n'est cependant pas pour tous. À la périphérie des grandes villes, dans les quartiers populaires insalubres, sévissent l'alcoolisme, la prostitution et le crime. Les classes laborieuses sont perçues comme dangereuses par la riche bourgeoisie. Le crime fait peur et fascine à la fois. L'intérêt croissant pour les affaires criminelles est entretenu par la publication des Mémoires d'anciens chefs de la police, comme ceux de Vidocq (1829), et par la diffusion de *La Gazette des tribunaux* (1825-1870), véritable répertoire des affaires criminelles de l'époque. Les méfaits des bandes criminelles de Paris (les apaches) font la une des quotidiens populaires et de leurs suppléments illustrés *Le Petit Journal* ou *Le Petit Parisien*. Les lecteurs se passionnent pour le procès de Marius Jacob, anarchiste cambrioleur jugé à Amiens pour cent cinquante-six cambriolages et qui a pu servir de modèle à Lupin. Parallèlement la police se développe, s'organise et se modernise.

Premiers auteurs, premiers héros

Arsène Lupin, Rouletabille ou Fantômas, les héros du roman policier de la Belle Époque, ne surgissent pas spontanément de l'imagination fertile de trois écrivains passionnés par un genre nouveau. Dès la première moitié du XIXe siècle, des auteurs comme Eugène Sue connaissent le succès avec la peinture des bas-fonds des grandes villes (*Les Mystères de Paris*, 1842-1843). Ces romans-feuilletons s'intéressent cependant plus au crime, aux criminels et à leur environnement qu'à l'enquêteur et au mystère à élucider, ce qui est le propre du roman policier. C'est Edgar Allan Poe qui fonde le genre en 1841 avec son premier récit policier mettant en scène le détective Auguste Dupin : *Double assassinat dans la rue Morgue* (1841). Il est suivi par Émile Gaboriau avec ses romans judiciaires et son héros l'inspecteur Lecoq, qui apparaît dans *L'Affaire Lerouge* (1866). C'est enfin Arthur Conan Doyle avec son personnage de Sherlock Holmes, dont les aventures sont traduites en français dès 1902, et William Hornung, dont le héros Arthur J. Raffles, un gentleman-cambrioleur, n'est pas sans faire penser à Arsène Lupin.

Qui êtes-vous, Arsène Lupin ?

Dès les premiers récits des aventures de son gentleman-cambrioleur, Maurice Leblanc nous propose un héros hors du commun mais bien réel. Et nombreux sont ceux qui pensent ou, tout au moins, se plaisent à penser qu'il a réellement existé. Qui est donc Arsène Lupin ?

L'héritier d'une longue tradition de bandits au grand cœur

Arsène Lupin est un hors-la-loi, un voleur, mais il n'est pas immoral. Il s'inscrit dans une longue tradition littéraire et historique de justiciers au grand cœur : Robin des Bois, personnage légendaire qui réapparaît dans le livre de Walter Scott, *Ivanhoé* (1819) ; Louis Mandrin (1725-1755), contrebandier qui, pour s'être dressé contre les injustices fiscales de l'Ancien Régime, est condamné au supplice de la roue. Plus proches de Lupin, on trouve les justiciers des romans-feuilletons criminels : Rodolphe, le héros des *Mystères de Paris* d'Eugène Sue, d'origine princière mais familier des bas-fonds, défenseur de la veuve et de l'orphelin ; Rocambole, le héros des *Drames de Paris* (1859-1870), de Pierre Alexis Ponson du Terrail, qui abandonne sa carrière de malfrat pour venir lui aussi au secours des opprimés. Arsène Lupin vole les riches, des riches peu sympathiques comme le comte de Gesvres et sa fille Suzanne qui ont fait subir à Mlle de Saint-Véran mille petits outrages du fait de sa situation de parente pauvre. C'est un voleur patriote qui s'interdit de prélever « une seule des pierres qui se trouvaient dans le coffre royal » (chapitre 10), car c'est la fortune de la France.

Un homme de son temps

Arsène Lupin est un héros moderne. Il utilise la presse pour commettre ses forfaits et soigner sa popularité. Conscient de l'importance internationale du marché de l'art, alors en plein essor, il profite de la liaison téléphonique avec la capitale britannique, installée en 1891 grâce à un câble sous-marin, pour communiquer avec le monde entier. Arsène Lupin aime la vitesse, interpellant, lors de son retour de Bretagne en compagnie de Beautrelet, le chauffeur de sa limousine de cent chevaux : « Plus vite, mécano, nous ne faisons que du cent quinze… » (chapitre 7). Sportif accompli, formé aux arts martiaux, il se débarrasse promptement des deux acolytes d'Herlock Sholmès qui se sont emparés de Victoire, sa vieille servante.

Ni tout à fait gentleman, ni tout à fait cambrioleur

Arsène Lupin est le fils d'un roturier, Théophraste Lupin, professeur de gymnastique, de boxe et d'escrime, et d'une aristocrate, Henriette d'Andrésy. Des multiples identités sous lesquelles il choisit d'apparaître, il privilégie celles qui l'apparentent à la haute société, dont il maîtrise les codes. Autodidacte, c'est un homme cultivé, féru d'art, d'histoire et de littérature, lisant « *Les Lettres à Lucilius*, de Sénèque le philosophe » (chapitre 7). Son comportement est cependant loin d'être toujours celui d'un gentleman. Ainsi il n'hésite pas à recourir au chantage pour parvenir à ses fins, menaçant de mort le fils de Mme de Villemon pour la contraindre au silence. Un procédé qu'il juge lui-même peu élégant : « Les hasards de la vie – de la mienne surtout – obligent souvent à des cruautés dont je suis le premier à rougir » (chapitre 7).

Lupin est un voleur professionnel à la tête d'une bande puissante et bien organisée disposant, en Amérique, en Asie, en Australie, de comptoirs, d'agents de vente et de rabatteurs. Cependant « il vole beaucoup plus par plaisir que par avidité » (Maurice Leblanc, « Qui est Arsène Lupin ? », *Le Petit Var*, novembre 1933). Et, s'il regrette de devoir sacrifier l'Aiguille creuse, c'est plus à cause du pouvoir qu'elle lui procurait : « De cette pointe d'Aiguille, je dominais l'univers ! » (chapitre 10), que pour les richesses qu'elle contenait.

Mystérieux…

Lorsque débute l'aventure de l'Aiguille creuse, Arsène Lupin est un héros connu du public, mais encore bien mystérieux. Maurice Leblanc lui-même, son historiographe et ami, est incapable de le reconnaître lorsqu'il se présente à son domicile en clergyman pour y rencontrer Isidore Beautrelet. Et ce dernier l'identifie tardivement sous les traits du professeur Massiban, pas du tout sous ceux de Louis Valméras, son compagnon d'aventures. Car Lupin possède à la perfection l'art de la dissimulation, du déguisement, la capacité de modifier son aspect.

... mais vraisemblable

Arsène Lupin est un personnage extraordinaire, un peu mégalomane depuis qu'il est devenu, à la suite des rois de France, dépositaire du secret de l'Aiguille creuse. Extraordinaire mais vraisemblable : Maurice Leblanc n'est-il pas son confident ? Ne participe-t-il pas à des événements contemporains bien réels comme le vol de la châsse d'Ambazac ?

Arsène Lupin est familier de tous les milieux sociaux. Alternant vouvoiement et tutoiement, il s'exprime tantôt avec élégance, tantôt avec familiarité. Il évolue dans un décor bien connu de Maurice Leblanc et de ses lecteurs. La côte du pays de Caux (la côte d'Albâtre) est alors en vogue. Ses stations touristiques (Dieppe, Fécamp, Étretat...), lancées dès la première moitié du XIXe siècle avec la mode des bains de mer et le développement des chemins de fer (Paris-Rouen-Dieppe, 1848), sont devenues des lieux favoris de villégiature de la bourgeoisie, des écrivains et artistes parisiens. Le romancier crédibilise aussi son récit en rédigeant de fausses notes de bas de page, comme celle corrigeant les indications de l'abbé Cochet (1812-1875), archéologue reconnu, sur « les origines d'Étretat » (chapitre 9).

Du rire aux larmes

Arsène Lupin est certes un peu vantard mais intelligent, séduisant et drôle. Il aime rire, et ce rire devient même un signe de reconnaissance, grâce auquel le narrateur identifie son ami cambrioleur qu'il pensait mort : « Ah ! ce rire ! ce rire jeune et clair, dont l'ironie amusante m'avait si souvent diverti ! » (chapitre 4). Lupin rit de tout et de tout le monde, notamment des représentants de l'autorité, Ganimard et Herlock Sholmès, invités bien malgré eux à faire le tour de l'Afrique en bateau. Son principal reproche à Beautrelet est de manquer de « primesaut », de spontanéité, d'humour : « Vois-tu, ce qui te manque, bébé, c'est le sourire… tu es un peu grave pour ton âge… » (chapitre 7).

Cependant, *L'Aiguille creuse* nous offre un visage différent du gentleman-cambrioleur, moins ironique, moins désinvolte, plus fragile. Son historiographe évoque un Lupin « faible, abattu, les yeux las de pleurer, en quête d'un peu de sympathie et de tendresse… » (chapitre 4). Et lui donne une dimension véritablement tragique à la fin du récit quand, chargé du cadavre de sa jeune épouse, il s'enfonce dans le crépuscule du pays cauchois.

L'Aiguille creuse, un roman à énigmes

L'Aiguille creuse est un roman à énigmes. Plus policier dans sa première partie avec la sombre affaire d'Ambrumésy, plus historique ensuite avec le secret de l'Aiguille creuse.

Une énigme policière

La première partie relève bien du roman policier à énigme où l'enjeu est de savoir qui a commis le crime, comment et pourquoi. Le lecteur, qui assiste quasiment en direct au vol et à l'assassinat du secrétaire du comte de Gesvres, est invité à participer à l'enquête conduite par Isidore Beautrelet, brillant élève de rhétorique. Un détective amateur faisant penser à Rouletabille, le reporter-détective de Gaston Leroux qui, près de deux ans auparavant, avait résolu le mystère de la Chambre jaune (1907). L'enquête du jeune détective met en évidence les carences de ses aînés et s'avère rapidement être une triple enquête avec le vol, l'assassinat et la disparition du corps de Lupin. Pour le vol, pas de doute, c'est Lupin, il est dans son rôle, comme le dit Ganimard : « La signature y est. Un coup de Lupin, ça diffère d'un autre coup comme un visage d'un autre visage » (chapitre 2). Pour le crime, c'est plus délicat, car on ne saurait en accuser le gentleman-cambrioleur dont on connaît l'aversion pour le sang. Quant à la disparition du corps, elle entraîne le lecteur dans un univers plus mystérieux, moins rationnel, qui n'est pas sans rappeler celui des romans noirs du XIXe avec leurs châteaux en ruine, leurs souterrains et leurs héros enfermés ou ensevelis dans des cachots secrets.

Une énigme historique

Maurice Leblanc, féru d'histoire, est à l'origine d'un nouveau genre policier « où les faits sont contemporains mais où l'énigme est historique » (« Qui est Arsène Lupin ? »). Pour percer le secret de l'Aiguille creuse, le lecteur, guidé par Isidore Beautrelet, va devoir remonter le temps quitte à s'égarer sur la fausse piste creusoise imaginée autrefois par Louis XIV. Le romancier, qui n'hésite pas à prendre quelques libertés avec l'histoire, imagine une énigme recoupant celle du Masque de fer. De nombreuses interrogations subsistaient alors et subsistent encore à propos de l'identité de cet homme qui passa, sous le règne de louis XIV, une grande partie de sa vie en prison (1679-1703) le visage dissimulé sous un masque de métal. Un prisonnier qui suivit son geôlier, Bénigne Dauvergne de Saint-Mars (1626-1708), lors de ses mutations successives, de la forteresse de Pignerol dans les Alpes à la Bastille de Paris, en passant par l'île Sainte-Marguerite en Méditerranée. Demi-frère de Louis XIV pour Voltaire, frère jumeau du roi pour Alexandre Dumas (*Le Vicomte de Bragelonne*, 1847), Ercole Antonio Mattioli (1640-1694), ministre du duc de Mantoue, pour certains historiens, il devient sous la plume de Maurice Leblanc ce jeune homme dépositaire du secret de l'Aiguille creuse arrêté sur ordre du roi le 17 mars 1679.

Maurice Leblanc inscrit son roman dans le récit national alors en train de s'écrire. La volonté des dirigeants de la IIIe République de renforcer l'identité nationale chez les jeunes Français s'est traduite dès 1884 par la publication d'un manuel d'histoire destiné à l'école primaire. Rédigé par l'historien Ernest Lavisse, il met l'accent sur les grandes heures, glorieuses et tragiques, de l'histoire de France et sur ses héros censés l'incarner. Maurice Leblanc puise largement dans ce registre en évoquant, entre autres, la résistance gauloise à Jules César, le sacrifice héroïque de Jeanne d'Arc, les monarques absolus, les destins tragiques de Louis XVI et de Marie-Antoinette ou le désastre de Waterloo. L'écrivain fait aussi la part belle à sa Normandie natale en faisant allusion à la fondation du Havre par François Ier (1517) : « Le vieil estuaire normand, l'un des points essentiels, l'un des noyaux primitifs autour desquels s'est formée la nationalité française... » (chapitre 8).

Un roman-feuilleton d'aventures

Un roman-feuilleton

La publication de *L'Aiguille creuse* débute le 15 novembre 1908 dans le magazine *Je sais tout* et va s'étendre jusqu'au 15 mai 1909, à raison d'un épisode par mois. Une durée relativement brève pour un roman-feuilleton mais bien adaptée au développement d'une intrigue policière. Le livre entier est édité en juin 1909. Pour l'occasion, le découpage et les titres de chapitre sont modifiés, des illustrations, des intertitres et des informations supprimés. Le roman garde cependant des aspects de la littérature feuilletonesque dont le premier objectif est de fidéliser le lecteur afin qu'il achète quotidiennement le même journal ou renouvelle son abonnement. Cela nécessite de tenir le lecteur en haleine, d'entretenir le suspense, de multiplier les péripéties, quitte à mettre parfois de côté la vraisemblance. Les coups de théâtre ne manquent pas dans le roman de Maurice Leblanc avec les disparitions et réapparitions d'Arsène Lupin sous différentes identités. L'action ne cesse de rebondir avec ses fausses pistes, ses personnages et intrigues secondaires (l'enlèvement du père d'Isidore). Tout au long du récit, sans rien dévoiler de la suite de l'histoire, le romancier appâte le lecteur, lui donne envie d'aller plus loin en semant des indices sur le mystère de l'Aiguille creuse.

Un roman d'aventures

L'Aiguille creuse, comme tous les romans d'aventures, privilégie l'action. Après la résolution du crime d'Ambrumézy dans le pays de Caux, l'horizon du lecteur s'élargit, il voyage avec Beautrelet dans le Cotentin, à Paris, en Creuse, en Bretagne, à pied, à bicyclette, en voiture hippomobile, automobile. Au fil du récit, l'action se renforce pour culminer au dernier chapitre avec l'assaut donné à l'Aiguille creuse et la fuite en sous-marin d'Arsène Lupin avec sa jeune épouse et le détective amateur. Le duel final opposant Lupin à Herlock Sholmès et la mort de l'héroïne offrent une véritable séquence de film d'aventures.

Le roman confronte deux héros. Le jeune Isidore Beautrelet, qui mène avec succès l'enquête criminelle dans la première partie du livre, est plus détective qu'aventurier. Il surmonte cependant ses peurs pour s'élancer sur les routes de France à la recherche du secret de l'Aiguille. Arsène Lupin, dont Beautrelet finira par reconnaître la supériorité, est un véritable héros de roman d'aventures. Un héros qui n'hésite toutefois pas à abandonner par amour le secret de sa puissance : « J'ai sacrifié le refuge inviolable de l'Aiguille creuse, j'ai sacrifié mes trésors, ma puissance, mon orgueil… je sacrifierai tout… Je ne veux plus être rien… plus rien qu'un homme qui aime… » (chapitre 10).

Table

Table

[illegible]

[illegible]

Découvrez les premières aventures
d'**Arsène Lupin**

dans la collection

FOLIO JUNIOR
TEXTES CLASSIQUES

ARSÈNE LUPIN,
GENTLEMAN-CAMBRIOLEUR

Maurice Leblanc
n° 1904

L'inspecteur Ganimard triomphe : Arsène Lupin est enfin sous les verrous ! Mais le célèbre gentleman-cambrioleur semble s'amuser de la situation. Après une incroyable évasion, il annonce à sa prochaine victime le jour où il va lui voler sa collection d'œuvres d'art… Un seul être est de taille à contrer ce génial malfaiteur : Herlock Sholmès, la star des détectives.

Découvrez d'autres grands récits pleins de mystère

dans la collection

FOLIO JUNIOR
TEXTES CLASSIQUES

LE MYSTÈRE DE LA CHAMBRE JAUNE

Gaston Leroux

n° 685

Qui a tenté d'assassiner Mlle Stangerson, la fille du célèbre scientifique ? Et comment le coupable a-t-il pu s'échapper d'une pièce fermée de l'intérieur ? Pour les plus fins limiers de la police, l'énigme semble insoluble. Mais pas pour Joseph Rouletabille, le jeune reporter-détective ! Parviendra-t-il à résoudre l'incroyable mystère de la Chambre Jaune ? Une enquête qui tient en haleine dans ce grand classique du roman policier.

LE PARFUM DE LA DAME EN NOIR

Gaston Leroux

n° 710

Le mystère de la Chambre Jaune résolu, Mathilde Stangerson a enfin épousé Robert Darzac. Mais, très vite, le voyage de noces tourne au cauchemar : une terrible menace s'abat sur le couple et le contraint à se réfugier au château des Rochers Rouges. Pour sauver la Dame en noir, Joseph Rouletabille, le jeune reporter-détective, va devoir affronter les secrets de son propre passé…

Une nouvelle enquête de Rouletabille racontée par l'un des maîtres du roman à énigme.

TOM SAWYER DÉTECTIVE

Mark Twain

n° 1834

Pour qui rêve d'aventures, comme Tom Sawyer et son ami Huck, quoi de plus excitant qu'un voyage en bateau sur le Mississippi ? Surtout quand on repère un étrange passager qui vit caché dans sa cabine et refuse obstinément de se déchausser ! Comment résister à ce mystère ? Nos deux inséparables décident aussitôt de mener l'enquête.
Le grand retour de Tom et Huck, les enfants terribles du Mississippi !

LE COMTE DE MONTE-CRISTO

Alexandre Dumas

n° 1606

Edmond Dantès, un jeune marin, doit épouser la belle Mercédès. Accusé à tort de complot contre le roi, il est enfermé dans la terrible prison du château d'If. Quatorze ans plus tard, il parvient à s'évader avec la complicité de l'abbé Faria qui lui lègue une immense fortune. Devenu le comte de Monte-Cristo, Edmond n'a plus qu'une obsession : tisser les fils d'une implacable vengeance.
Un chef-d'œuvre d'Alexandre Dumas en version abrégée.

Le papier de cet ouvrage est composé de fibres naturelles, renouvelables,
recyclables et fabriquées à partir de bois provenant
de forêts gérées durablement.

Mise en pages : Maryline Gatepaille

Loi n° 49-956 du 16 juillet 1949
sur les publications destinées à la jeunesse
ISBN : 978-2-07-516084-1
Numéro d'édition : 396509
Dépôt légal : juin 2021

Imprimé en Espagne par Novoprint (Barcelone)